W0204895

Denis Grozdanovitch

BREFS APERÇUS SUR L'ÉTERNEL FÉMININ

Robert Laffont

ISBN 978-2-7578-0207-6
(ISBN 2-221-10161-8, 1re publication)

© Éditions Robert Laffont, S.A., Paris, 2006

Le Code de la propriété intellectuelle interdit les copies ou reproductions destinées à une utilisation collective. Toute représentation ou reproduction intégrale ou partielle faite par quelque procédé que ce soit, sans le consentement de l'auteur ou de ses ayants cause, est illicite et constitue une contrefaçon sanctionnée par les articles L. 335-2 et suivants du Code de la propriété intellectuelle.

La raison pour laquelle les hommes ont, depuis l'origine de la littérature, toujours parlé des femmes comme si elles étaient plus ou moins folles est simplement que les femmes sont naturelles, et les hommes avec leurs cérémonies et leurs théories, très artificiels.

G. K. Chesterton

L'une des choses qui m'a le plus frappé lors de ma visite du musée du Prado à Madrid, il y a bien des années, est la toile de Goya représentant un groupe de jeunes filles dans un parc en train de lancer et de rattraper dans un grand drap qu'elles tiennent toutes ensemble, riant aux éclats, un pantin désarticulé vêtu à la manière des gandins élégants de l'époque. Or son visage, qu'on aperçoit par-dessus son épaule au plus haut de la pirouette, et qui affiche un sourire dont l'expression se partage entre la satisfaction conquérante et le ravissement un peu niais, laisse aussi pointer une lueur d'inquiétude.

Cette image, qui évoque manifestement l'éternel rapport de force entre les sexes, me semble soulever en même temps, avec une ironie mordante, la question de savoir qui, au bout du compte, mène le jeu.

à ma fille Émilie

De l'immaturité des axolotls

À cette époque de ma vie, j'avais un programme d'après-midi très serré.

Au sortir de mon entraînement de squash pendant lequel, deux heures durant, j'avais couru comme un dératé pour essayer de rattraper cette satanée petite balle noire tourbillonnant entre quatre murs, euphorisé par ma dose d'endorphines dans les veines, je me laissais dériver sur mon vélo quelques centaines de mètres plus bas, jusqu'à la cinémathèque de Chaillot où, pour une somme modique et sans complications subséquentes, je m'abandonnais avec délices aux multiples reflets – projetés sur les murs – de ce vaste et labyrinthique *monde de poussière,* ceux-ci palliant avantageusement, selon moi, les soucis associés aux expériences réelles. Cependant, en dépit de mes louables efforts pour ainsi la fatiguer ou la sublimer, l'insatiable libido – fatalement réactivée par les bouleversantes apparitions féminines surgies sur l'écran – ne se laissait pas aussi aisément réduire par l'épuisement physique ou la seule procuration fantasmatique et persistait à me tourmenter. Aussi avais-je conçu une stratégie de séduction amoureuse qui me permettait à la fois de ne pas déroger à ma déontologie paresseuse et de piéger (du moins l'imaginais-je) celles que mon satanisme juvénile m'obligeait de considérer comme des proies : je donnais mes rendez-vous galants au Grand Aquarium situé, dans les jardins du Trocadéro, juste en dessous de la cinémathèque.

L'expérience m'ayant enseigné que le lieu de la première entrevue constituait un point crucial, ce choix était en réalité le fruit d'une tactique hautement élaborée.

Très impressionné, à cette époque de cinéphagie dévorante, par la scène du baiser dans *La Dame de Shanghai*, j'avais décidé qu'aucune atmosphère n'était plus propice à l'abandon sensuel que celle qui régnait aux alentours des profonds bassins à l'éclairage tamisé où, parmi des algues doucement ondulantes et d'innombrables bulles dérivantes, des créatures lascives se frôlaient, parfois même s'emmêlaient avec volupté, dans de lentes et silencieuses danses subaquatiques…

La seule chose à éviter en revanche, avais-je décrété, était de s'attarder devant les vitres du bassin des axolotls : ceux-ci – mi-poissons mi-batraciens – rappelaient trop importunément les bizarreries de l'évolution biologique et menaçaient de « casser l'ambiance ». Qui donc, en effet, pouvait désirer s'abandonner à ce qui induisait des êtres semblables à persévérer dans leur être ?

Toujours est-il que ce jour-là, mon rendez-vous m'ayant fait *faux bond* (ce qui, par déformation professionnelle, m'était particulièrement insupportable), je remarquai une silhouette féminine engageante se détachant, précisément, sur l'éclairage verdâtre du bassin des axolotls. M'étant approché, je constatai que l'apparition – d'une beauté physique insolite, avec sa longue chevelure d'un blond botticellien – se tenait alanguie, les yeux à demi fermés, dans l'attitude de quelqu'un qui se serait assoupi le front appuyé contre la vitre, ou qui poursuivrait une intense méditation sans se soucier du regard d'autrui. Intrigué, je feignis de m'intéresser plus que de raison aux rares mouvements des petits énergumènes, en apparence tout aussi assoupis dans leur univers de rocailles et d'algues sous-marines. Subjugué à la fois par la beauté de cette nymphe surgie tout droit de la Renaissance italienne et par la singularité de son comportement, je n'eus ni le courage, ni l'indécence d'interrompre sa songerie avec l'une de mes formules d'entrée en matière favorites, et je m'en fus à contrecœur, décidant qu'il ne me restait plus qu'à boucler mon programme, déjà suffisamment perturbé, en ralliant mon cercle d'échecs de la place des Ternes.

Le lendemain, mû par un incoercible pressentiment, je revins à l'aquarium à la même heure. Mon intuition ne m'avait pas trompé et je ne fus pas surpris d'y retrouver la fille à la même place et dans la même position. Je m'approchai sans qu'elle parût accorder davantage d'attention à ma présence qu'elle ne l'avait fait la veille, mais cette fois, fort d'une hypothétique complicité, je m'enhardis à lui adresser la parole :

— Ils vous fascinent tout comme moi ? dis-je, mentant éhontément.

La créature, comme émergeant d'un songe profond, se tourna alors vers moi et braqua le faisceau d'un regard à la couleur étrangement semblable à celle de l'eau du bassin puis, après m'avoir considéré quelques instants en silence, laissa échapper d'une surprenante et mélodique voix de basse :

— Je les trouve attendrissants.

— Attendrissants !? Je me serais attendu à tout sauf à cela !

— C'est-à-dire, voyez-vous, que je fais des études d'éthologie et ces « mignons » qui sont originaires du Mexique, qui ne vivent pas dans la mer mais dans des lacs de haute montagne, constituent pour nous autres, biologistes, une étrange anomalie darwinienne…

— Oui, c'est le moins qu'on puisse dire.

— Ne vous moquez pas ! Sachez plutôt que pour une mystérieuse et très ancienne raison, ils ont pris la décision de ne pas poursuivre leur évolution, ne se déterminant à aucun choix entre le corps des poissons et celui des batraciens, ce qui donne ces êtres improbables participant du monde amphibie. En fait, et pour ce faire, ils conservent toute leur vie des caractères physiques juvéniles (en langage savant on appelle ça la « néoténie »). Ils ne deviennent jamais adultes et restent têtards. Je crois que c'est pour ça que je les aime tout particulièrement, car je leur ressemble.

— Je n'aperçois aucune propension à la néoténie chez vous. Vous paraissez au contraire vous être pleinement et magnifiquement accomplie, dis-je, fidèle à ma tactique.

— En apparence, peut-être…

À cet instant, l'un des indolents « mignons » effectua d'un seul coup, et contre toute attente, un sprint fougueux sur toute la longueur du bassin, suivi presque immédiatement par l'un de ses congénères puis par un troisième et ainsi de suite, jusqu'à ce que le bassin tout entier devienne le théâtre d'une compétition effrénée.

— Ils adorent jouer, dit-elle. C'est une autre de leurs particularités : seul le jeu les tire de leur apathie naturelle ; c'est pour cela que les Mexicains les ont nommés ainsi, car Xolotl était le dieu aztèque du jeu.

— Alors, je leur ressemble pas mal, moi aussi…

— Ah bon ! Et comment cela ?

Il se trouve, comme c'est souvent le cas dans la vie, que je venais d'éveiller l'intérêt de la séduisante créature avec une phrase qui m'avait échappé ; aussi humiliant cela fût-il pour mon orgueil de fin stratège, notre dialogue prit un tour plus intime en dehors de ma volonté.

— Eh bien ! Je ne m'éveille réellement à la vie, moi aussi, que lorsque, après m'être traîné une bonne partie de la journée dans une indécision léthargique, et ce en dépit du dynamisme effréné affiché par mes contemporains, je parviens à me hisser jusqu'au niveau d'une existence vertébrée en mettant le pied sur un terrain de squash, de tennis ou encore en m'asseyant devant un échiquier. Auquel cas je me surprends moi-même à me déchaîner comme un diable hystérique surgi de sa boîte.

— Ah, j'aimerais voir ça ! s'exclama-t-elle, puis elle ajouta, souriant à demi : n'y a-t-il aucune autre occasion où vous vous déchaîniez physiquement ?

L'expérience m'ayant appris qu'il était avantageux avec les femmes de persister longtemps dans le marivaudage, je jetai négligemment :

— Hélas ! À peu près aucune, non.

Je vis à son expression entendue qu'elle appréciait mon sens ludique.

— C'est dommage, de la part d'un garçon aussi vigoureux que vous !

— C'est ce que je me dis souvent, mais de toute évidence, les occasions m'ont manqué de le faire à bon escient. Auraient-elles, sait-on jamais, fait également défaut aux axolotls ?

— Oui, vous avez certainement raison et d'ailleurs peut-être devrait-on se pencher sur leur *psychologie en profondeur* et essayer de découvrir leurs raisons à ne pas vouloir grandir ? Cela pourrait se révéler très utile pour eux et pour nous, ne croyez-vous pas ?

— Je le crois volontiers, et je serais très curieux d'avoir un aperçu sur les méthodes que vous pourriez préconiser en l'occurrence, puisque vous êtes une spécialiste.

— Pourquoi pas ? dit-elle. Si nous allions prendre un thé au Trocadéro pour jeter les bases de cette passionnante coopération ?

Je devais admettre que la fille ne manquait pas de répondant. J'étais toutefois – à cette époque où il était nécessaire pour moi d'avoir l'impression de contrôler les opérations – nettement déstabilisé par la façon dont elle avait pris les choses en main. Je la suivis jusqu'au café Le Coq, puis m'attablai en face d'elle en cherchant à dissimuler mon trouble. Elle paraissait, quant à elle, tout à fait enjouée.

— Ainsi, vous aimeriez en savoir plus sur les axolotls ?

— Je serais fort intéressé, répondis-je, cherchant à éviter de briser le charme de ce début prometteur.

— L'ennui est que, dans les mois qui viennent, je dois repartir chez moi en Bretagne, car mes cours sont terminés pour cet hiver ; mais je peux vous indiquer quelques livres et puis, si cela vous chante, vous pouvez venir me voir chez moi à Morlaix, cet été, et j'essaierai de vous initier à l'immaturité des axolotls…

— Ah ! oui ! Ce serait formidable ! m'exclamai-je, oubliant ma tactique.

— Le seul inconvénient est que nos rencontres devront rester relativement conventionnelles, dit-elle comme pour tempérer mon enthousiasme : je vis encore chez mes parents et je tiens, dans une certaine mesure, à conserver les formes vis-à-vis d'eux ; mais je vous indiquerai, le cas échéant, un excellent petit hôtel.

— Je comprends.

— Cela ne nous empêchera nullement de poursuivre notre intéressante étude concernant l'ontologie des axolotls.

Elle continua ainsi sur un ton badin et enjôleur pendant une bonne demi-heure. J'étais gagné par le charme de cette voix mélodieuse sans plus accorder d'attention à la teneur des paroles. C'était comme un chant venu des profondeurs, annihilant délicieusement ma volonté et dont j'aurais désiré poursuivre indéfiniment l'écoute. Enfin, elle interrompit elle-même cet enchantement en me signifiant qu'il lui fallait à présent me quitter, qu'elle prenait son train pour la Bretagne le lendemain matin, qu'elle serait enchantée de me revoir là-bas si je persistais dans le projet que nous avions évoqué et elle inscrivit ses coordonnées sur la page de garde d'un de mes carnets : Soizic Le Gall, 21, rue de la Conserverie à Morlaix.

Il est sans doute superflu de dire que les deux mois qui suivirent se déroulèrent, pour moi, dans l'attente des retrouvailles avec la nymphe. J'avais perdu le goût de la séduction tactique et si je revins plusieurs fois à l'aquarium ce fut seulement pour observer attentivement les axolotls. J'avais ainsi l'illusion de retendre un fil magique qui me reliait à elle en passant par eux. Je dois pourtant préciser que je ne les vis jamais plus piquer des sprints, comme si ç'avait été sa présence à elle qui les avait stimulés le premier jour. Je lus un certain nombre d'opuscules qui leur étaient consacrés ; surtout la nouvelle de Julio Cortázar qui, tout en me laissant songeur, m'instilla une vague inquiétude. Enfin l'été advint et je pris contact avec Soizic au téléphone. Au seul son de sa voix, l'enchantement rejaillit aussi vif que durant notre unique entrevue et je n'en désirai que plus ardemment rejoindre Morlaix.

Lorsqu'en fin d'après-midi le train ralentit sur le viaduc, je découvris la ville tel un hérisson résigné faisant le gros dos sous le crachin. Mon sac à la main, je descendis par les petites rues vieillottes jusqu'à la pension de famille recommandée par Soizic. Une dame âgée, au visage tanné et marqué par les rides, à l'élocution précipitée typiquement bretonne, me reçut avec une jovialité un peu bourrue et me montra ma chambre. Je déballai mes affaires, sortis mon précieux carnet et ma pointe rotring, le recueil de nouvelles *Armes secrètes*, puis m'assoupis sur le lit tout habillé.

De discrets coups frappés à la porte me tirèrent du sommeil. J'ouvris : c'était Soizic. Ma première pensée fut qu'elle était plus ensorcelante encore que dans les souvenirs que j'avais ressassés durant ces deux mois. Elle avait noué son opulente chevelure dorée en chignon, ce qui la rendait imposante, aristocratique, et le teint de sa peau bronzée lui conférait l'aura luminescente d'une idole aztèque ; l'intensité du vert marin de son regard – qui m'avait tant frappé la première fois – s'était sensiblement accrue. J'étais tellement impressionné par son apparition dans cette minuscule chambre d'hôtel, que je ne pus que balbutier des mots d'une banalité affligeante. Ce dont elle parut s'amuser au plus haut point :

— Alors monsieur le Grand Séducteur, on fait moins le fier aussitôt qu'on a franchi la frontière de la vieille Bretagne magique !

— Je dois dire que je me sens effectivement moins à l'aise qu'à l'aquarium, dis-je pour essayer de plaisanter.

— La Bretagne tout entière est un gigantesque aquarium où les créatures marines évoluent en toute liberté et observez bien les habitants d'ici, vous remarquerez que la plupart d'entre eux appartiennent à une race hybride : ce sont des tritons mélancoliques ! dit-elle en riant pour conclure.

— Des axolotls enfin devenus adultes, si je comprends bien…

— Un peu ça oui ! Des axolotls qui ont perdu le sens du jeu, qui ne croient plus en leur dieu, ce qui les a rendus désabusés et alcooliques.

— À propos, savez-vous que je suis retourné bien souvent les observer au Trocadéro, mais je n'ai jamais pu les surprendre à nouveau en train de jouer.

— Ce sont des animaux très empathiques, ils ont besoin de sentir qu'on les aime et… les aimez-vous vraiment ?

— Oui beaucoup ! Mais sont-ils capables d'aimer en retour ? dis-je, pour masquer mon mensonge et tenter de renouer le fil du marivaudage que nous avions entamé lors de notre première rencontre.

— C'est là une question à laquelle il convient d'être initié pour avoir la réponse.

— Initié, dites-vous ? Mais à quoi exactement ?

— C'est ce que je vous apprendrai demain, dit-elle en souriant mystérieusement. Je vous quitte maintenant, j'ai à travailler. Allez dîner à la crêperie en face du chenal, ils sont accueillants et c'est très bon ; en plus vous aurez sans doute droit à un échantillon de la Bretagne profonde ; peut-être même de la musique, mais je ne vous en dis pas plus. Je passerai vous chercher demain matin, direction l'île Callot, à Carantec, pour un début d'initiation aux mystères du monde subaquatique.

Bien que je fusse un peu déçu de devoir dîner seul pour ce premier soir, je sentis qu'il était inutile et maladroit d'insister et acquiesçai platement.

Un peu plus tard, je traversai le bourg quasi désert jusqu'à la crêperie où je m'attablai seul dans un coin, non loin d'un groupe de vieux marins arborant des barbes drues, portant casquettes, buvant sec et parlant vite dans un langage mi-breton mi-français auquel je ne compris goutte. Je venais juste de terminer ma galette complète, lorsque le patron mit en marche la musique celtique sur le juke-box. Les vieux commencèrent à s'agiter et un grand maigre se mit à danser avec une surprenante prestesse au milieu de la salle tandis que les autres l'encourageaient avec des cris et des rires. Soudain l'un d'eux se leva et vint à ma table ; me fixant dans les yeux, il me dit :

— C'est-il la première fois que tu t'promènes par ici ?

— Oui ! Tout à fait ! Mais pourquoi me demandez-vous ça ?

— T'es jamais v'nu par ici à c'que j'vois et t'as rin compris encore à c'pays. Ici y'a rin qui fonctionne comme ailleurs. J'te conseille de te méfier mon gars !

— De me méfier de quoi et de qui ?

— Ça s'rait trop long à t'expliquer et j'ai pas trop l'temps. Mais si tu veux continuer à naviguer un certain temps, fiston, souviens-toi de c'que j't'ai dit !

Avant que j'aie eu le temps de surmonter ma surprise, le gaillard avait passé la porte pour s'incorporer à l'obscurité et au crachin du dehors. Je demeurai méditatif à finir mon dessert tandis que la fête redoublait d'intensité. La fille du patron, une costaude échevelée, était montée sur la table où elle martelait une sorte de gigue devant les marins surexcités et à moitié ivres. Je réglai l'addition puis, essayant de ne pas me tordre une cheville sur les pavés glissants, je m'en revins jusqu'à ma chambre où, repensant aux paroles du vieux, j'eus du mal à m'endormir. Cependant, la fatigue finit par me vaincre et je sombrai dans les profondeurs du sommeil à la manière d'une épave naufragée.

Le lendemain matin, je fus éveillé par un soleil resplendissant et la soirée passée m'apparut comme enfantée par l'atmosphère pluvieuse et insolite de la veille. Aussi, lorsque Soizic frappa à ma porte et que je la vis toute pimpante dans sa magnifique robe blanche et ses sandales d'été, l'insouciance me revint et je me sentis prêt à la suivre au bout du monde.

Nous montâmes dans sa petite 4 L et suivîmes un certain temps les rives de la ria à marée basse, jusqu'à Carantec où, après avoir traversé le village, nous descendîmes vers l'isthme reliant la presqu'île au continent. Parvenus là, nous laissâmes la voiture et continuâmes à pied le long du chemin – submergé à marée haute m'apprit Soizic – qui mène à l'île Callot. Soizic s'était munie d'un panier avec des sandwichs préparés à l'avance, un thermos de thé emmailloté dans un torchon, une tablette de chocolat et deux pommes. Nous dépassâmes les maisons sur l'autre rive et, suivant pendant deux kilomètres environ le sentier qui monte et qui descend à travers les dunes, la lande et les genêts, nous parvînmes à la chapelle peinte en blanc qui fait office d'amer, au nord.

Tandis que nous demeurions quelques instants à l'intérieur à contempler en silence les ex-voto de marins réchappés miraculeusement des naufrages, je remarquai que Soizic avait adopté la même attitude que le premier jour à l'aquarium – somnolant ou méditant, un étrange demi-sourire sur les lèvres… Enfin, ressortant à l'air libre, elle m'entraîna jusqu'à une minuscule crique où nous nous installâmes parmi les rochers à quelques mètres des flots. Elle déballa les provisions et tandis que, sous un soleil radieux, les vagues venaient jouer doucement dans les anfractuosités comme de tendres petits phoques venus nous lécher les pieds, nous mangeâmes de bon appétit tout en plaisantant. Avec la soudaine chaleur réverbérant sur les rochers on eût pu se croire transportés dans une crique de la mer Égée.

Je m'apprêtais à relancer le marivaudage concernant ma mystérieuse initiation lorsque, ainsi qu'il advient si souvent en terre armoricaine, le temps vira brusquement : de gros nuages bleuâtres et gonflés se profilèrent à l'horizon, puis obscurcirent rapidement le ciel tandis qu'un vent violent métamorphosait les phoques joueurs en dragons agressifs. Le paysage entier s'assombrit et de la Grèce de carte postale nous passâmes brutalement au romantisme des tempêtes celtiques.

Soizic, qui jusqu'ici s'était montrée plutôt indolente et songeuse, parut soudain se métamorphoser elle aussi, comme électrisée par le début de l'intempérie. Elle m'annonça alors :

— Le moment de ton rite de passage à l'âge adulte est venu.

Puis, sans que je m'y fusse attendu le moins du monde, elle se déshabilla en un tour de main et plongea dans la mer agitée. J'avais eu le temps d'apercevoir la perfection inouïe d'un corps quasi mythologique et j'en avais ravalé ma salive d'émotion. Lorsqu'elle reparut à la surface après un temps qui me sembla, d'ailleurs, anormalement long, elle me lança depuis les flots où elle était balancée par une houle démente :

— Tu viens ? Je t'attends ! C'est le moment ! Pas besoin de maillot de bain, il n'y a personne dans ces parages.

— Mais… dis-je la gorge serrée, tu crois qu'il est prudent de se baigner par ce temps, si près des rochers ?

— Ah ! C'est une question de désir. Si tu le désires vraiment, tu peux me rejoindre et connaître ton destin. Viens donc heureux mortel, dit-elle en riant, et connais ta félicité !

Tout en prononçant ces paroles, et alors que j'avais commencé de déboutonner ma chemise, elle se retourna pour faire face à une grosse vague qui fondait sur elle et, dans un souple coup de reins d'une vigueur presque animale, elle souleva le haut de son corps pour piquer une tête au travers du mur d'eau qui s'abattait.

C'est à cet instant que tout bascula !

La souplesse et la vigueur surhumaine de ce mouvement me plongèrent dans une terreur archaïque remontée de mon enfance. Je fus paralysé comme le sont les personnages de contes lorsqu'il leur faut soudain faire face au fabuleux surgissant abruptement dans le réel. Ce vertige s'accentuait avec le caractère dramatique de l'atmosphère ambiante qui avait tourné à la véritable tempête, les vagues venant s'engouffrer en hurlant dans les rochers. Soizic, qui ne paraissait nullement affectée par la violence du ressac au sein duquel elle évoluait comme un poisson, plongeant puis réapparaissant avec une grâce exultante, me lança :

— Alors, tu me rejoins ? Je t'attends impatiemment ! C'est fantastique et crois-moi, il faut braver le danger pour connaître les délices les plus rares.

Hébété, tel un boxeur sonné par un uppercut, je n'étais plus capable de raisonner ni de récupérer mon bon sens. Je demeurais sur le rivage, statufié par l'épouvante.

— Que se passe-t-il ? Tu as peur ? Il n'y a aucun danger, crois-moi !

Je ne trouvai que le piètre subterfuge du mensonge :

— La vérité est que je nage très mal ! J'ai voulu donner le change pour t'impressionner, mais je ne peux que « faire trempette » sur le bord, alors que là il s'agit de « faire tempête », dis-je, essayant maladroitement de masquer mon trouble par une plaisanterie.

— Quelle importance ? Je nage assez bien pour deux ! N'as-tu pas envie de te réfugier dans mes bras ? dit-elle, rendue apparemment plus aguicheuse par mes hésitations, et puis se noyer ensemble ne serait-il pas un destin sublime ?

— Sans doute mais je n'ai pas fini de ranger ma bibliothèque par ordre alphabétique, dis-je.

À cet instant, quelque chose dans le ton de ma voix lui fit vraisemblablement comprendre qu'elle ne parviendrait pas à me décider ; une expression de fureur, presque de rage, déforma son visage au point de le rendre méconnaissable. Je frémis de la comparaison qui venait de s'imposer à mon esprit : c'était le visage d'une méduse ! Cette dernière vision intérieure acheva d'emporter mon reste de bon sens et les paroles du vieux marin résonnèrent à mes oreilles, me faisant basculer dans la dimension du cauchemar diurne. Aussi mon instinct vital me commanda-t-il d'ajouter, pour tenter de l'amadouer :

— Je ne suis qu'un aventurier en chambre, j'ai besoin de ma tasse de thé pour vivre pleinement les péripéties.

Elle ressortit de l'eau presque aussitôt, nue et sculpturale, sans la moindre gêne, arborant une expression de colère contenue puis, recommençant de me vouvoyer tout en se rhabillant, elle proposa sèchement que nous repartions avant la marée haute. Je la suivis, penaud et tout à fait incertain de savoir si ma vive imagination littéraire, alliée aux circonstances climatiques, ne m'avait pas à la fois fait manquer une aventure érotique exceptionnelle et obligé à me montrer grossier avec une jolie fille un peu fantasque.

Durant le chemin du retour, elle marcha très vite à quelques mètres devant moi et ne desserra pas les dents. Je pouvais tout à loisir étudier les ondulations de son corps magnifique. Plus perplexe que jamais, je ne savais que dire. Nous arrivâmes enfin à l'automobile qui nous attendait sagement sur le parking de l'esplanade. Le chemin du retour jusqu'à Morlaix s'effectua dans la même ambiance et en dépit de deux ou trois tentatives de ma part pour essayer de renouer avec l'ancien mode de nos échanges, Soizic resta de marbre. À Morlaix, elle arrêta la voiture sur la place centrale et, paraissant se radoucir quelque peu, me lança :

— Tu n'as rien d'un risque-tout, n'est-ce pas ?

— Pas trop, non… Je ne m'aventure qu'en imagination, cela me permet d'échapper aux désagréments des événements véritables.

— Tu fais peut-être un bon choix, après tout ! J'essaierai de repérer les énergumènes dans ton genre, à l'avenir… dit-elle de façon énigmatique. Ah ! Une dernière chose tout de même, les axolotls sont des animaux d'eau douce.

— Oui ! C'est vrai, mais moi aussi finalement !

— Parfait ! Eh bien, adieu ! Cher triton d'eau douce, je te laisse à tes fantasmes d'aquarium !

La portière se referma sur son regard abyssal et la voiture disparut au coin de la rue. Je restai un moment sur la place, décontenancé. Deux jeunes chiens qui folâtraient de concert, comprenant mon état, cherchèrent à m'enrôler dans leur bande, mais j'avais eu mon compte de sensations fortes pour la journée, et m'en revins donc jusqu'à ma petite chambre pour boucler mon sac.

Peu après, à la gare, tandis qu'assis sur un banc en attendant le train pour Paris, je notais ces étranges péripéties sur mon carnet, je parvins à me consoler en usant d'un vieux subterfuge mental qui manque rarement son effet : élaborer un jeu de mots lamentable.

Je me dis qu'il était fatal, après tout, que cette histoire se terminât en queue de poisson.

Pilpoul chez les Milwitzky

J'avais rencontré Perla Milwitzky dans l'autobus, instantanément foudroyé par son regard de grande prêtresse égyptienne ; un regard concentré sur un rêve intérieur et paraissant survoler de très haut, distraitement, les événements immédiats.

Fidèle à ma méthode de l'époque, je l'abordai sans attendre et réussis à la faire rire en feignant une crise de spasmophilie déclenchée par sa beauté. Par la suite, nous nous revîmes souvent pour des discussions enflammées sur l'art, la littérature et l'amour, dans des cafés du Quartier latin où nous étions tous deux étudiants – elle, en ethnologie et moi, en histoire de l'art. Bien que nos échanges aient tourné depuis un certain temps à la relation amoureuse, nos rapports se bornaient – à cette époque pré-soixante-huitarde – à de timides baisers échangés sur les quais de Seine, nous procurant la jouissance de ces longs marivaudages préalables dont la libération sexuelle à venir allait nous priver cruellement… L'accomplissement physique étant d'ailleurs d'autant plus difficile à réaliser que nous habitions tous deux chez nos parents respectifs – elle, dans un appartement de fonction de l'hôpital Rothschild où son père était neuro-chirurgien, et moi, en banlieue ouest.

Cependant un soir, vers minuit, alors que nous venions de voir un film de Rohmer, amusant, agaçant, mais aussi subtilement érotique, et qu'au moment de nous quitter après avoir pris un verre, je lui faisais part de ma crainte de manquer mon dernier train à la gare Saint-Lazare, elle me proposa de venir dormir chez elle.

— Mais… et tes parents ? demandai-je.

— Mes parents sont très accueillants, et puis ce ne sont pas des bourgeois classiques : ils en ont vu d'autres en Pologne et en Amérique ! De toute façon, l'appartement est très grand et tu dormiras dans une chambre séparée. En outre, ma mère est tout à fait spéciale, comme tu le verras.

Nous prîmes un taxi et, nous tenant par la main, ravis et anxieux à la fois de notre aventure naissante, conduits par un chauffeur désabusé et silencieux, nous traversâmes le Paris insomniaque et illuminé comme pour une fête perpétuelle. À part moi, je ne pouvais m'empêcher de songer au passage du *Déclin de l'Occident* où Spengler, évoquant la grande flamme de la Liberté qui brûle au ciel des mégalopoles occidentales, en prévoit – immédiatement après son paroxysme que personne n'anticipera – la brusque et inéluctable extinction. J'avais le sentiment que nous nous tenions au cœur de cette flamme et je priai pour qu'elle ne flanchât pas cette nuit même…

Une fois que le taxi nous eut déposés devant une porte monumentale, Perla sortit une clé qu'elle fit jouer dans la serrure et nous pûmes accéder au vaste rez-de-chaussée circulaire d'une bâtisse à plusieurs étages, de style Art déco, dont les murs étaient ornés de gigantesques peintures censées représenter l'allégorie de la Médecine, du Savoir et du Désintéressement. Ouvrant une seconde porte, nous pénétrâmes dans l'appartement lui-même.

En guise d'introduction, Perla me déclara :

— Je dois te prévenir : ma mère ne dort jamais la nuit, elle rôde dans l'appartement ; et de toutes les manières, à partir de maintenant, ne t'étonne plus de rien.

Nous avançâmes dans un long couloir sombre pour parvenir jusqu'à un antre semblable aux boutiques des souks marocains au centre duquel se tenait un génie oriental au visage basané, aux yeux outrageusement cernés de khôl, aux traits vaguement féminins, les oreilles surchargées de lourds pendentifs, les doigts et les poignets cerclés de bagues et de bracelets rutilants, la tête enserrée d'un entrelacement complexe de divers turbans colorés, et vêtu d'une robe de chambre moirée pareille à celle d'un imam d'opéra. Fixant sur moi des yeux étincelants et courroucés, le personnage s'exclama :

— Ah ! Non ! Ça ne va pas recommencer ! Qu'est-ce que c'est encore que ce freluquet que tu me ramènes ici, Perla ? Je t'avais déjà dit : plus de freluquets à lunettes ! Plus d'étudiants bredouilleurs ! Des garçons autant que tu veux et tu peux faire ce que tu veux avec eux, ça m'est bien égal ! Mais plus d'intellectuels qui me gâchent mes soirées avec leurs théories à la noix.

— Ma mère ! dit Perla, imperturbable, puis elle ajouta à l'intention de celle-ci : Maman, Denis est avant tout un sportif.

— Un sportif ? Quelle horreur ! Mais c'est encore pire ma pauvre Perla ! Va-t-il m'énumérer par le menu ses dernières performances et m'expliquer à quel point il aspire à faire mieux la prochaine fois ? Est-ce que c'est ce que vous allez faire jeune homme ?

— Non ! Rassurez-vous, je déteste ça tout autant que vous ! dis-je, je suis un sportif égaré…

— Égaré, dites-vous, vous m'en avez tout l'air, oui… Non, je vois très bien, vous êtes une sorte de poète idéaliste et vous êtes tombé amoureux de ma fille. Mais je te préviens, Perla, je ne veux plus cautionner tes manigances avec ces pauvres garçons qui ensuite viennent pleurer dans mes jupes et que je dois consoler parce qu'ils ne t'amusent plus. Vous feriez mieux de prendre vos jambes à votre cou et de filer avant que ça tourne au drame, croyez-moi ! Mais puisque vous êtes là et que vous n'avez pas mangé je suppose, vous allez terminer la polenta aux lentilles que j'ai préparée pour mon mari et à laquelle il n'a pas même daigné goûter. Je déteste le gâchis. Vous servirez au moins à ça avant d'aller vous jeter dans la Seine.

— Tu as terminé ta tirade, Maman ? demanda Perla.

— Oui ! J'ai fini ! Bon, asseyez-vous ici dans le coin et toi Perla mets-toi ici, je vais faire réchauffer tout ça.

Mme Milwitzky commença de s'agiter autour de nous dans sa cuisine-caverne ; ouvrant plusieurs tiroirs, elle en extirpa des morceaux de cake aux olives, des petits pains au sésame, sortit du frigidaire des pirojki à la viande et alluma un réchaud à gaz antédiluvien au moyen d'une mèche de papier qu'elle avait enflammée à la veilleuse du chauffe-eau.

— Tu n'es plus obligée d'économiser les allumettes, Maman : la guerre est finie depuis plus de vingt ans et tu n'es plus à Varsovie.

— Ils n'ont qu'à les vendre moins cher ! Je ne m'habitue pas aux prix d'ici.

— Mais tu ne fais jamais les courses ! C'est Zia qui les fait et Papa gagne très bien sa vie.

— Oui ! Mais je fais quand même attention aux prix et je ne m'y habitue pas, c'est plus cher qu'à New York !

— Qui est Zia ? osai-je demander.

— C'est ma tante, la sœur de mon père, qui vit avec nous et qui sert d'intermédiaire entre le monde extérieur et ma mère qui, elle, ne sort jamais d'ici. N'est-ce pas, Maman ? Quelle est donc la dernière fois que tu es sortie ?

— Tu sais que je n'aime pas quand tu me parles sur ce ton, Perla ! Quoi que tu puisses penser de moi, tu dois me respecter car je suis ta mère. Je ne sors pas parce que je dois m'occuper de tout ici et que ça me fatigue, pendant que Mademoiselle court tout Paris et désespère les garçons. Quant à ton père, je ne le vois jamais : il vit dans son service, il n'est que de passage ici et ton frère, lui, il ne s'intéresse qu'à la politique et à ses poissons. Il ne sait même pas ouvrir une boîte de conserve... Alors il faut bien que quelqu'un s'occupe de faire marcher les choses... En plus, comme disait ma mère, est-ce que c'est vraiment mieux chez les goyim ? Est-ce qu'ils ont l'air plus heureux que nous ?...

— Maman, ne commence pas toi aussi, je sais tout ce que tu vas dire, tu me l'as assez répété.

— Je ne le dis pas pour toi, ma fille, mais pour ce jeune homme qui me paraît bien tendre et naïf et qui doit savoir à quoi il s'expose en venant ici, dans le ghetto Milwitzky comme dit Ilya.

— L'oncle Ilya vit ici lui aussi, expliqua Perla, c'est le frère de mon père. Il est professeur de philosophie et discute sans cesse de politique avec mon frère.

— Ah ! Sa philosophie ! Il a tourné la tête de David avec ses idées de « luftmensch ». Bon, ça y est : c'est chaud. En voulez-vous, jeune homme ?

— Il s'appelle Denis, dit Perla.

— Si tu crois que j'ai le temps de retenir les noms de tous tes petits amis... Bon, je vais faire une exception pour vous. En voulez-vous, Denis ?

— Oui, volontiers, ça sent très bon.

— Attendez donc d'avoir goûté avant de faire des compliments ! Vous ne pouvez pas savoir où ça peut vous mener par la suite. Il faut être attentif à bien distribuer les compliments pour rester indépendant, j'en sais quelque chose...

— Bon, Maman, je fais dormir Denis dans la chambre aux tableaux ?

— Quoi ? Il va dormir ici en plus, c'est le bouquet ! Il faut que je sorte des draps et tout le bazar !

— Mais je ferai ça, Maman, pas de panique !

— De toutes les façons, je suis dépassée, déclara Mme Milwitzky, changeant brusquement de registre et s'effondrant sur la chaise vacante. Je ne comprends rien à ce qui se passe autour de moi.

Depuis que je suis partie de Varsow, je ne suis plus à la hauteur et je ne maîtrise plus grand-chose, mon mari est devenu un dibbouk, mon fils un exalté politique, ma fille une messaline, Zia agit sans dire un mot ou raconte des histoires dont je ne saisis pas le sens, quant à Ilya, lui, il philosophe sur la forme et la vitesse des nuages.

— Ça y est ! dit Perla c'est le quart d'heure « mur des lamentations » qui commence.

— Tu peux dire ça, Perla, mais on verra quand tu auras mon âge. Enfin, tu lui donneras les draps bleus que j'ai mis en dessous de la pile de serviettes dans le placard de la salle de bains. Ah, ne faites pas attention si quelqu'un entre dans la chambre en pleine nuit : c'est mon mari qui termine sa tournée d'inspection.

— Sa tournée d'inspection ?

— Oui, dit Perla, mon père a pris l'habitude de tout inspecter, même la nuit, et il inspecte ici de la même manière réglementaire que dans son service, puis il disparaît. Personne ne sait jamais quand il dort ni où il se trouve. Il circule en permanence, sauf entre dix heures du matin et midi où il consulte.

— Bon ! Il est l'heure de mon bain, annonça Mme Milwitzky, je vous laisse, mes agneaux. Perla, n'oublie pas de dire à Denis pour « l'autre individu » : il faut laisser les portes ouvertes pour que Monseigneur Rudolf puise circuler à sa guise.

— Qui est Rudolf ? demandai-je.

— C'est notre chat, dit Perla, il ne supporte pas de ne pas pouvoir entrer dans une pièce. Il nous tyrannise.

— C'est bon à savoir, dis-je.

Après avoir débarrassé la table et rangé la cuisine comme nous le pouvions, Perla me montra ma chambre qui servait en même temps – m'apprit-elle – de réserve pour la collection de tableaux de son père. La moitié de la pièce, assez vaste, était en effet encombrée de toiles empilées les unes contre les autres, tandis que les murs étaient entièrement couverts d'une multitude de tableaux disparates. Perla déplia un canapé-lit et, après s'être absentée quelques minutes, revint avec des draps, un oreiller et une couverture. Puis elle me montra une salle de bains qui se situait presque en face de ma chambre.

— Si tu rencontres mon frère dans l'appartement, dit-elle, surtout pas de préambule : il déteste ça ! Entre immédiatement dans le vif du sujet !

— Et avec toi, dois-je faire la même chose ?

— Patience, dit Perla, tu auras certainement toutes sortes de visites cette nuit. Comme je te l'ai dit, dès l'instant où tu as franchi la frontière du ghetto Milwitzky, tout peut arriver !

— Et pour ton frère, de quoi dois-je lui parler sans préambule ?

— N'importe quel sujet d'ordre philosophique ou politique. De toutes les façons, c'est lui qui fait les questions et les réponses, tu n'as pas à t'inquiéter pour ça. Maintenant, je te dis bonne nuit et à plus tard, je dois aller travailler pendant une ou deux heures.

— Travailler ? À cette heure-ci ?

— Oui, je travaille la nuit, et je ne déroge jamais à mes principes.

— Bon, eh bien bonne nuit, dis-je.

Perla s'approcha de moi et, me prenant par le cou, déposa un baiser furtif sur mes lèvres puis disparut aussi vite qu'un oiseau s'envole d'une branche.

Après m'être installé dans le lit, je remarquai, à la lueur de la lampe de chevet que Perla avait gentiment disposée, l'étagère couverte de livres qui faisait le tour de la pièce. Je choisis un volume à portée de main dont le titre m'intriguait : *Dialogues des amateurs sur les choses du temps* de Remy de Gourmont dans une vieille édition du Mercure de France, à la couverture jaune, aux pages desséchées et presque friables. Je parcourus quelques instants les savoureuses répliques du dialogue entre M. Delarue et M. Desmaisons, puis, distrait de ma lecture par un bruit indistinct provenant des étages, je commençai d'examiner les toiles. C'était essentiellement des portraits et des paysages fin XIXe ou début XXe, mais il y avait aussi des compositions abstraites plus récentes. Juste à l'aplomb de mon oreiller s'ouvrait l'espace d'une vaste scène de genre représentant un aréopage de vieillards lugubres à barbe blanche qui, tous assis solennellement face à l'observateur du tableau, semblaient s'être réunis là pour décider de son sort. Je finis par sombrer dans un sommeil agité où je devais justifier devant un tribunal de juges sourcilleux de m'être introduit de façon illicite dans un lieu sacré – lequel ressemblait fort au logement de la famille Milwitzky. J'en étais à me débattre comme un beau diable, tentant, en vain, de démontrer mon innocence quand je sentis un corps chaud se glisser dans les draps. C'était Perla, nue, qui se lovait contre moi langoureusement.

Il m'a toujours été aussi difficile de conserver une mémoire précise des épisodes de l'amour physique que de ceux qui animent les flammes d'un feu. En l'occurrence pourtant, j'ai conservé, outre le souvenir diffus d'un vif délice, celui d'une image décisive : tandis que, dans l'ardeur de nos ébats, j'avais entrepris de faire l'amour à Perla dans un style apparemment réprouvé par la bonne morale américaine et qu'en conséquence, j'en étais à œuvrer consciencieusement à genoux en tenant ses hanches entre mes mains, mon regard – comme dans un retour du rêve précédent – rencontra soudain celui des vieillards inflexibles sur la toile. Aussi déterminé cependant à encourir la damnation que le Don Giovanni de Da Ponte, je m'obstinai avec défi sous la réprobation accusatrice. Or curieusement, j'eus l'impression de voir leur expression hostile s'adoucir progressivement pour tourner à la contemplation lubrique, voyeuriste, comme si, au fond, j'avais enfin trouvé l'argument susceptible de fléchir leur sévérité à mon égard. Mon ardeur en fut nettement renforcée, mais Perla ne put apprécier sur l'instant à quelle circonstance mentale était dû ce regain d'énergie ni à quelle turpitude secrète elle avait été offerte en pâture au cours de notre premier approfondissement sensuel.

Une fois que nous fûmes rassasiés l'un de l'autre, Perla s'extirpa du lit en me disant :

— Je dois regagner ma chambre, pour la forme vis-à-vis de mes parents ; ne m'en veux pas ! C'est un contrat tacite entre eux et moi.

— Oui ! oui ! Je comprends. D'ailleurs au fond, c'est très bien comme ça : je vais pouvoir rêver de toi plus librement.

— Ah ! Je vois ! Monsieur est un grand cérébral… Bon, eh bien bonne rétroprojection et à tout à l'heure.

Je vis sa fine silhouette élégante se couler dans l'ombre et disparaître derrière la porte qu'elle laissa entrebâillée. Je m'endormis très vite cette fois et ne rencontrai plus mes juges apparemment calmés par le spectacle. En revanche, assez peu de temps après le départ de Perla, je dus remonter un instant jusqu'à la surface de mon sommeil pour prendre à moitié conscience que la nouvelle présence qui se lovait contre moi sur le couvre-lit devait être celle de Rudolf – le tyran des lieux – soucieux d'établir sa mainmise sur le nouvel arrivant.

Le lendemain matin, alors que j'étais déjà éveillé depuis quelques minutes à rêvasser dans le lit en caressant Rudolf, la porte s'ouvrit juste assez pour livrer passage à un petit homme à lunettes rondes, en blouse blanche, l'air absent et affairé, qui, venant jusqu'au lit, se pencha vers moi pour me serrer la main d'une manière à la fois protocolaire et technique (une sorte de doigté délicatement chirurgical) :

— Milwitzky. Enchanté ! Le chat vous dérange-t-il ? N'hésitez pas à le faire déguerpir s'il vous ennuie. Avez-vous eu votre petit-déjeuner ?

— Denis. Enchanté ! Non pas encore, mais je…

— Je m'en occupe ! D'ici cinq minutes. C'est Zia qui vous l'apportera ; bonne journée ! Si vous avez besoin d'autre chose, vous voyez aussi avec elle, dit-il en tournant les talons de façon militaire et s'éclipsant sans rien ajouter.

Ayant contracté la hantise d'être servi au lit car cela me rappelait trop, en l'occurence, un récent séjour à l'hôpital, je me levai et fis un tour par la salle de bains pour une toilette rapide. De retour dans la chambre, je vis qu'un jeune homme à barbiche, approximativement du même âge que moi, m'y attendait, assis dans l'un des gros fauteuils de cuir, un fume-cigarette à la main, s'amusant à projeter des ronds de fumée vers le plafond.

— Avez-vous déjà constaté à quel point les poissons semblent perpétuer leur insouciante existence au sein d'une dimension temporelle qui nous est totalement étrangère ? me lança sans le moindre préambule le personnage que j'identifiai donc sur-le-champ comme étant David, le frère de Perla.

— Euh… Non… Enfin, oui, maintenant que vous me le dites, c'est à peu près l'impression qu'on a…

— Vous n'êtes pas obligé de vous prononcer tout de suite ; mais réfléchissez-y, je serais curieux d'avoir votre opinion là-dessus, car c'est crucial pour un ichtyophile marxiste-léniniste tel que moi, comprenez-vous ?

— Oui, oui, je comprends…

— On dirait qu'ils évoluent en dehors de notre sphère et que leurs nécessités ne sont en rien les mêmes que les nôtres. Ils disparaissent, happés en masse, sans sourciller ni même changer leurs habitudes, et se présentent à leurs prédateurs en toute innocence. Pour une conscience rationnelle, un peu inquiète je vous le concède, et éprise de justice comme la mienne, c'est troublant. Et ce qui me cause du souci d'autre part, c'est que j'ai bien du mal à m'expliquer à moi-même cette dichotomie entre mes deux passions qui sont les collections de poissons rares et le matérialisme dialectique. Entrevoyez-vous, de votre côté, un lien plausible ? Cela m'aiderait beaucoup !

— C'est-à-dire que, à moins de se…

— Oui ! La psychanalyse ! C'est ce que j'ai tendance à penser aussi, mais ce qui me gêne, voyez-vous, c'est la collusion désormais avérée de cette pseudo-science avec le grand capital. La théorie du paiement obligatoire me paraît bien douteuse notamment, et rares sont ceux, parmi les praticiens, qui acceptent de soigner pour peu d'argent. Ce serait plutôt généralement, à ce que je peux observer autour de moi (il y en a un certain nombre dans ma famille), la course au patient fortuné, non ?

— Je connais mal la question, mais cela n'enlève rien à…

— … la pensée théorique elle-même, bien sûr, je savais que vous alliez m'objecter ça ! Mais le fait est que cela me pose un problème d'ordre éthique. Je tiens par-dessus tout à rester cohérent. C'est la moindre des choses pour un communiste rigoureux, ne croyez-vous pas ?

— Si, si, bien sûr, mais je crains de…

— Allons à l'aquarium et vous comprendrez mieux ! dit-il brusquement.

— D'accord, je vous suis.

— Nous allons les surprendre en pleine sieste.

— Vous voulez dire les poissons ? Ils font la sieste à cette heure-ci ?

— Tout est décalé dans le monde aquatique et, de surcroît, ceux que vous allez voir sont des poissons tropicaux : leur horloge biologique est restée réglée sur leur contrée d'origine.

— Ah oui, je comprends.

— Vous allez voir comme ils paraissent insouciants, c'est incroyable… et sans raison apparente !

— Mais pourquoi ne le seraient-ils pas ? Après tout, ils ne risquent pas grand-chose dans leur aquarium.

À ces mots, David s'immobilisa dans le couloir où il me précédait et, se retournant vers moi dans un haut-le-corps, d'un air presque courroucé me dit :

— Mais j'introduis des prédateurs dans l'aquarium, bien entendu ! Je tiens absolument à leur compliquer la vie afin qu'ils ne soient pas névrosés par l'inaction et l'absence de danger. Je veux les observer scientifiquement dans leur milieu presque naturel. Je souhaite percer la raison de leur mépris du danger, de leur insouciance devant l'anéantissement, de leur scandaleuse et peut-être qui sait ? – et là, l'espace d'une demi-seconde, il sourit de façon presque extatique – salubre, merveilleuse désinvolture vis-à-vis du destin. Peut-être pourrait-on en tirer des enseignements pour nous autres, qu'en dites-vous ?

— Peut-être mais…

David ne laissait jamais son interlocuteur terminer sa phrase et paraissait pratiquer, comme beaucoup d'intellectuels exaltés, l'écoute intermittente.

— N'avons-nous pas dans un temps très ancien participé nous-mêmes du monde aquatique ?

— Oui, il y a très longtemps et de là…

— Ne soyez pas aussi catégorique ! Beaucoup de choses se tiennent au sein de la biologie, et avec un pessimisme sceptique tel que le vôtre, aucune avancée sociale n'aurait été possible, pensez-y.

— Je vais essayer d'y…

— Oui ! Essayez, mon petit vieux ! intima David d'un ton péremptoire, vous êtes aussi sympathique que Perla l'a prétendu mais je vous trouve un peu léger sur ces questions. On ne peut passer sa vie à jouer à la balle et à flirter avec des étudiantes en ethnologie, savez-vous ? il y a des réalités autrement plus sérieuses et… impérieuses, s'exclama-t-il en haussant la voix d'un seul coup sur un ton dramatique et en pointant l'index vers le plafond comme pour indiquer une instance souveraine en train de nous épier.

Durant cette tentative de dialogue, j'avais suivi David dans un long couloir qui, après plusieurs coudes, finit par déboucher sur un palier ; de là, quelques marches descendaient jusqu'à une porte basse. David l'ouvrit à l'aide d'une petite clé plate et nous pénétrâmes dans une vaste cave. Celle-ci n'était éclairée que par deux soupiraux et par un énorme aquarium central dont je n'avais vu l'équivalent jusqu'ici que dans les musées océanographiques ; l'éclairage indirect qui émanait de rampes fluorescentes placées sur le pourtour conférait aux lieux une atmosphère de grotte marine. Dans l'un des coins de la pièce se trouvait un autre aquarium, plus petit et divisé en compartiments où évoluaient des poissons solitaires. Le long des murs courait une étagère qui faisait le tour de la pièce et sur laquelle étaient disposés une foule d'objets – bocaux remplis de matières indéfinissables, balance, épuisettes, thermomètres, perche de bambou, etc. – servant visiblement à la fois à l'étude et au soin des poissons.

Au début, on ne distinguait pas les hôtes de l'aquarium central dans le décor de rochers et de coquillages (devant lesquels remontaient des colonnes de petites bulles), d'algues ondulant aux courants artificiels, de graviers aux teintes vives qui en tapissaient le fond. Puis, plusieurs rayures de couleurs chatoyantes se matérialisant d'un seul coup, une créature autonome aux formes inouïes – quasi végétales – commençait à se déplacer lentement devant une paroi rocheuse.

— Celui-ci, c'est le poisson-cristal ! dit David, il passe son temps à tournicoter sur place ou à dormir, sauf pendant dix minutes par jour, toujours à la même heure, où il fait cinq ou six fois le tour de l'aquarium à toute vitesse et sans raison apparente.

— Au passage de son prédateur, peut-être ?

— Non, non, vous n'y êtes pas du tout ! Primo : je n'introduis de prédateur que de temps à autre, sinon je n'aurais plus aucun pensionnaire ; secundo : lorsque le prédateur passe il ne s'en inquiète vraiment pas, comme je vous le disais, et il se laisse scandaleusement gober sans trop réagir… Il fuit sur quelques centimètres, mais sans conviction, on dirait qu'il accepte son destin avec fatalisme.

— Méthode imparable pour échapper à la névrose… plaisantai-je.

— Comment ça ? Mais vous êtes d'un malthusianisme révoltant, mon petit vieux !

— Ah, vous croyez ? Je suis désolé… Ce que je voulais dire, en fait, c'est qu'il y avait peut-être parfois un peu de complaisance dans leur attitude vis-à-vis du prédateur.

— Que voulez-vous dire ?

— Perla m'a expliqué que certains peuples de chasseurs, les Indiens d'Amérique du Nord entre autres, pensaient que s'établissait un équilibre permanent entre les proies et les prédateurs et qu'à certaines périodes à la fois de surnombre chez les uns et de besoins chez les autres, les proies se laissaient faire, ne fuyant même plus…

— Ah ! Les théories de Perla ! J'adore Perla, vous savez, mais c'est une idéaliste romantique, pas le moindre réalisme politique chez elle. Je crois plutôt qu'à certaines périodes, les proies sont tellement paralysées par l'angoisse de leur absurde destin qu'elles s'abandonnent par désespoir, ajouta-t-il, son visage prenant lui-même à ces mots une expression d'angoisse indescriptible. Lorsque les nazis ont pénétré en Pologne, une bonne partie du ghetto s'est laissé engloutir dans l'holocauste sans réagir, savez-vous.

— La comparaison ne me semble pas valable : les nazis étaient sans conteste des monstres sanguinaires et cruels, mais ils n'étaient pas obligatoirement carnivores. Hitler lui-même était végétarien. Les prédateurs tels que les conçoit Perla ne manifestent aucune cruauté, ils…

— Et le Léviathan ? Hein ? Le Léviathan, est-il végétarien lui aussi ? s'exclama David sur un ton exalté, les Juifs ne sont pas des légumes à ce que je sache !

Je compris qu'il était difficile de discuter logiquement avec David ; ma pratique des joueurs d'échecs – auxquels il ressemblait beaucoup – m'avait appris à repérer ce genre de tempérament suffisamment tôt pour ne pas y épuiser ma salive.

— Oui, il est probable que le Léviathan ne pourra jamais se contenter de légumes…

— C'est l'évidence même, mon petit vieux ! Cela dit, l'État socialiste auquel j'aspire éliminera définitivement les prédateurs et nous contrôlerons les pulsions agressives grâce à une meilleure répartition des biens.

— À moins que cet État ne se transforme lui-même en Léviathan.

— Ah ? Réactionnaire donc ! Vous refusez de tenter l'aventure d'une communauté établie de façon rationnelle ?

— C'est-à-dire que j'aurais tendance à me méf…

— Nous n'avons pas d'autre choix, cher ami, nous devons organiser les choses scientifiquement et cesser de nous abandonner à l'anarchie des pulsions. Et comme cela ne souffre aucune discussion, mieux vaut essayer de nous pencher sur cette mystérieuse désinvolture des êtres aquatiques.

— Mais je croyais que les poissons étaient extrêmement voraces.

— Oui, ils le sont à certains moments et très passifs à d'autres.

— Comme nous finalement…

— Oui, peut-être… dit-il, devenant soudain songeur, mais ce qu'il me faut comprendre surtout, c'est cette satanée passivité devant le danger.

— Peut-être n'est-ce pas un danger pour eux en réalité, plutôt un mode de fonct… ?

— Pas un danger !? De se faire bouffer tout cru ! hurla David, vous en avez de bonnes, vous ! Ah, je comprends pourquoi vous vous entendez si bien avec Perla… Vous n'avez pas plus le sens des réalités que ma chère sœur ! Vous aussi vous allez vous faire bouffer tout cru mon petit vieux !

— Oui, c'est bien ce que je crains parfois, sauf sur un court de tennis où je deviens féroce ! dis-je en riant.

— Ah ! mais c'est parce que vous êtes emprisonné par toutes ces lignes et derrière ces grillages. C'est la même chose avec mes pensionnaires, certains sont bien plus agressifs ici que dans leur milieu naturel.

— Alors, comment pouvez-vous en tirer des conclusions ?

— Je sais ! Je sais ! La réalité commence à m'apparaître, dussé-je en souffrir, je les collectionne par esthétisme, je les trouve beaux, ils me fascinent ! dit-il soudain, visiblement accablé, et il se laissa tomber sur une chaise qui se trouvait devant un bureau. Je ne parviens pas à relier les deux pôles de ma vie et je culpabilise…

— David refuse d'être inconséquent, alors que c'est le lot de tout le monde, dit Perla qui était entrée sans que nous l'ayons entendue. L'esprit cartésien t'étouffera, David.

À cet instant, sans répondre à sa sœur, David fonça vers le grand aquarium et tambourina fiévreusement à la vitre, faisant de grands gestes à l'adresse d'un indolent poisson à la parure de dragon chinois miniature qui s'avançait avec nonchalance en direction d'une petite grotte.

— Pourquoi s'obstine-t-il à venir justement là, alors qu'il ne peut ignorer que c'est à cet endroit que l'autre l'attend ? s'exclama David se parlant à lui-même.

— Il préfère être anéanti que de continuer à s'ennuyer dans ton satané aquarium, répliqua Perla, c'est ce que tu n'arrives pas à comprendre.

Puis, se tournant vers moi, elle ajouta :

— David voudrait établir un ghetto pour poissons persécutés et il pense que c'est moi qui suis idéaliste. Bon David, j'emmène Denis, nous te laissons à tes cogitations matérialistes-dialectiques-sous-marines.

— Je préfère effectivement que tu sortes d'ici, dit David, j'ai l'impression qu'il n'y a pas que les garçons que tu troubles, Perla. À chaque fois que tu viens ici, ils se mettent à faire n'importe quoi. Ils s'affolent comme s'ils perdaient la tête et je m'y retrouve encore moins que d'habitude. Bon, eh bien, à bientôt Denis ! Et réfléchissez à tout ce que je vous ai dit !

Nous sortîmes de la cave aux aquariums et Perla demanda :

— À quoi veut-il que tu réfléchisses ?

— Au fait qu'il était irresponsable de passer mon temps à batifoler avec toi.

— Et tu vas y réfléchir ?

— Ça vaudrait sans doute mieux, mais c'est trop tard.

— En attendant, je suis venue t'annoncer que ton petit-déjeuner était prêt, si tu veux le prendre avec moi

Je suivis Perla dans le couloir puis dans un grand salon lui aussi orné de peintures anciennes et, pour le reste, entièrement meublé dans le style oriental. Rudolf s'y tenait assis dans une position hiératique au centre d'une table ronde vernie, tandis que Mme Milwitzky le sermonnait :

— Ah ! Mais pour qui vous prenez-vous ? Vous refusez les croquettes que vous prétendiez adorer la semaine dernière, et maintenant Monseigneur refuse aussi le poulet que Zia a décortiqué spécialement à son intention ce matin ! Vous êtes un être invivable, capricieux, sans la moindre délicatesse. Mais ne vous imaginez pas que je vais me laisser mener par le bout du nez indéfiniment. J'ai droit moi aussi à un minimum de respect. Et personne ne me respecte ici… Ah ! Perla, raisonne ton chat et fais-lui comprendre qu'il n'aura rien d'autre de toutes façons.

— Quand il ne veut pas t'obéir, d'un seul coup, il devient mon chat, mais c'est toi qui le gâtes à outrance, alors ne t'étonne pas ensuite qu'il soit capricieux !

— Vous avez vu comment elle parle à sa mère, se lamenta Mme Milwitzky en s'adressant à moi, mes enfants sont des raisonneurs ; j'aurais dû le savoir en me mariant à un Milwitzky : tous des illuminés dans cette famille, des intellectuels fêlés tous autant qu'ils sont ! Bon eh bien, qu'il en fasse à sa tête cet ingrat, s'écria-t-elle en désignant du menton le chat demeuré impassible. Quant à vous, lança-t-elle en se tournant vers moi, qu'attendez-vous pour aller boire votre thé ? Qu'il refroidisse ?

Quand nous fûmes assis l'un en face de l'autre dans la cuisine, Perla me dit :

— Tu as déjà rencontré la plupart des habitants d'ici mais il t'en reste encore deux à découvrir : ma tante Zia et mon oncle Ilya, une sœur et un frère de mon père ; du côté de ma mère ils sont tous restés là-bas…

— Ah…

— Oui. Ma mère n'en parle pas, mais je crois que c'est la raison de sa claustration volontaire. Elle ne sort jamais, tu sais. Mon frère non plus d'ailleurs. Quant à mon père, il vit dans son service et Ilya dans la philosophie. Il n'y a que Zia et moi à affronter le monde extérieur. Ce que je voulais te dire, en fait, c'est qu'il serait peut-être préférable que tu reviennes un autre jour pour rencontrer le reste de la famille ; cela ferait un peu trop pour une première fois.

— Oui, je crois que tu as raison.

— Reviens jeudi pour le thé, je te présenterai les deux autres. En général, c'est une tradition, nous prenons tous le thé vers cinq heures le jeudi. Il y a parfois des cousins et même mon père fait une apparition. Un conseil familial informel, un pilpoul en quelque sorte. Si tu n'as pas peur de te retrouver de l'autre côté du miroir, dans la logique inversée du ghetto, tu peux venir.

— D'accord, dis-je, je viendrai et je me contenterai d'observer.

— Tu peux faire le kibitzer, si tu veux !

— Le quoi ?

— Le kibitzer ! Celui dont c'est le rôle, dans la tradition yiddish, d'assister au débat en se contentant de faire des commentaires sarcastiques, et de préférence des plaisanteries idiotes afin d'énerver tout le monde.

— Ah ! Oui ! Je suis excellent pour ça. J'ai beaucoup pratiqué dans mon club d'échecs où j'ai eu d'excellents professeurs.

— Oui, c'est une fonction sociale, après tout. L'ethnologie m'a appris que chacun joue un rôle déterminé, qu'il le veuille ou non.

— Et mon rôle auprès de toi, quel est-il au juste ?

— De m'admirer, bien sûr ! Et pour le reste, seul l'avenir le dira. Mais de toute façon, dans le genre de relations que nous avons initié, il ne peut y avoir de kibitzer.

— Détrompe-toi, justement… car pas plus tard que cette nuit dernière…

— Je ne comprends pas. Tu veux parler de Rudolf peut-être ?

— Non. Pas de Rudolf ; mais je te raconterai cela une autre fois, c'est plus un fantasme qu'autre chose…

— Tu as beaucoup de fantasmes à ce qu'il me semble ! Tant mieux ! Je suppose que les fantasmes favorisent l'érotisme…

— Comment ça tu supposes ? N'as-tu donc aucun fantasme en ce qui te concerne ?

— Non jamais ! Pour moi, l'érotisme passe exclusivement par la curiosité et éventuellement – le bref temps où elle persiste – par la fascination que j'éprouve pour quelqu'un.

— Me voilà prévenu !

— Avec toi, je n'en suis actuellement, tu dois le comprendre, qu'au stade de la curiosité.

— J'ai bien peur que cela n'aille pas plus loin, hélas ! Cependant, fidèle à ma tactique sportive, grappiller ce que je pourrai sera mon seul objectif !

— C'est précisément cette optique minimaliste qui pourrait me fasciner, dit-elle en me décochant un sourire sarcastique.

— Dans ce cas, en effet, je conserve toutes mes chances.

— Nous autres, tu sais, les « vainqueurs », « la race des seigneurs », ça n'a jamais été notre tasse de thé.

— Être les élus de Dieu vous suffit.

— Mais tu n'as rien compris, mon pauvre Denis, comment veux-tu qu'un peuple si longtemps, si universellement exclu et persécuté n'ait pas été induit à surcompenser avec le mythe d'une élection qui lui permette de conserver sa dignité à ses propres yeux ?

— Oui, c'est juste…

— De plus, nous ne cessons de corriger ce mythe lui-même par une pratique de la remise en question permanente : non seulement de nos habitudes de pensée, mais encore de l'existence de Dieu lui-même. Nous sommes sans cesse en train de dialoguer avec notre dieu-conscience, et s'il cherche à nous culpabiliser continuellement, nous le lui rendons bien, crois-moi ; il est donc, lui aussi, je peux te l'assurer, mis à rude épreuve. Mais je te ferai un cours sur le « Talmud inconscient chez les ashkénazes » une autre fois. En tout cas, si cela t'amuse toujours de jouer les kibitzers, viens jeudi prochain, maintenant il faut que j'aille travailler.

Une fois dehors et tandis que j'observais les premières feuilles d'automne voleter vers leur prochaine décomposition avec une insouciance que je jugeai, d'un seul coup, un peu irresponsable, je pris conscience que, capté par l'intensité de l'atmosphère

Milwitzky, j'avais tout oublié de mes obligations de la matinée.

Lorsque j'arrivai le jeudi suivant, à cinq heures pile, une dizaine de personnes étaient déjà réunies. Il y avait là, outre ceux que je connaissais déjà, une femme d'un certain âge que j'identifiai comme étant la tante Zia, un grand homme maigre qui devait être Ilya, plus un garçon et une fille assez jeunes dont Perla ne m'avait pas encore parlé. À mon entrée, la conversation s'anima avec une ferveur accrue, chacun feignant de se désintéresser de mon intrusion pour pouvoir mieux m'observer.

— Je vous présente mon ami Denis, annonça Perla sans que personne parût y prêter attention.

Seule Mme Milwitzky vint vers moi et lança :

— Alors toujours en faveur ? Félicitations ! Vous avez dépassé les huit jours, mais c'est vrai que vous êtes habitué à battre des records…

— C'est-à-dire qu'au tennis il n'y a pas de records, nous…

— Pas de records ! Mais alors qu'est-ce qui vous pousse à vous démener ainsi ? C'est pathologique !

— Mais Sarah, tu ne comprends rien au jeu ! s'exclama le grand homme maigre, Denis est davantage un joueur qu'un sportif d'après ce que j'ai cru comprendre. Je suis Ilya, l'oncle de Perla, ajouta-t-il. Ne faites pas attention aux sarcasmes de Sarah, elle n'en pense pas un mot en réalité. Mais venez que je vous présente au reste de la famille.

Nous fîmes alors le tour de l'assemblée et chacun y alla de son bref sourire poli avant que de rembrayer presque instantanément dans la discussion qu'il poursuivait auparavant… sans apparemment plus se soucier de ma présence.

— Nous sommes tous très passionnés par les idées dans cette famille, commenta Ilya. Vous intéressez-vous aussi aux idées, Denis ?

— À peu près de la même façon, dis-je, mais pour ma part, je ne les prends pas vraiment au sérieux, je m'y intéresse comme je m'intéresse aux différentes variétés de plantes ou d'animaux. Je les étudie pour les contempler, sans pour autant y adhérer. Il y en a tant de différentes et tant paraissent si belles et convaincantes, je n'arrive jamais à faire mon choix.

Je vis au sourire d'Ilya qu'il appréciait ma mise en jeu.

— Vous ne croyez donc pas à la Vérité ?

— Je crois aux vérités circonstanciées, limitées et momentanées, dis-je, pas à la Vérité.

— Ah ! Ah ! mais vous êtes le plus nietzschéen des tennismen, dites-moi ?

— Il est vrai que je poursuis rarement une discussion sur ce sujet dans les vestiaires.

— Ah oui ? Et de quoi parlez-vous donc dans ces fascinants vestiaires de sport, s'enquit Ilya sur un ton très affecté, outrant son maniérisme pour me signifier son homosexualité.

— Eh bien principalement de nos résultats, de technique gestuelle ; parfois jaillissent aussi de très grossières et graveleuses plaisanteries à propos du sexe, en général à base de vantardises.

— Mais ça doit être très excitant tous ces hommes nus en pleine promiscuité, vous frottez-vous au savon réciproquement sous les douches, y a-t-il des attouchements entre vous ?

— Mais Ilya, les sportifs ne partagent pas nécessairement tes goûts en matière sexuelle, lança Perla.

— Non, dis-je, il n'y a en général pas le moindre attouchement dans les vestiaires ; au contraire : il y régnerait plutôt une pudeur puritaine émaillée des inévitables saillies obscènes.

— Ah quelle déception ! Je m'imaginais la chose de façon plus érotique, mais sans doute est-ce un fantasme de vieille folle. Ne faites pas attention, mon cher, j'aime provoquer. Cela fait partie de mon jeu, comme dirait Perla.

— Il existe sans doute un érotisme inconscient sur un plan plus général, dis-je, car il est évident que nous observons discrètement nos physiques respectifs et…

— Ah ! Tout de même ! Voilà qui me rassure, vous êtes de belles brutes sensibles au fond ! Ah ! j'aurais dû faire du sport !

— Il n'est jamais trop tard, dis-je.

— Bien sûr, bien sûr, mais j'ai pris le pli de m'abandonner à la langueur et à la délectation morbide de mes propres incapacités ; aussi, je passe mon temps à me consoler avec de belles théories abstraites et, en fait de superbes brutes païennes, vigoureuses et insouciantes comme celles dont je rêve, je ne rencontre que de très laides petites brutes intellectuelles universitaires, dogmatiques et prétentieuses.

— Ilya exagère. Il a beaucoup d'amis et il est considéré comme un excellent professeur de philosophie, dit Perla. En outre, il travaille à une thèse passionnante…

— Tu es un amour, Perla, dit Ilya, mais je ne sais même pas si j'arriverai à la terminer cette thèse.

— Quel en est le sujet ? demandai-je.

— La météorologie des états d'âme, une théorie atmosphérique des idées, répondit-il.

— Ilya pense que nous ne sommes pas plus capables de prédire l'évolution ultérieure de nos propres pensées ou de nos opinions que nous ne savons prédire avec précision le temps qu'il fera dans une semaine, dit Perla. Il pense que nous sommes soumis aux pressions et dépressions atmosphériques de l'inconscient, que seuls les esprits dogmatiques s'imaginent qu'il peut exister une certaine conséquence dans nos pensées.

— Tu devrais écrire cette thèse à ma place, Perla, tu serais bien meilleure que moi.

— Il me paraît tout à fait logique que tu ne parviennes pas à terminer ta thèse, Ilya ! intervint David, tu t'éloignes trop de la réalité économique et sociale – qui nous contraint tous, aussi philosophes que nous soyons !

— Ça y est ! Ils vont remettre ça ! se lamenta Mme Milwitzky.

— Au contraire, c'est une aubaine ! Asseyons-nous en rond et organisons un vrai petit pilpoul bien agressif et bien rigolo, dit un jeune barbu à lunettes que Perla me présenta immédiatement :

— Samuel, mon cousin, apprenti psychanalyste, dit-elle en riant.

— Oui, parlons à tort et à travers mais défendons nos points de vue avec acharnement, proposa une jeune fille rousse qui, tout en me tendant la main, se présenta elle-même :

— Ludmilla, la sœur de Samuel. Puisque vous êtes un sportif, vous devez pouvoir comprendre facilement : l'essentiel est de participer. Mais surtout et de grâce, ne prenez pas cela au sérieux. Il s'agit de plaisanter même si on l'oublie fatalement et qu'on se met en colère. C'est d'ailleurs un peu le but du jeu : celui qui sort de ses gonds a perdu. En général c'est David.

— De toutes les façons, dis-je, mon rôle, d'après Perla, se borne à faire le kibitzer.

— Ah oui ? Un kibitzer goy ? Pourquoi pas ? Ça nous changera, au fond…

L'assemblée commença à s'asseoir en cercle autour du noyau primordial de la discussion. Pour sa part, la belle femme d'une soixantaine d'années, aux yeux mélancoliques, que j'avais identifiée comme étant la tante Zia, n'avait pas encore proféré une seule parole ; cependant lorsqu'elle s'apprêta à le faire tout le monde se tut comme si personne ne voulait manquer ce qu'elle allait dire. Or, murmurant presque, elle dit :

— Le rabbin Ben Yehuda et son élève Joshua se promenaient sur les remparts de la ville lorsqu'ils virent, un peu plus loin, un homme apparemment absorbé par le spectacle du ciel. Joshua dit : « Regardez là-bas, Maître, le Juif qui contemple les nuages. » Ben Yehuda répondit : « Tu t'égares, Joshua : le Juif n'a que faire des nuages. Il mesure les quelques pas qui le séparent de sa propre vie. »

Après qu'elle eut terminé, il s'établit un silence méditatif qui dura une quinzaine de secondes, puis Ilya s'exclama :

— Tu dis ça pour moi, Zia ! Que veux-tu !… Ce qui me sépare de ma propre vie, ce sont en effet des nuées, des fantasmes et des chimères ; cependant, la plupart sont tellement beaux que je ne peux en détacher mes regards.

— Bien répondu, commenta Samuel, Ilya a raison : une vie en vaut bien une autre si on sait l'apprécier.

— On ne peut rien apprécier si on a le ventre vide, dit David.

— Si on a le ventre vide peut-être, et nous devons certes essayer d'aider ceux qui n'ont pas le loisir de la contemplation, mais de là à y consacrer sa propre vie sans plus soi-même jamais contempler quoi que ce soit…

— Tu es injuste, Samuel ! s'écria Mme Milwitzky, lorsqu'il ne fulmine pas contre l'État capitaliste, David passe son temps à contempler ses poissons.

— Oui, mais il se désespère de l'anarchie qui règne dans l'aquarium, ironisa Perla.

— David est moins égoïste que nous tous, voilà tout ! dit Ludmilla, il se soucie des autres, lui au moins.

— Bon, entendu, il est triste de penser que certains pâtissent, mais ce n'est pas une raison pour rester le ventre vide nous-mêmes. Servez-vous donc ! proposa Mme Milwitzky, en désignant la table basse garnie d'une multitude de gâteaux, de biscuits et de fruits secs présentés à côté de deux imposantes théières entourées de tasses dépareillées.

Aussitôt un joyeux remue-ménage suspendit la controverse et tout le monde s'activa fébrilement à se servir.

— Impossible d'être spirituel sans un petit remontant physiologique, lança Ilya.

— Au moins là tu es d'accord avec moi, dit David en souriant, et je constatai que lui aussi s'assouplissait au contact des douceurs terrestres.

J'observai que, pour sa part, la tante Zia qui restait un peu à l'écart, assise sur une chaise, les yeux dans le vague, se contentait de boire son thé à petites gorgées.

M'approchant de Perla, je lui murmurai :

— Ta tante n'est pas très bavarde par rapport au reste de la famille.

— Zia est quelqu'un d'à part, elle est médium, poète, et on ne sait jamais ni ce qu'elle pense ni ce qu'elle va dire. Elle est imprévisible et souvent décisive. Nous avons tous un peu peur d'elle car, très souvent, elle résume les situations d'une phrase énigmatique mais que tu ne peux pas oublier par la suite.

— Bon ! jeta Samuel à la cantonade, où en étions-nous ? Ah oui ! Peut-on philosopher le ventre vide ? À mon avis, en tout cas, si l'on philosophe trop, on en vient obligatoirement à avoir le ventre vide.

— Oui, mais plus important encore, dit Ludmilla, si on a la tête vide, on ne peut pas philosopher du tout.

— Quand on a le ventre vide la tête l'est aussi, répliqua David.

— Quand le sexe est nié, dit Ilya, l'esprit tourne en rond dans la tête et, très vite, il tourne à vide.

— Tu es plus pseudo-freudien que moi, dit Samuel. Personnellement, je pense que c'est là une interprétation déviante de Freud, car lui parle davantage de libido et la libido est beaucoup plus vaste que le sexe, c'est la pulsion reproductive qui en vient à érotiser le monde pour qu'il se perpétue à travers le désir.

— Ce qui tendrait à démontrer que Freud a bien eu son intuition première en lisant Schopenhauer.

— C'est ce qu'on prétend en effet, répondit Samuel.

À ce moment, la porte du salon s'ouvrit et M. Milwitzky fit irruption. Vêtu de sa blouse blanche habituelle, il paraissait toujours aussi affairé. Sans préambule et sans saluer personne, il lança :

— Tout va bien ? Vous n'avez besoin de rien ? Zia, y a-t-il assez à manger pour tout le monde ? je veux dire ici même, pas dans le reste du monde. Pour le reste du monde on va essayer d'y remédier aussi, David, mais pour l'instant je m'occupe d'ici et maintenant. Ah ! Sarah, je vois qu'il n'y a pas de bananes, très important les bananes contre l'hypoglycémie et c'est ce que je redoute pour vous tous quand vous discutez ainsi : l'hypoglycémie ! Bon, je m'en occupe : je vais en faire apporter. Je ne voudrais surtout pas que la discussion s'interrompe pour une simple raison biologique accessoire.

À peine eut-il terminé sa phrase qu'il disparut de nouveau. Je dis à Perla :

— Il est assez marrant, ton père !

— Oui, mais par contre, tu ne pourras jamais avoir la moindre discussion avec lui, et pas pour des raisons biologiques accessoires, pour une bonne grosse névrose paranoïaque bien psychologique. À part ça, comme kibitzer, tu n'es pas très fameux : tu n'ouvres pas la bouche.

— C'est que je suis assez timide sous les apparences, avouai-je.

— Oui, j'ai remarqué : tu as l'assurance des timides, mais on sent qu'on peut te retourner comme une crêpe.

— Comme une crêpe…, je ne sais pas.

— Il faudrait que tu me voies déguster des crêpes, tu saurais à quel point je les adore.

— Dans ce cas, je suis prêt à me faire retourner comme une crêpe, et dans tous les sens même.

— C'est vrai ? Bon écoute, je vais sortir discrètement. Tu restes encore cinq minutes et puis tu prétextes une envie pressante, sans mentionner laquelle, bien entendu, ce serait déplacé, et tu me retrouves dans la chambre aux tableaux, on va essayer de jouer à la crêpe sauteuse, d'accord ?

— D'accord.

Perla s'éclipsa comme convenu.

La discussion, pour sa part, avait dérivé sur l'éventuel parasitisme des artistes contemporains et David, très énervé, vitupérait contre la gent artistique conceptuelle « qui ne vivait que des subsides alloués par l'État alors que presque personne n'appréciait ni même n'avait l'occasion de voir leurs œuvres qui, après avoir été exposées un mois durant dans une biennale quelconque, étaient ensuite conservées à grands frais dans des réserves de musées qu'elles encombraient de leur fatras indescriptible… ».

— Un jour que j'étais à Londres, intervint soudain Zia s'extirpant de son mutisme (et tout le monde se tut à nouveau pour l'écouter), je fus invitée par le fils richissime d'un ami de notre père. Cet homme avait fait fortune dans la publicité et était devenu l'un des plus grands collectionneurs d'art contemporain. Après déjeuner, il me demanda si je voulais visiter sa collection particulière. Je ne pouvais décemment pas refuser, aussi nous commençâmes à passer de pièce en pièce dans l'immense hôtel particulier qu'il possédait à Kensington, et lui s'extasiait devant des bouteilles de Coca-Cola suspendues dans le vide par des fils de nylon invisibles, des sculptures en chewing-gum séché entièrement réalisées avec la bouche par un artiste contorsionniste de la langue, des tas de sable parsemés de détritus durcis à la résine, des bilboquets électriques automatiques fonctionnant en continu sur des sièges arrière d'automobile fixés au sol ; il me faisait pénétrer dans des salles où, dans l'ombre, hurlaient à tue-tête une quinzaine d'écrans vidéo dévidant chacun un programme différent, tous dévolus à des scènes morbides ou scatologiques extrêmes. À chaque fois, il m'annonçait le nom de l'artiste avec un air extrêmement satisfait : celui-là c'est un Millford, celui-ci un Zarattini, etc. Sur le point d'entrer dans l'une ou l'autre salle, il passait régulièrement derrière un panneau pour actionner une commande électrique qui déclenchait les mécanismes ou les éclairages. Je le suivais sans rien dire tandis qu'il continuait de m'expliquer le défi qu'avait représenté l'acquisition de chacune des œuvres. Cependant, comme nous passions dans un couloir, il ouvrit la porte d'une sorte de cagibi dont il tourna le commutateur. Je pensai qu'il voulait une fois de plus accéder à une commande électrique lorsque j'aperçus à l'intérieur de cet endroit une multitude de vieilles godasses entassées n'importe comment, les unes sur les autres. Or, je n'avais pas le sou à l'époque et, parmi elles, j'en repérai immédiatement une qui me plaisait bien et qui paraissait être à ma taille. Je lui demandai si, par hasard, il n'aurait pas la paire et lui, me regardant scandalisé, me répondit :

— Mais Zia ! C'est un Warhol !

Tout le monde éclata de rire et Zia, sans rire le moins du monde elle-même, alla se rasseoir sur le siège où elle était auparavant et se replongea dans ses pensées.

Ilya relança le débat :

— Je ne suis pas d'accord avec vous, votre vision de l'imposture est très superficielle. Leopardi, un philosophe italien du XIXe siècle, l'a sans doute exprimé bien mieux que je ne saurais le faire : nous avons sans cesse besoin du mensonge et de l'imposture. L'imposture, c'est l'âme de la vie sociale. Sans elle, l'authenticité elle-même ne peut rien. Sans une dose d'imposture, même le plus authentique des génies n'est pas complet, car l'authenticité elle-même est obligée de composer avec l'imposture. Examinez attentivement ceux que vous considérez comme des êtres absolument véridiques et vous découvrirez toujours la petite dose d'imposture qui leur a permis d'être reconnus comme tels. En fait, l'authenticité nous ennuie, elle est trop simple et trop pauvre pour nous divertir vraiment. Nous désirons toujours plus qu'on ne peut nous donner. Nous réclamons notre dose d'illusion et d'erreur. Sans elles – et observez dans la nature elle-même, les multiples trompe-l'œil du mimétisme et des parures qui ne cessent de nous abuser –, sans l'illusion et l'imposture, oui, la vie n'est plus désirable ni supportable.

— Je refuse d'entendre des discours aussi captieux, rugit David, sophiste italien ou pas : c'est de la rhétorique, de la simple rhétorique, rien de plus !

Voyant que l'animation était à son comble, j'en profitai pour imiter Perla et gagner le couloir jusqu'à « la chambre des tableaux ».

Hormis la petite lampe qui était restée à sa place au-dessus du lit, la pièce était plongée dans l'ombre. Perla était enfouie dans le lit et, une épaule dénudée, lisait le livre de Remy de Gourmont que j'avais omis de remettre à sa place la fois d'avant. Elle me dit :

— C'est ça que tu lisais la dernière fois ? C'est amusant et subversif sous des dehors légers. De plus, je trouve cela très intelligent de présenter des idées philosophiques sous forme de dialogues.

— C'est une tradition qui s'est perdue, malheureusement. Nous n'avons plus droit qu'à des discours ex cathedra qui se prennent très au sérieux et nous ennuient.

— C'est pourquoi dans nos pilpouls la règle tacite est de faire semblant d'être sérieux sans l'être tout à fait.

— Tu veux dire que David lui-même n'est pas entièrement sérieux ?

— Sur le moment plus ou moins, mais c'est de la véhémence, si tu le connaissais mieux tu verrais que, quand il est calme, il ne croit à tout ça qu'à moitié.

— Et il lui arrive d'être calme ?

— Rarement, c'est vrai, avoua-t-elle en riant, mais maintenant si je t'ai fait venir c'est pour avoir un petit pilpoul intime avec toi. J'en avais très envie tout à l'heure et je peux résister à tout sauf à la tentation.

— Quand tu fais des citations, tu pourrais avoir l'honnêteté de citer tes sources.

— Je ne suis pas du tout partisane de ce principe : il y a celui qui produit la phrase et celui qui la fait circuler dans le public, j'estime que les deux ont une égale importance, comme les intermédiaires et le producteur dans le commerce.

— Du producteur au consommateur n'est pas ta formule, si je comprends bien ?

— Nous autres, les Juifs, avons été obligés de devenir des intermédiaires – avec Dieu pour commencer – et depuis si longtemps qu'il m'est impossible de voir les choses autrement. Mais viens donc ici à côté de moi pour que tu voies si je suis aussi un bon intermédiaire dans le commerce du plaisir, dit-elle, et me prenant par la main, elle commença de m'attirer à elle. Après m'être déshabillé en hâte, je la rejoignis pour sentir son corps, fin et souple, vibrer au contact du mien ; ses mains remontèrent alors langoureusement le long de mon dos et s'attardèrent dans mes cheveux, sa bouche aspira la mienne… J'avais l'impression que ma petite jugeote – précédemment mise à si rude épreuve – se dissolvait en sombrant dans un gouffre de délices abyssal…

Je ne sais combien de temps dura ce merveilleux naufrage ni combien de temps, après la lente remontée à la surface, nous nous tînmes enlacés l'un à l'autre – tels deux rescapés flottant sur le radeau du petit lit d'appoint –, toujours est-il que Perla dit soudain :

— Ah oui ! Les kibitzers, je les vois ! et en riant, elle désigna du menton les vieillards du tableau au-dessus de nous, puis ajouta : Ceux-là ne paraissent pas très doués non plus pour le rôle.

— Oui, mais l'autre jour, il m'a quand même semblé les voir se rincer l'œil.

— Ah ! C'est tout de même étrange que les fantasmes érotiques de tant d'hommes doivent passer par un regard extérieur.

— Tu crois que les femmes sont différentes ?

— Je crois, oui, pour la plupart.

— Mais toi et moi nous n'avons aucune expérience de ces choses, nous débutons !

— Oui, mais sache que mes tantes et moi nous discutons très librement et j'ai bien retenu ce qu'elles m'ont dit.

— Si ce sont tes tantes…

— Mais que crois-tu donc ? Que tu es le seul à avoir été jeune ? Ma tante Zia, par exemple, la seule que tu connaisses, était une beauté réputée en son temps et je sais de source sûre qu'elle en a amplement profité.

— Tu as raison, je crois souvent comprendre mieux que les autres.

— C'est ça qui te rapproche de pas mal de gens de ma famille : tu es un besservaïsser.

— Un quoi ?

— Un besservaïsser : « celui-qui-sait-mieux » en yiddish. Il se trouve que, chez nous, il y en a beaucoup, c'est une des formes que peut prendre le complexe de supériorité-infériorité qui nous caractérise, encore une surcompensation vois-tu !

— Ah oui ! Donc, si je comprends bien, selon toi, beaucoup d'entre vous, à force d'être méprisés, auraient fini par inconsciemment se mépriser eux-mêmes et ils surcompenseraient un sentiment d'infériorité, un mépris de soi-même annihilant, par une attitude de supériorité affichée ?

— À peu près ça, oui… Mon oncle Moshé, que tu n'as pas encore rencontré (bien que d'ordinaire il ne manque aucune de nos réunions), quel que soit le sujet abordé, possède de meilleures informations ou prétend connaître la question plus à fond que toi ; quelque histoire drôle que tu racontes, il la connaît sous une meilleure version, etc. Mais il n'est pas le seul, et c'est pourquoi il existe une vieille blague yiddish qui dit : « Dieu sait tout, mais le Juif sait mieux ! »

— Tu as raison, il va falloir que je me surveille : j'ai, moi aussi, une certaine tendance…

— Moi, c'est ça qui m'a plu chez toi, parce qu'on sent tout de suite d'où ça vient, c'est émouvant et puis ça me permet de te retourner comme je veux, il suffit de ne pas te braquer et dès lors, tu es doux comme un mouton. Je connais assez de besservaïssers pour savoir que si on évite de trop les contrecarrer, leur mégalomanie les conduit à la seule attitude de supériorité vraiment efficace : prétendre, au bout du compte, ne rien savoir du tout.

— C'est trop talmudique pour moi, je suis perdu…

— Eh bien, sache seulement que dans la tradition juive ancienne, c'est finalement le simple d'esprit, le schmoke, qui détient la vraie connaissance, sans le savoir d'ailleurs. Ce mythe a sans doute été forgé par opposition à trop de savoir livresque.

— Et tu me vois comme ça aussi ?

— Très souvent, oui !

— Tu as raison, en fait ! D'ailleurs, je sens qu'en ce moment même je deviens tout à fait idiot.

— Ça y est ! Tu commences à comprendre ! dit Perla en riant.

À cet instant, la porte s'entrebâilla et nous entendîmes la voix d'Ilya :

— Perla et Denis vous êtes là ? Il faudrait que vous veniez nous rejoindre maintenant. Tu sais que ta mère va encore s'énerver sinon, Perla.

— Oui, oui, merci mon oncle, nous arrivons.

La porte se referma et Perla jaillit du lit pour se rhabiller. Tandis que je la contemplais avec admiration, elle me dit :

— Mes parents sont très libéraux tant que je respecte les formes, mais je ne dois pas dépasser certaines limites. Dépêche-toi, sinon tu ne pourrais plus revenir. Je file devant et tu me rejoins dans cinq minutes dans le salon, sans avoir l'air trop confus ni trop avantageux, d'accord ?

— Je vais essayer, mais je ne garantis rien, après ce que tu m'as dit…

— Ne t'en fais pas ; de toutes les façons, tout le monde sait à quoi s'en tenir, il suffit que tu donnes simplement l'impression de t'efforcer d'être discret.

— Ça va être difficile mais je ferai de mon mieux…

Lorsqu'elle fut partie je demeurai un instant la tête enfiévrée de tout ce que je venais de vivre, savourant par-dessus tout la certitude d'avoir enfin rencontré cette *maîtresse* dont, au sortir de ce qui avait été ma confuse adolescence et à la suite de mes lectures stendhaliennes, j'avais tant rêvé. Cet apprentissage amoureux qui fut, parmi les quelques autres qui allaient lui succéder, celui dont je conserve la plus élective nostalgie suivit – comme c'est la règle – son cours imparti dans le temps et je cessai un jour, ainsi qu'elle m'en avait loyalement prévenu, d'intéresser Perla.

Or aujourd'hui, près de quarante ans plus tard, lorsqu'il m'advient de me reporter en pensée à cet instant précis où je savourais ma bonne fortune dans la resserre aux tableaux des Milwitzky, je revois avec une précision inattendue – comme s'ils s'étaient gravés à jamais dans ma mémoire – les moindres détails du lieu : le lit d'appoint sous le tableau des « voyeurs lubriques » ; les cadres tournés vers le mur ; l'étagère poussiéreuse ; la couleur jaunâtre du papier peint ; la couverture fatiguée du livre édité au Mercure de France ; la petite lampe… et je m'avise d'une chose essentielle que ni Perla ni moi – qui cherchions alors à établir nos premiers repères dans le monde adulte – ne pouvions anticiper : la vitesse subreptice avec laquelle le temps allait nous emporter loin de nos premières amours !

Don Juan et les chérubins

Simon, mon vieux copain new-yorkais, grand séducteur devant l'Éternel, était venu séjourner à Paris dans mon appartement, pour quelques mois. Comme il était très accaparé par ses affaires de cœur, je n'avais le loisir de le croiser – pour un petit-déjeuner tardif – que les rares fois où sa traque de la soirée précédente s'était soldée par un échec. Ce matin-là pourtant, il arborait un air étrangement satisfait et ne tarda pas à m'annoncer qu'il était tombé *sérieusement* amoureux d'une sublime Argentine, étudiante en philosophie à la Sorbonne, que le charme qu'elle exerçait sur lui était tel qu'il n'avait pas même encore, alors qu'il la connaissait maintenant depuis déjà trois semaines, été traversé par l'idée de « conclure » – sa beauté foudroyante, son intelligence, son érudition, sa classe l'ayant réduit à une chasteté contemplative fascinée !

— D'ailleurs, ajouta-t-il, je vais te la présenter ce soir. Nous avons rendez-vous pour dîner tous les trois à l'Italien de la rue des Canettes. Tu pourras constater que, cette fois-ci, je ne me fourvoie pas comme tu penses que j'en ai l'habitude.

Ce soir-là, lorsque nous fûmes tous trois attablés, je pus en effet constater qu'à tous points de vue Simon ne m'avait pas menti. Ermelinda était une des quintessences possibles de la femme fatale : élégance, intelligence et beauté sensuelle... annihilantes !

C'est elle, avec un fin sourire, qui lança le sujet de la conversation : Don Juan aimait-il réellement les femmes ?

— Bien sûr qu'il les aime, s'exclama Simon, mais il les veut toutes, il souffre de la multiplicité du désir masculin, de l'unicité de la personne, de n'être qu'un individu limité. Est-ce sa faute, aussi, si la nature a placé les mâles humains en spermatogenèse permanente ? Au moins, lui, assume-t-il cet impératif biologique avec panache.

— Tu as peut-être raison, querido, répliqua Ermelinda, mais je crois aussi que c'est un puritain ; les femmes sont pour lui un objet paradoxal, à la fois de fascination et de perdition, car, au fond, c'est un grand pessimiste : à ses yeux le monde est essentiellement mauvais et il supporte très mal de devoir être soumis, à travers le désir qu'il a d'elles, au besoin compulsif de relancer le manège universel. Il veut donc humilier les femmes pour les punir de ce pouvoir qu'elles détiennent sur lui. Hélas, c'est une tâche prométhéenne, un puits sans fond, car perpétuellement de nouvelles formes, toutes aussi tentantes les unes que les autres, surgissent et l'enchaînent à son inépuisable combat.

— Peut-être pas inépuisable, après tout : ne peut-on imaginer Don Juan soudain vaincu par l'amour ? lança Simon en regardant Ermelinda intensément.

— Oui ! Peut-être... Le temps où l'une d'entre elles parvient à lui résister plus habilement que les autres !

— Tu es terrible ! dit Simon. Mais j'ai aussi lu quelque part que Don Juan souffrait de ne pouvoir croire à sa propre existence, qu'il avait un besoin maladif de séduire, faute de quoi son degré d'existence retombait au niveau de celui d'une pauvre amibe esseulée.

— Une amibe lubrique, dis-je, pour participer à la conversation

— Que savez-vous de la lubricité ? dit Simon, Nous autres Ashkénazes sommes fatalement lubriques pour la raison que, des siècles durant, notre simple droit à l'existence a été contesté. Dans l'ancienne Russie, nous n'étions pas même considérés comme des êtres humains ; aussi, lorsque les ghettos se sont ouverts, nous avons été légitimement saisis d'une fièvre d'exister et de nous reproduire à travers toutes les belles formes qui nous étaient soudain offertes, à nous aussi, dans le vaste monde.

— Pauvre Simone, dit Ermelinda, tu as bien le droit de te reproduire autant que tu le désires, mais Don Juan, lui, ne veut-il pas détruire le monde plutôt que de le perpétuer ? Ne dit-on pas souvent qu'il déteste ses congénères ?

Je crus bon, à ce stade de la conversation, de détourner un peu l'objet du débat.

— Vous ne cessez de parler de Don Juan, mais que faites-vous de l'autre grand séducteur qu'est

Casanova dont le caractère est entièrement différent ?

— En quoi est-il si différent ? demanda Ermelinda.

— En ce que lui n'est pas poussé par les mêmes motifs que Don Juan. Casanova aime le monde et les êtres qui l'habitent, il n'est en rien judéo-chrétien : c'est un païen. Casanova, dans la vie ordonnée des honnêtes bourgeoises, représente le passage du dieu Pan, le vertige irrésistible du plaisir dionysiaque. D'ailleurs, le Casanova historique n'avait de cesse de « caser » au mieux celles qu'il s'apprêtait à quitter. Les abandonnées conservaient de la tendresse pour lui, alors qu'elles n'éprouvent que haine pour Don Juan.

— Une haine un peu trouble… avança Simon.

— Oui, car il réveille la putain qui sommeille chez la femme, s'exclama alors Ermelinda.

— Comment ? Comment ? demandai-je.

— Eh bien ! Tout simplement en ceci : vous autres, les hommes, êtes toujours prêts – du fait même de votre idéalisme impénitent – à vous émouvoir au tréfonds de votre tendre petit cœur à l'idée de la répulsion physique des femmes pour les butors. Mais vous êtes loin du compte ; vous ne considérez pas l'aspect, chez la plupart des femmes, de la « putain universelle ». La passivité physique dont les femmes sont capables lorsqu'elles ont à subir à contrecœur une excitation amoureuse qu'elles ne partagent pas vous demeure tout à fait énigmatique, car vous ne tenez pas compte de la satisfaction profonde que le simple pouvoir d'éveiller le désir procure aux femmes. Quand l'un d'entre vous voit une fille sensible en compagnie d'un mâle qui vous semble une brute, la pitié s'empare de vous, alors que celle-là même que vous vous représentez en victime n'a cure de vos bons sentiments.

Quand elle eut terminé son petit laïus, Simon et moi demeurâmes trop désarçonnés pour faire le moindre commentaire. Cette fille était décidément étonnante !

Simon finit par rompre le silence :

— Finalement, Ermelinda, qui donc préfères-tu, Don Juan ou Casanova ?

— Ni l'un ni l'autre : moi, je suis une Amazone, une Diane chasseresse, et je ne supporte de séduire que lorsque j'ai l'initiative ; c'est ce que tu ne parviens pas à comprendre, mon cher Simon : tu devrais au moins feindre d'être une victime pour me plaire plus complètement.

— Je suis pourtant beaucoup moins entreprenant que d'ordinaire, s'exclama Simon visiblement désappointé.

— Peut-être, mais on te sent en train de calculer tes combinaisons comme un joueur d'échecs qui se croit grand stratège. Nous avons un sixième sens pour cela, nous autres les don juanes. Tu as trop la passion du contrôle pour laisser l'initiative à une femme.

Je vis que Simon perdait pied.

— Et que faites-vous, vous deux, dans tout cela, demandai-je, de la jouissance physique dans l'instant du coït, de cette exultation anonyme où l'ego s'oublie enfin lui-même au sein de la grande pulsion libidinale ?

— Holà ! Holà ! Calmons-nous, s'écria Ermelinda, gare à la métaphysique allemande ! On a vu où ça les a menés il n'y a pas si longtemps. Mais, mon cher Denis, *la petite secousse*, comme il faut bien la nommer malgré tout, n'est que la conséquence de toute cette mise en scène grandiloquente, c'est « la cerise sur le gâteau » comme vous dites en français.

— Tu es finalement trop cynique pour moi, dit Simon.

— Les Amazones ne se payent pas de mots, nous chevauchons à cru ! déclara-t-elle en nous fixant de ses yeux étincelants.

— Et tombent-elles parfois amoureuses ? demandai-je.

— Hélas oui ! répondit Ermelinda, et je vis Simon se redresser imperceptiblement sur sa chaise, il nous arrive de tomber amoureuses mais seulement lorsque nous rencontrons Chérubin.

— Chérubin ?

— Oui, le symbole de l'amour naissant, de l'amour innocent qui ne vieillira jamais. Seul Chérubin peut émouvoir le cœur des Amazones, car il est complètement désarmé.

— En ce sens, il pourrait être assez proche de Casanova, dis-je.

— Sauf que Casanova n'est pas désarmé, c'est un faune mythologique, Chérubin, lui, représente l'instant unique où Éros parle pour la première fois.

— Dans *Le Mariage de Figaro* de Beaumarchais auquel tu fais allusion, Suzanne le qualifie pourtant de « morveux sans conséquence », dit Simon avec une pointe d'agressivité dépitée.

— Oui, parce que Suzanne est pusillanime et lorsque Chérubin meurt, la platitude du drame bourgeois peut s'établir, étouffant la morale aristocratique du plaisir. Nous autres Amazones, dans la cité bourgeoise, ne pouvons plus chevaucher que dans les allées cavalières et cela nous est assez insupportable, comprenez-le.

— De toutes les façons, dans cette cité-là, en fait de chérubins il n'y a plus que des nourrissons ailés, des cupidons potelés avec des bouches en cœur, des arcs et des flèches en sucre, laissa tomber Simon.

— Et dans une ère de dictature de la petite bourgeoisie comme celle où nous sommes désormais, dis-je, où les Amazones se réfugient-elles ?

— Dans les cercles d'équitation, dit Simon.

— Dans les cours de philosophie également, murmura Ermelinda.

— Où elles finissent par s'enticher de leur vieux professeur parce qu'elles croient découvrir en lui un chérubin attardé, dit Simon.

— Et pourquoi les Amazones ne pourraient-elles pas être émues par les vieux chérubins prolongés ? demanda Ermelinda.

— Parce que l'onanisme cérébral les a momifiés dans leurs sarcophages de théories desséchées, répondit Simon.

— Certaines momies sont pourtant plus émouvantes que de jeunes crocodiles présomptueux, non ?

— Oui, vous avez certainement raison, Ermelinda, dis-je, toujours fidèle à ma tactique de détournement du conflit latent, et par ailleurs, concernant les affaires de l'amour, ne nous débattons-nous pas, tous autant que nous sommes, parmi les réminiscences d'anciens mythes littéraires, et n'est-ce pas d'ailleurs l'un des enseignements du vieux crypto-kabbaliste viennois ?

— Oui, apparemment… et pour les mythes, je suis d'accord avec vous, Denis : nous sommes les avatars d'anciens archétypes, les marionnettes d'un très vieux guignol mental, mais assez philosophé pour aujourd'hui, il est temps pour moi de réintégrer mon gynécée, mes petits chérubins ratiocineurs, dit Ermelinda, Pégase m'attend dehors pour m'emporter à tire-d'aile vers mes chères études d'Amazone refoulée… mais pugnace ! ajouta-t-elle, en regardant Simon dans les yeux.

Je sentis qu'une joute d'importance s'engageait entre eux et je m'apprêtais à m'éclipser lorsque Simon m'arrêta :

— Je rentre avec toi !

Nous saluâmes la belle Ermelinda qui enfourcha son scooter devant la porte du restaurant et, dans un démarrage foudroyant, disparut au coin de la rue.

Lorsque nous fûmes assis dans la cuisine, chez moi, buvant nos camomilles à petites gorgées, Simon, préoccupé, me dit :

— Tu as compris ce qui m'arrive ?

— Tout à fait ! Il faut avouer que cette fille est assez fascinante…

— Oui, mais vois-tu, son attitude m'a renforcé dans mon optique. Nous sommes en guerre avec elles, une guerre totale des sexes, mon vieux, ne te leurre pas ! C'est un combat sans merci pour la domination du monde sensuel et ne compte pas sur moi pour déserter. Je ne crains pas le Commandeur ! Qu'il entre ! Je ne faiblirai pas davantage que mon illustre prédécesseur ! Nous sommes des prédateurs, vieux frère, et nous devons assumer notre destin. Pas de pitié pour la putain universelle, séduisons à tour de bras, sans jamais faiblir ! « Mil e tre » sans vergogne ! Repeuplons l'univers de nos bâtards sans nous soucier des conséquences et obligeons toutes ces impudentes Amazones à langer leurs bambins, plutôt que de nous laisser piéger dans les culs-de-sac de leur passion revendicatrice !...

Simon était lancé dans une des diatribes véhémentes qu'il avait coutume d'éructer la nuit dans le secret des appartements. Je l'écoutais en riant sous cape, car il était toujours difficile de déterminer, dans ces moments-là, s'il plaisantait ou non et je le savais fort susceptible. Toujours est-il qu'après une philippique enflammée contre la gent féminine et sa rouerie impérialiste, Simon s'affaissa soudain comme un ténor épuisé après son grand air et déclara qu'il allait se coucher « en enfourchant son Aliboron et non son Pégase, comme certaines... ». Je constatai avec soulagement que la veine de l'humour juif l'avait finalement ramené au calme et je lui souhaitai bonne nuit.

Le lendemain matin, nous fûmes réveillés par un coup de sonnette impérieux. C'était le facteur qui, s'étant assuré qu'un certain Simon Karpinsky recevait bien son courrier chez moi, me remit une lettre bardée de cachets attestant que cette dernière avait transité par New York. Simon, émergeant à grand-peine du sommeil, commença par retourner l'enveloppe pour étudier sa provenance et afficha alors une expression d'extrême surprise :

— Figure-toi que je reçois une lettre d'une fille – superbe au demeurant – avec qui je n'ai passé qu'une seule nuit il y a quatre ans à Stockholm. J'avais dû lui laisser mon adresse…

Il ouvrit la lettre et, après avoir parcouru une dizaine de lignes, devint soudain très pâle puis, interrompant sa lecture, fixa le mur devant lui comme un boxeur sonné.

— Une mauvaise nouvelle, Simon ?

— Pire que ça, mon vieux !

Il n'en dit pas davantage et poursuivit sa lecture, aussi bouleversé que s'il lisait son arrêt de mort. Je jugeai bon de le laisser tranquille et allai préparer le café.

Une dizaine de minutes plus tard, il fit son apparition dans la cuisine, accablé :

— Sais-tu ce qui m'arrive ? Cette fille, dont je viens de te parler, m'écrit pour m'annoncer que j'ai un fils de trois ans. Elle m'avait piégé ce soir-là, car elle avait décidé d'avoir un enfant d'un inconnu pour pouvoir l'élever seule, sans interférence masculine. C'est une sorte de féministe d'avant-garde comme il y en a tant dans les pays scandinaves. Je suis anéanti mon vieux !

— Mais ne m'as-tu pas dit hier soir que nous devions repeupler la planète de nos rejetons sans nous soucier des conséquences ?

— Oui, j'ai dit ça hier soir parce qu'Ermelinda m'avait mis hors de moi, mais ce matin je suis père d'un enfant, comprends-tu ? Et pour nous, les Juifs, les enfants sont une chose sacrée. Je suis bouleversé, mon vieux, ma carrière de don Juan s'arrête là… Fauché en pleine gloire, ravalé au dénominateur commun par un bas-bleu féministe, quel désastre !

Comme je devais me rendre à l'évidence de son sincère désarroi, je n'eus pas l'imprudence de sourire ni la cruauté de faire le moindre commentaire, songeant à part moi que, lorsqu'il s'agissait de rabattre l'orgueil aristocratique de Don Juan – là où un Commandeur en grande tenue d'apparat ou une Amazone vengeresse échouaient lamentablement –, il suffisait aujourd'hui à la petite-bourgeoisie régnante de déléguer un tendre chérubin joufflu aux fesses roses.

Le syndrome du samizdat

> « Chin Chengt'an considérait la lecture d'un livre interdit, derrière des portes closes, par une nuit de neige, comme un des plus grands plaisirs de la vie. »
>
> Lin Yu Tang

En commençant de gravir les marches de la rue du Chevalier-de-La-Barre qui, à Montmartre, grimpe vers le Sacré-Cœur, je sus tout de suite que je venais de franchir une frontière invisible et de pénétrer dans l'un de ces repaires secrets préservés au cœur des grandes villes. Cette impression se prolongea en traversant la petite cour pavée où semblait perdurer un calme intemporel, puis se renforça encore aussitôt que je fus entré dans l'atelier où étaient disposées les toiles.

L'artiste, une grande femme mince d'une cinquantaine d'années, m'y attendait, vêtue d'un ample tablier blanc constellé de taches de couleurs, ses longs cheveux retenus par un turban indien, les pieds chaussés de tennis de plage, un fume-cigarette au bout d'une fine main osseuse. Elle me donna immédiatement l'impression d'appartenir à une classe de dandys féminins dont je n'avais fait qu'entr'apercevoir le type dans des albums de photos montrant la vie de bohème des artistes du début du siècle à Paris (et à Montmartre précisément...). Étais-je la proie d'un sortilège ressuscitant un vieux songe ?

Nous approchions de cinq heures et elle avait préparé un thé parfumé que nous bûmes dans de petites tasses diaphanes, presque sans dire un mot, tandis que je contemplais l'endroit.

Sous l'éclairage d'une haute verrière à demi occultée par de longs rideaux décolorés se déployaient une multitude de plantes vertes tentaculaires qui, après s'être enroulées autour de la rampe d'escalier de la mezzanine, s'agrippaient aux barreaux de la balustrade pour aller, en fin de course, festonner les nombreux fils de fer tendus sur les murs au-dessus de nos têtes, conférant aux lieux l'allure d'une serre tropicale. Une infinité de livres et de bibelots, débordant des étagères, s'entassaient en piles instables un peu partout. Dans un coin, une vieille radio avec son pick-up, environnée d'une collection de disques vinyle à la pochette fanée, semblait continuer à remplir son office. Sur la mezzanine, une fontaine d'appartement chantonnait entre deux gros chats jumeaux, roux et blanc (Narcisse et Goldmund, m'annonça-t-elle), qui, les yeux fermés et lovés dans de profonds fauteuils dépenaillés, se faisaient face – tels les ornements d'un porche de temple chinois consacré au calme céleste (et surveillant accessoirement l'accès d'une pièce dont la porte entrebâillée laissait apercevoir un lit). Sous la mezzanine, dans l'un des angles de la pièce, s'ouvrait l'espace exigu d'une cuisine « de bateau » dont le hublot donnait sur le dôme du Sacré-Cœur. Aux emplacements laissés libres par les ustensiles de cuisine pendus aux murs étaient punaisées des cartes postales de toutes provenances. Sur une large table centrale et sous l'éclairage d'une suspension basse, environnée de pinceaux, de fusains et de pots de couleurs, était posée une toile où s'ébauchait une composition. Sur une commode fatiguée, tout près d'un vieux poêle, trônait un antique samovar hors d'usage.

Après un premier éblouissement occasionné par le charme qui émanait des lieux et de la personne même d'Irina (c'était son prénom), invité à faire le tour des œuvres accrochées aux murs, j'entrepris de scruter ce qui pouvait apparaître comme une restitution fidèle d'éclats tremblants dans du verre, de rides fugaces à la surface de l'eau, de patines et d'oxydations sur les murs, le tronc des arbres, les cailloux, bref, comme une collection de ces menues traces laissées par le passage du temps et des intempéries sur les moindres objets. Au long de ma dérive contemplative de toile en toile, j'étais pris de ce léger vertige qui vous vient lorsque, après avoir tenté de fixer le lit d'une rivière à travers les reflets réverbérés en surface, vous commencez à percevoir les subtiles irisations des cailloux et des algues qui en tapissent le fond ; j'étais délicieusement gagné à vrai dire – l'excellent thé russe rehaussé d'un peu de vodka aidant – par cette douce euphorie que la faculté d'attention accordée aux choses les plus infimes et les plus éphémères suscitait en moi au cours de mon enfance. Or, en observant à la dérobée le visage d'Irina qui m'accompagnait sans rien dire, je crus déceler, au travers du sourire rêveur qui fleurissait sur ses lèvres, une ingénuité d'éternelle petite fille.

Une fois que j'eus terminé cet attentif et nostalgique examen, nous vînmes nous asseoir devant le poêle. Nous étions au cœur de l'hiver, à quelques jours de Noël. Le ciel gris et bas était au bord de la neige et le froid semblait traverser la verrière aussi facilement qu'une feuille de papier translucide. Le Godin chauffé à blanc n'irradiant qu'un étroit cercle de chaleur, nos tasses à la main, nous tenant presque accroupis l'un près de l'autre sur un banc assez bas, j'avais l'impression de participer à un obscur rituel magique.

Elle me déclara alors, avec un léger accent russe :

— Je suis incapable, hélas, de vous dire quoi que ce soit d'intelligent sur ma peinture. Je vais me promener seule tous les matins avec mon carnet et ma boîte d'aquarelle et lorsque je suis attirée par une tache sur un mur, une moisissure sur un tronc d'arbre, une coulée de boue sur le chemin, j'en prends note immédiatement, puis une fois revenue ici, je tente de l'adapter au format de mes toiles habituelles, mais je ne fais que recopier le plus fidèlement possible ce que j'ai noté, car je n'ai aucune imagination. C'est tout ce que je peux dire.

— C'est important pour vous de ne pas inventer ?

— Oui. Je trouve que si l'on parvient à isoler des fragments naturels, c'est toujours beaucoup plus beau que des éléments inventés.

— Ce ne sont donc pas vraiment des tableaux abstraits ?

— Non, pas vraiment. Ma seule intervention personnelle consiste à choisir et à cadrer le fragment puis à en agrandir un peu l'échelle, c'est tout.

— Mais avant ça, vous avez regardé beaucoup de tableaux ?

— Oui, beaucoup ! Durant toute mon enfance.

— Avez-vous appris à dessiner ?

— Oui et non. J'ai pris des cours de dessin et de peinture, ici et là. J'ai même essayé de dessiner et de peindre de façon académique pendant des années : avec des sujets, des personnages, des objets, des paysages, etc. Mais assez vite, j'ai eu envie de reproduire les agencements fortuits que je remarquais au cours de mes promenades et je me suis aperçue que mon habileté au dessin m'aidait à les retranscrire avec plus d'exactitude. Ça a été une grande joie quand j'ai franchi le pas.

— Et avez-vous souvent montré vos œuvres ?

— Non. Presque jamais. De toutes les façons, cela n'intéresse pas grand monde et je ressens plutôt la chose comme… disons… une mission secrète impossible ! Je continuerai aussi longtemps que je le pourrai. C'est devenu une passion. Je collectionne les belles compositions sauvages et hasardeuses.

— Et vous n'avez jamais vendu la moindre toile ?

— Mais je n'y pense même pas. De temps en temps, j'en donne une à quelqu'un à qui mon travail plaît vraiment ; c'est tout.

— Et comment vivez-vous ? Si ce n'est pas indiscret…

— Je vivote grâce au petit héritage légué par mon père qui, avec l'argent de famille qu'il avait réussi à sauver de la débâcle soviétique, avait monté sa maison d'édition d'écrivains russes blancs ici à Paris, laquelle n'a pas trop mal marché pendant un temps. Je suis née à Saint-Pétersbourg mais j'ai grandi en France et toute mon enfance j'ai rêvé de Montmartre, sans doute parce que ma mère – qui était aussi une grande rêveuse – m'en parlait souvent et m'emmenait dans les expositions de peinture. Aussi, quand j'ai eu la chance de trouver cet atelier, je me suis installée au cœur de mes rêves de petite fille. Je ne vis pas dans la réalité vous savez. Mais c'est une vie comme une autre. Je m'amuse beaucoup.

— Et vous n'avez jamais été mariée ?

— Je l'ai été, avec le fils d'un ami de mes parents. Russe lui aussi. Il est mort d'un cancer il y a bientôt quinze ans.

— Je suis désolé.

— Mais non, ne le soyez pas ! Vous ne pouviez pas savoir et puis, d'une certaine manière, cette épreuve m'a obligée (en partie en souvenir de lui qui m'y avait incitée) à découvrir ma vraie vocation : collectionneuse clandestine de taches et de moisissures, dit-elle en riant.

— Et pas d'enfants ?

— Oh ! Les enfants, je les adore, mais comment voulez-vous qu'une irresponsable comme moi élève des enfants, ce serait monstrueux et puis ça ne serait pas moral, nous serions sans cesse en rivalité, eux et moi. Je me contente de ceux de mes amis.

— Vous avez certainement raison, ce n'est pas la vocation de tout le monde. Mais cela mis à part, n'avez-vous vraiment jamais eu envie de montrer ce que vous faites, d'être approuvée et encouragée ?

Personnellement, je trouve ces compositions vraiment belles ! Je suis sûr qu'elles pourraient intéresser beaucoup de gens.

— Je ne sais pas… J'ai l'impression que cela risquerait de tuer mon impulsion. Et puis, cela me plaît de rester dans la clandestinité : c'est plus excitant. Peut-être qu'un jour, après ma mort, quelqu'un vendra mes toiles et elles commenceront alors de vivre à ma place, elles seront ma vraie progéniture…

À cet instant, le timbre de la porte d'entrée retentit et Irina se leva :

— Excusez-moi. C'est certainement mon amie Nina.

Elle se leva pour aller ouvrir. Une sorte de minuscule oiseau à tête de femme fit alors son apparition. Aussi prudente, circonspecte et néanmoins curieuse qu'une mésange, l'apparition resta figée sur le seuil à ma vue.

— Oh ! Je ne savais pas que tu recevais, Irina. Je ne veux pas te déranger.

— Mais non, entre donc ! Denis est un ami d'Ivan qui lui a parlé de mes toiles et il est venu gentiment les voir. Assied-toi, et prends une tasse de thé à la vodka pour te réchauffer.

— Bon, bon, si tu insistes…

— Nous parlions de ma méthode. Tu peux témoigner que je pratique tous les jours, puisque tu m'accompagnes si souvent.

Et Irina se tourna vers moi pour ajouter :

— Nina est poète. Elle écrit des petits textes tout aussi obscurs, gratuits et inutiles que mes toiles, mais elle, par contre, elle gagne bravement sa vie tous les matins à la librairie russe du Globe.

— Oh ! Mais Irina, pourquoi dis-tu cela ? Ça n'a aucune importance. D'autre part, ce que j'écris n'a de valeur que pour toi et… moi !

— Mais je dis ça, Ninotchka, parce que je crois deviner que Denis est un peu comme nous, lui aussi est en mission d'espionnage. D'ailleurs, il nous rend visite incognito, ajouta-t-elle en souriant.

— Ah bon ! Un espion lui aussi, mais pour le compte de qui ? De son petit dieu à lui, sans doute ! Vous aussi vous êtes un peu toqué, donc ? Mais quelle est votre marotte à vous, vous peignez la nuit sur les murs, vous êtes un taggeur ?

— Non, dis-je en riant, je prends des notes sur des tas de carnets que je conserve dans une grande valise enfermée dans un placard.

— Et vous n'en faites rien d'autre ?

— Non. De temps à autre, je les relis et ça me réconforte ; je m'aperçois que j'existe un peu sur le plan qui m'intéresse.

— Ah, oui ! Je comprends, c'est pareil pour moi, j'écris mes textes pour garder un contact avec la partie de moi-même que je respecte.

— Et qu'écrivez-vous ? demandai-je.

— Non cela n'a vraiment pas d'intérêt. C'est juste pour garder mes repères.

— J'aimerais tout de même bien voir, insistai-je.

— Je vais vous en lire quelques-uns, alors ! Tu veux bien, Ninotchka ? demanda Irina.

— Bon d'accord, mais pas plus de deux, Irina. Sinon cela va devenir ennuyeux.

Après avoir prononcé ces mots et tandis que son amie se dirigeait vers une commode pour en tirer une liasse de papiers reliés par un élastique, Nina s'était recroquevillée sur son siège bas avec l'expression d'une petite fille prise en faute et attendant la punition. Irina revint s'asseoir et, dépliant quelques-uns des carrés de papier, elle commença de les parcourir, puis, s'arrêtant sur l'un d'eux, elle dit :

— Voilà, écoutez ceci :

« Au fond d'un hôpital de province, un homme hâve et barbu agonise. La morphine qu'on lui injecte le fait délirer et il grommelle indistinctement les quelques idées bien arrêtées qui furent les siennes durant toute sa vie. Il semble réaliser qu'il n'a plus le temps d'en changer.

« À la fin pourtant, dans la chambre impersonnelle et nue envahie de tubes et de flacons de l'hôpital, il demande à sa vieille amie venue le visiter, d'aller lui chercher, à la cafétéria du rez-de-chaussée, un Coca-Cola bien frais. »

Un silence s'ensuivit, avant que je ne dise :

— C'est très étonnant ! Puis-je en entendre un autre ?

Nina paraissait aussi absente qu'une poupée de porcelaine. Irina dit :

— Bien sûr ! Laissez-moi chercher. Ah, oui ! Celui-ci :

« Après le feu d'artifice tapageur et éblouissant devant la mairie, la famille s'en revient par les rues de la petite ville. Or, tandis que tout le monde y va de ses commentaires exaltés, la petite fille – échappant pour quelques secondes à la surveillance de ses parents – est tombée en arrêt, muette d'admiration devant un minuscule ver luisant dans un buisson. »

— Mais c'est très bien ! Puis-je en avoir un dernier, Nina ? demandai-je.

Nina fit signe que oui et, après avoir feuilleté le paquet quelques instants, Irina reprit :

— Bon eh bien, celui-ci, je pense… :

« Alors, lassée de la solitude, j'ai crié : "Écho ?" et il y avait bien une voix pour me répondre, une conscience pour s'en étonner, mais c'était toujours les miennes… Et le vent, tel un vieux pope radoteur, poursuivait son soliloque le long des rues désertes. »

— Sincèrement, j'aimerais beaucoup en entendre d'autres, si vous le permettez…

— Vraiment ça vous plaît ? demanda Nina. Je vous en apporterai quelques-uns la prochaine fois que vous viendrez. Mais pas aujourd'hui, c'est suffisant ! Et surtout, de grâce, ne me parlez pas de les faire publier : cela me gâcherait tout mon plaisir, vous savez. Vous les aimez parce qu'Irina les lit ici aujourd'hui dans son atelier *mythologique*, et parce que c'est si amusant de s'être rencontrés et de partager ces minutes tous les trois en ce moment, juste avant la neige, mais une fois imprimés, ceux-ci n'auraient plus aucune valeur, croyez-moi. Ce sont des bouts de papier voués à l'éphémère, il ne faut pas vouloir en faire des stèles, cela édulcorerait leur charme.

— C'est ce que j'ai souvent pensé aussi avec ce que j'écris, dis-je, mais je suis un homme et par essence beaucoup plus vaniteux que vous. Je n'ai pas votre sagesse, j'ai besoin de séduire et je ne pense vraiment pas que, si cela devait advenir, je pourrais résister à une proposition de publication, dussé-je y perdre l'essentiel…

— Ah ! Mais c'est sûr, c'est dans l'ordre naturel des espèces : les mâles doivent parader, tandis que nous, les femelles, nous préférons nous contenter de nos petites gloires clandestines, nos petites extases privées nous suffisent amplement. Mais n'en ayez pas honte, Denis, ça a été prévu comme ça dans la nature ! Cela dit, j'aimerais beaucoup lire un jour quelques-unes de vos notes.

— D'accord, on fera l'échange ! dis-je.

— Oh oui ! dit-elle en s'animant, et un peu de rose lui vint aux joues, c'est tout à fait ce qui me plaît : les petites conspirations poétiques secrètes. Tenez, prenons rendez-vous ! Tous les mardis soir ici. Tu veux bien, Irina ?

— Mais avec joie ! dit Irina, cela me rappellera le bon vieux temps, quand ma mère réunissait les amis de mon père et qu'on évoquait l'ancienne Russie.

— Et moi, quand j'allais porte de Saint-Cloud chez mon oncle, avec ses collègues chauffeurs de taxi et qu'on chantait.

— Sauf qu'on restera plus discrets, dit Irina, et qu'on se contentera de parler à voix basse de nos petites découvertes. Aujourd'hui, il est préférable que ces choses-là ne s'ébruitent pas trop : on aurait vite fait de nous accuser de parasitisme.

— Mais Irina, nous ne sommes plus en Russie soviétique et d'ailleurs, ni l'une ni l'autre nous n'avons jamais connu ça.

— C'est vrai ! Ce sont mes parents qui m'ont transmis ce réflexe, eux qui en avaient tellement souffert.

— Ah ! Mais c'est peut-être aussi pour cette raison que vous n'osez pas montrer ce que vous faites ? dis-je.

— Sans doute ! Et c'est probablement la seule chose positive que nous ait léguée le monde communiste : nous avoir permis de découvrir le grand bonheur de la passion clandestine, du samizdat, répliqua Irina. Je n'en changerais pour rien au monde !

— Moi non plus ! dit Nina, c'est si bon d'avoir l'impression d'être les seuls ! Alors que quand on commence à se mettre en lice, on s'aperçoit, je suppose, qu'il y en a des milliers d'autres qui font aussi bien que vous et on doit y perdre son enthousiasme. Mes parents, en Russie soviétique, n'arrivaient pas à faire lire *Guerre et Paix* à mon frère aîné, ça le barbait, alors ma mère a eu l'idée de le taper entièrement à la machine et de le faire passer pour un samizdat. Mon frère a tout lu dans la fièvre en quelques jours. C'est pourquoi je préfère vivre au milieu des illusions de mon petit monde et me tourmenter ou me réjouir à l'idée de ce que Denis et Irina vont penser des textes que j'écrirai spécialement à leur intention pour mardi prochain.

— « Nous travaillons dans l'obscurité, récitai-je alors à voix basse, nous faisons ce que nous pouvons, nous donnons ce que nous avons. Notre passion est notre tâche. Le reste relève de la folie de l'art. »

— Comme c'est beau, s'exclama Nina, et tellement juste ! Qui a dit ça ?

— Henry James !

— Ah ! Ça ne m'étonne pas. Je l'ai beaucoup lu dans le temps. D'ailleurs, nous croyons exister par nous-mêmes et en réalité nous sommes sûrement les personnages d'un de ses romans.

À ce moment, Irina, pointant le ciel à travers la verrière, s'exclama :

— Regardez ! À force de parler de la Russie…

Dans une lumière de crépuscule laiteux, de gros flocons de neige descendaient lentement en se balançant et commençaient à moucheter de blanc les pavés de la cour. Les chats étaient descendus et se tenaient assis côte à côte, près de nous. Nous restâmes donc ainsi tous les cinq en silence derrière la vitre, à contempler la première neige sur Montmartre. Au bout d'un certain temps, Irina s'écria :

— C'est la consécration de notre rencontre d'aujourd'hui. J'ouvre du champagne ! et elle disparut un instant dans la minuscule cuisine.

Quand elle fut revenue, j'ouvris la bouteille et nous trinquâmes dans les gracieuses coupes de cristal qu'elle nous dit tenir de ses grands-parents.

— À notre conspiration clandestine ! dit Nina en levant sa coupe.

— Au syndrome du samizdat ! dis-je, et nous éclatâmes de rire.

Je revins le mardi d'après, et beaucoup de ceux qui suivirent, chez Irina. Elle nous montrait ses nouvelles compositions (qu'elle commentait en nous décrivant le lieu et l'instant de ses découvertes), Nina lisait ses communiqués de poésie laconique et, pour ma part, je les faisais rire en leur dévoilant ma galerie de personnages tirés de mes carnets. Tout alla pour le mieux jusqu'au jour où, cédant au démon masculin évoqué lors de notre première rencontre, j'envoyai un manuscrit composé d'extraits de mes notes qui fut accepté et publié. Alors, pendant un temps, mes deux amies me considérèrent avec une certaine défiance, comme si j'avais trahi le pacte du premier soir. Elles refusèrent de lire le livre – d'autant plus fermement d'ailleurs que celui-ci eut un certain succès – et une ombre plana sur nos réunions. On me boudait.

Intronisé comme je le fus alors par un certain parisianisme littéraire, j'eus cependant l'idée de leur lire un jour mes notes clandestines portraiturant les nombreux grotesques dont ce milieu regorge. Sous le sceau du secret et du rire, nous renouâmes alors avec notre joyeuse complicité d'antan, et ce fut peu de temps après que Nina nous lut ce communiqué :

« Ils étaient trois conspirateurs qui ignoraient pourquoi ils complotaient. Un jour l'un d'eux, en trahissant fatalement le pacte tacite qu'ils avaient scellé au cœur de Montmartre, un soir de rire et de neige russe, leur révéla sans y penser le sens de leur mystérieuse coalition : ils complotaient afin d'éviter d'être tristes quand ce n'est pas nécessaire. »

Choses légères et vagabondes

à Émilie tout particulièrement

J'ai voulu écrire un poème que tu pourrais comprendre
à quoi cela servirait-il que je t'écrive quelque chose
qui ne soit pas intelligible.
Voilà
est-ce que tu peux voir comment sont les
petites filles qui s'attardent à
jouer sur le trottoir dans l'ombre
du crépuscule
alors qu'elles devraient être rentrées chez elle
pour dîner ?
Moi aussi je suis comme ça.

William Carlos Williams

Lorsque la reine rouge lui demande son âge, Alice répond : *« I'm seven and a half, exactly ! »*, « J'ai sept ans et demi, *très exactement* ! ». Dans cette précision (que l'oreille interne nous restitue sur un ton de voix enfantine haut perchée) est logé non seulement tout l'irremplaçable de l'esprit pointu et déterminé des petites filles, mais encore, me semble-t-il, la quintessence de l'éternel féminin.

Dans le Littré au mot « elfe » on trouve cette définition : génie élémentaire de l'air.

Lewis Caroll et Valery Larbaud – les deux plus illustres en ce domaine – sont loin d'être les seuls à s'être passionnés pour l'elfe qui se loge au cœur des petites filles, la plupart des poètes ont éprouvé une fascination semblable pour ce *génie élémentaire de l'air.* Au long des années, sur mes inséparables carnets, j'ai inscrit une foule de « notations brèves » concernant la vivacité, la gracieuse fantaisie qui émane de ce « cœur des petites filles à nervures aussi nettes que celles des feuilles du lilas » ainsi que le dit si bien Jean Follain.

> « De ce banc je vois ce soir, après les jeunes hommes parmi leurs rires et la fumée des cigares, la dernière petite fille remonter de la laiterie, sa hotte en fer sur le dos qui l'ensevelit presque (on voit seulement sous le grand rectangle de métal luisant la frange de coton du tablier et puis les longues petites jambes maigres qui trébuchent au chemin raviné par les pluies). Le soleil est si bas qu'il peint sur la façade éblouissante qu'elle longe une ombre juste aussi haute qu'elle, une petite fille instantanée, immatérielle et disparue, d'un bleu si tendre et si fragile que le cœur vous serre. »
>
> Gustave Roud *(Campagne perdue)*

N'y a-t-il jamais plus, hélas, que des petites filles instantanées, immatérielles et *presque aussitôt* disparues ! Et, comment empêcher alors que le cœur ne vous serre ?

Il y a *très exactement* vingt-trois ans, à Potamos, le bourg du centre de l'île de Kithira à l'extrême sud du Péloponnèse, alors qu'enveloppé dans des linges blancs, j'étais assis dans la minuscule échoppe vétuste du coiffeur local, et que le brave homme un peu maladroit s'affairait autour de mon auguste tête de *xeno-gallo* en cherchant à interpréter mes pauvres rudiments de grec, je vis, dans un des coins du miroir me faisant face, s'encadrer soudain l'adorable frimousse de ma petite fille qui était venue me rejoindre. Elle me fixait de son regard noir, net et profond !... J'en eus un véritable frisson de joie. (Ah ! Comment dire le bonheur du surgissement impromptu de nos enfants au milieu même de notre vie quotidienne ? Un luxe splendide !...) Ensuite, s'asseyant sagement sur le banc de bois rustique, le dos appuyé au mur de chaux ocre, les mains sur les genoux et les pieds se balançant rythmiquement dans le vide, elle se mit en devoir d'attendre en observant scrupuleusement chaque chose autour d'elle – ainsi qu'ont coutume de le faire les petites filles quand elles sont calmes. De mon côté, à la dérobée, dans les interstices mouvants ménagés entre les bras du coiffeur, je m'abîmais dans la contemplation de cet ange qui m'était envoyé du ciel, et j'aurais voulu que ce moment dure longtemps...

Goethe dit du bonheur que « quand il arrive, il arrive comme des enfants qui devant la porte du jardin s'élancent vers nous en criant : "nous voilà !" ».

*

Portrait de ma petite fille

Ma petite fille avec sa balle à la main,
avec ses yeux couleur du ciel
et de la petite robe d'été : « Papa

– me dit-elle – je veux sortir avec toi aujourd'hui. »
Et je pensais : de tant d'apparences
qu'on admire en ce monde, je sais bien auxquelles
je peux comparer ma petite fille.
Oui, c'est à l'écume, à l'écume marine
qui blanchit sur la vague, à ce sillage
qui monte bleu des toits et le vent le disperse ;
aux nuages aussi, nuages impalpables
qui se font et se défont dans un ciel clair ;
à d'autres choses légères et vagabondes.

Umberto Saba[1]

Qui donc n'a jamais assisté au spectacle d'un groupe de petites filles en maillot de bain en train de jouer, sur le sable humide d'une plage, à éviter au dernier moment, avec des sauts accompagnés de cris d'effroi simulés, l'extrême pointe de la vague qui déferle ? Aucun des spectacles de danse auxquels il m'est arrivé d'assister, au cours desquels des ballerines, à l'aide d'entrechats et de sauts sophistiqués, cherchaient à reproduire la spontanéité de la grâce impromptue, ne s'approchait peu ou prou de cette beauté innocente. De la même façon, le clown le plus inspiré ne saura jamais reproduire les mouvements de mains et les gestes comiques que font les fillettes lorsqu'elles discutent entre elles avec animation. On ne peut imiter ce qui surgit du cœur des elfes, car c'est un souffle venu d'ailleurs, et l'on se prend à rêver alors – au sein d'une culture trop codée comme l'est la nôtre – à un *classicisme candide* comme fut

1. « Trieste et un poète », Seghers, trad. Odette Kaan, 1978, p. 69.

celui, il y a fort longtemps, de l'école chinoise du Tch'an.

> « ... Le sable humide recevait, lui, l'empreinte des pieds trop légers semblait-il, pour en laisser aucune : pieds nus immatériels, immortels, empreintes classiques de l'enfance éternelle à jamais libre et heureuse dans une cour de récréation divine fermée aux infiltrations de nos désordres. »
>
> John Cowper Powys *(Les Sables de la mer)*

*

Au cours d'une de mes randonnées cyclistes, m'étant arrêté sur une place de village pour reprendre mon souffle et boire à la fontaine, j'observai une petite fille en train de sauter à la corde en chantonnant sous l'ombrage d'un grand chêne. Soudain, une légère brise vint remuer le feuillage et ce fut comme si le géant végétal frémissait de plaisir à protéger de son ombre vénérable cette fragile grâce primesautière. Je m'approchai et lui demandai :

— Tu peux sauter comme ça pendant combien de temps ?

Me décochant alors un regard à l'éclat un peu surnaturel, elle me lança :

— Mille ans peut-être !

Cette réponse, jaillie des profondeurs de la sagesse enfantine et que l'acuité soudaine de son regard m'avait fait pressentir, me pétrifia. Me revint alors en mémoire le dicton qui prétend que la vérité provient de la bouche des enfants et des fous. Oui, sans doute que dans mille ans, comme à cet instant présent et comme il y avait trop longtemps pour que nous nous en souvenions, une petite fille avait sauté et continuerait de sauter à la corde sous un grand arbre traversé par le vent et si, comme on pouvait le craindre parfois, devait venir un monde où cette simple chose cesserait d'être possible, il était sans doute préférable que tout s'anéantisse…

— Essaye de te reposer de temps en temps, d'ici là ! dis-je en enfourchant ma bécane.

— Et vous, essayez de monter la grande rue sans poser le pied par terre ! répondit-elle en me désignant la côte très raide qui m'attendait pour ressortir du village.

— Je vais essayer, d'accord.

À mi-côte, très essoufflé, je me retournai et vis qu'elle me surveillait ; ahanant comme un bœuf, je tins bon. Pour sa part, comme alimentée par une pile, elle sautait inlassablement sous l'arbre habité par le vent.

*

N'ayant pu éviter de me faire littéralement coincer au beau milieu d'un déjeuner de famille qui n'en finissait plus, dans ce jardinet de bord de mer où la plage était entièrement masquée par l'inévitable haie de thuyas, incapable, en outre, et en dépit de quelques loyaux et sincères efforts, de participer convenablement à l'inéluctable controverse politique enflammée qui s'était élevée parmi les convives, j'observais un peu plus loin une fillette esseulée sur un banc ; chantonnant pour tromper son ennui, elle contemplait vaguement, comme moi, les hauteurs du ciel bleu où naviguaient en toute liberté de fins nuages échevelés. Soudain une mouette, à laquelle aucun des convives ne prêta la moindre attention, vint survoler en rase-mottes le jardin – passant à la verticale de la tête de la petite fille. Celle-ci, levant les deux bras comme une naufragée perdue sur l'océan, d'une voix fluette que je fus le seul à entendre, lui lança :

— Emmène-moi !

*

Au moment précis où je m'étais approché du bord du court de tennis pour ramasser les balles dans mon panier afin de continuer à les relancer inlassablement à mon gentil élève (un peu récalcitrant) qui prenait une minute de repos sur le banc de touche, une petite fille aux cheveux blonds vint se placer juste derrière le grillage, me fixant de ses yeux graves. Elle demanda soudain :

— T'aimes bien jouer à la balle ?

— Oui, j'aime beaucoup, mais là tu vois j'apprends à ce monsieur à jouer lui aussi.

— Parce que toi, tu sais bien jouer ?

— En principe oui ; tu trouves que ça ne se voit pas ?

— Pas du tout, parce que tu envoies les balles tout doucement.

— C'est pour lui apprendre les gestes.

— Oui, mais lui il tape très fort !

— Eh bien justement, j'essaie de lui apprendre à taper un peu moins fort et pas n'importe où : par-dessus le filet et dans les carrés que tu vois là.

— C'est ça le jeu ? On peut pas jouer où on veut ?

— Si ! On peut le faire, mais à ce moment-là, on n'a pas besoin de prendre des leçons.

— Ben moi, je prendrai jamais de leçon : je préfère envoyer les balles n'importe où, c'est bien plus marrant et puis même par-dessus le grillage et très loin dans le ciel !

— D'accord, c'est ton droit, seulement moi je suis moniteur de tennis et je gagne ma vie comme ça, alors tu vois je suis obligé de les envoyer doucement dans les carrés.

— Je pense que j'jouerai jamais avec toi.

— Dommage, mais que veux-tu, c'est la vie…

Elle se tut un instant, réfléchissant, et comme j'avais dérivé vers l'autre bord du court pour ramasser le reste des balles, elle me rejoignit en longeant le grillage à l'extérieur, puis me dit :

— Tu veux pas envoyer une balle très haut dans le ciel ?

Je me tournai vers mon élève qui nous observait en souriant et je lui dis :

— Je lui montre un coup inédit *spécial petite fille* !

Et je frappai un énorme coup droit à la verticale du court. La balle s'éleva à une cinquantaine de mètres dans le ciel et, comme je me suis entraîné à le faire pendant des années pour épater ma propre fille, je la captai dans ma raquette comme dans un filet à papillons avant qu'elle ne touche le sol. La fillette trépigna en applaudissant et me dit :

— Bravo ! C'est vrai que t'es un champion ! Ça c'est vraiment amusant ! Tu recommences ?

— Désolé, chère amie, mais il faut que je continue de donner mon cours à ce monsieur. Tout à l'heure après la leçon, si tu veux, je recommencerai pour toi.

— D'accord, parce que ça j'aimerais beaucoup l'apprendre, j'aimerais beaucoup apprendre à envoyer des balles jusqu'aux nuages comme toi. Le tennis ça me plaît pas vraiment, c'est trop... – et là elle employa un mot qui me sidéra car il ne correspondait en rien au vocabulaire de son âge – c'est trop « restrictif » !

— Quoi ? Mais... comment connais-tu ce mot ?

— C'est ma grande sœur qui dit toujours ça à mes parents quand elle sort le soir et qu'ils veulent qu'elle rentre avant minuit.

— Ah oui, je vois... Au fond, tu dois avoir raison : toutes ces lignes et ce filet c'est un peu restrictif.

— Bon ! au revoir ! dit-elle d'un seul coup, et elle s'enfuit en courant pour rejoindre un jeune chien qui venait d'entamer un dérapage contrôlé autour d'un massif d'hortensias.

*

J'étais en train de m'escrimer sur une de ces notes de lecture que je m'imposais de rédiger « religieusement » à cette époque (je me souviens qu'il s'agissait de *La notion d'imprévisibilité dans la philosophie de Bergson...*), lorsque ma fille Émilie âgée de sept ans surgit dans la pièce en tirant au bout d'une ceinture un paquet ficelé à qui elle s'adressait comme à un chien :

— Tu viens, Paquet, allez viens mon petit Paquet ! puis s'adressant à moi : C'est mon chien : Paquet ! Oui, il s'appelle comme ça ! Ça t'étonne ?

« Grâce à un instinct qui allait bien plus loin que celui d'aucun des instincts d'Uryen [le double de l'auteur dans le roman] Chouchou [la petite fille] avait deviné en un clin d'œil lancé au visage majestueux, nébuleux, terreux qui se baissait pour ramasser un bout de papier, que là était quelqu'un qui traitait de l'existence de la même façon qu'elle, exactement, quelqu'un autrement dit, pour qui "faire semblant" était dans la vie la réalité des réalités. C'est pourquoi Chouchou trouvait tout naturel le fait que cet homme, en ramassant un bout de papier, ait saisi d'emblée qu'il avait affaire à Lillipépée, à une enfant capricieuse qui allait à la cour, dans un beau carrosse, accompagnée d'une mère sévère qui avait nom Chouchou. »

John Cowper Powys (*Camp retranché*, p. 317)

Oui, en un temps déjà lointain j'ai eu à mes côtés, moi aussi, ce farfadet virevoltant à l'esprit merveilleusement agile et curieux, qui m'enchantait par ses reparties et sa logique imparable – ma chère petite fille, aujourd'hui devenue femme – qui, un soir d'automne, me voyant frissonner au fond du jardin et sachant à quoi s'en tenir concernant la vanité cabotine de son hâbleur de père, me lança : « Tu es un frileur ! » ; qui, un autre jour, alors qu'elle venait de me répondre un peu vivement : « C'est pas vrai ! » et que, voulant la reprendre de façon pédagogique, je lui demandais sur un ton de déclamation théâtrale, volontairement outré, qu'elle veuille bien me définir « la différence entre ce qui était vrai et ne l'était pas », abaissant à son tour son timbre aigu dans le grave pour contrefaire le même ton professoral, me déclara :

— Eh bien ! La différence entre quelque chose qui est vrai et quelque chose qui ne l'est pas, est que ce qui n'est pas vrai ne bouge pas, tandis que ce qui est vrai remue tout le temps !

Je me souviens – avec une terrible précision – du jour de « la rentrée » où j'emmenai Émilie pour la première fois à la grande école. J'ai clairement en mémoire l'instant fatidique où elle lâcha ma main – au bas de ce grand escalier étroit et pauvrement éclairé qui montait vers sa classe – pour, comme elle le faisait toujours, s'élancer avec enthousiasme vers de nouveaux amis. Je me souviens du vacarme des autres enfants en train d'accrocher leurs manteaux aux patères et du sourire à la fois conventionnel et déjà légèrement harassé de l'institutrice.

C'est alors qu'en moi-même, par cet automne de l'an « tout à fait absent de grâce » dix neuf cent quatre-vingt, j'ai adressé une sorte de prière au dieu de la fantaisie pour qu'il ait la bienveillance de vouloir préserver au cœur de ma petite fille – happée à l'instant par *la grosse machine conformatrice* – la fantaisie spontanée qu'elle avait manifesté jusqu'à ce jour. Et, par manière de conjuration, en retraversant la sinistre cour d'école réglementaire, longeant le préau de toutes les humiliations de mon enfance, je me mis à chantonner à voix basse la ballade de Charles Cros :

Ballade des mauvaises personnes

Elles ont des chants de crécelles
Elles n'ont rien dans leurs cervelles
Les personnes qui ont raison
Les personnes perpétuelles
Elles ne sont vraiment pas belles
Les personnes qui ont raison.

*

J'avais été invité en tant que joueur de tennis réputé dans ce château bordelais où, devant faire bonne figure et m'extasier poliment à l'écoute du jeu sans consistance d'une pianiste de salon, la soirée musicale, pour le moins compassée, me plongeait dans la plus noire mélancolie. Par bonheur il y avait là deux sœurs de sept et dix ans (les filles du maître de maison) qui, partageant mon humeur, m'entraînèrent discrètement dans une pièce adjacente pour me demander si j'étais *d'accord* pour jouer à « la poupée molle ». Et bien sûr que je l'étais, mais c'était comment au fait « la poupée molle » ? À ma question la plus jeune des deux se laissa tomber sur le canapé comme un sac de chiffons tandis que la plus âgée se mit en demeure de retourner sa sœur dans tous les sens en la manipulant à l'instar d'une poupée flaccide et désarticulée – s'ingéniant, comme de bien entendu, à lui faire prendre des positions de plus en plus inconfortables... Après quelques minutes de ce numéro de contorsionniste à la limite de la torture, la « poupée » sauta sur ses pieds et me claironna : « Maintenant, c'est ton tour ! » À cet instant, je pris conscience que je venais de me fourrer dans un piège et qu'il était trop tard pour me désister, d'autant que je ne voulais pas alerter nos voisins en train de somnoler tranquillement au rythme d'une sonate de Schubert. Aussi, m'abandonnant sur le sol, je commençai de subir les sévices des deux petites sorcières qui semblaient avoir deviné mon dramatique manque de souplesse physique et s'amusaient à m'obliger à me tenir dans des positions où j'étais sérieusement en passe de me démettre une vertèbre. Je les entendais rire sous cape tout en manigançant les épreuves à suivre.

Cependant, pour les surprendre, j'imaginai de feindre un réel évanouissement ; m'efforçant de ne plus opposer la moindre résistance, j'affectai l'inertie totale, au point qu'interloquées les deux chipies me signifièrent que le jeu était terminé, que je pouvais me relever, que c'était le tour de la plus grande, Annabelle… Je demeurai comme mort, me réjouissant secrètement de les effrayer, ce qui était compter sans l'esprit réaliste de ces jeunes femelles, car la plus petite, sans que j'ai pu la voir arriver puisque j'avais les yeux fermés, me décocha un rapide mais décisif coup de pied magnifiquement bien placé qui me ressuscita illico et interrompit brutalement la sonate n° 12 d'un hurlement de douleur outrepassant manifestement la charge pathétique de l'œuvre ; ce qui fit que quelques-uns des invités surgirent dans la pièce pour me trouver plié en deux, reprenant mon souffle du mieux que je le pouvais devant les deux gamines explosées de joie. M'excusant du mieux que je le pus avec des paroles qui durent paraître sibyllines – expliquant notamment que j'étais trop fragile pour jouer à la poupée molle – je vins me rasseoir sagement parmi les convives pour m'exposer à une torture qui, ne s'attaquant qu'à mes seules oreilles, demeurait mieux en rapport avec mes capacités.

*

« La salle bondée, dans une demi-obscurité avec son défilé d'images papillotantes, est pour moi, je ne peux le dire autrement, presque vénérable, comme le lieu où les âmes, dans un obscur instinct de conservation, fuyant le chiffre, se réfugient dans la vision », déclare Hofmannsthal, lorsqu'il nous décrit sa fascination pour le cinéma.

Selon Littré, maintenant, la « fantasmagorie » est *l'art de faire paraître des ombres lumineuses au sein d'une obscurité profonde.* Or, si la fantasmagorie du cinéma muet nous fascine à ce point n'est-ce pas parce qu'elle nous ramène à l'essence même de notre vie, là où la rhétorique et l'insidieuse persuasion des chaînes logiques verbales – qui nous réduisent au morne anonymat d'un monde voué à la superstition mécanique et numérique – n'ont plus cours ? Et le cinéma muet n'appelle-t-il pas d'une voix plus forte, n'appelle-t-il pas avec des images et ces images – nous libérant du chiffre auquel la société veut nous réduire, nous permettant d'abandonner un instant le terrible sentiment de n'être que la pièce impuissante d'une machine aveugle et monotone –, n'y retrouvons-nous pas la puissance de nos rêves d'enfants ? Cependant, ainsi que toutes choses en ce monde *fabuleux*, le monstre peut aussi nous attendre tapi au sein du refuge, l'émerveillement côtoyer la terreur, car, en nous libérant de la rhétorique véhiculée par les mots, nous demeurons également impuissants et sans défense face à l'éventuelle sauvagerie du monde…

J'étais assis à côté de ma fille Émilie alors âgée de huit ans :

… nous apercevions à travers les hautes herbes d'un champ, dans la lumière divine d'un été plus radieux et plus solennellement beau que ceux de toujours (merveille des premières prises effectuées en décor naturel !), un fuyard tentant d'échapper à ses poursuivants. À la manière expressionniste de cette époque, il roule des yeux hagards, grimace, tourne la tête en tous sens en quête d'une issue. Soudain, avisant un petit bois en pente, il s'y jette et remonte en s'accrochant comme il le peut aux racines, trébuchant au milieu des ronces. Au même instant, les poursuivants débouchent dans la prairie, flanqués de leurs dogues. Le fugitif parvient jusqu'à une clairière idyllique (détaillée par la caméra avec une lenteur sadique…) où une fille de ferme, insouciante et chantonnante, à peine plus âgée qu'Émilie (gros plan tremblé sur son visage angélique) lave du linge en plein soleil devant une ravissante maison de bois. Elle aperçoit l'homme traqué ; on lit d'abord sa peur, puis on comprend (tout cela à l'aide d'une succession de gros plans sur des mimiques surjouées) que le discours implorant de l'homme l'émeut et qu'elle s'affole en entendant les aboiements des chiens dont on nous montre les gueules redoutables !

Ma fille, anxieuse, détournait légèrement la tête pour ne pas subir de plein fouet l'impact de cette scène. Observant à la dérobée les autres spectateurs sur les visages desquels venaient jouer les reflets mouvants, dans le silence de la salle obscure, à peine troublé par le cliquetis du projecteur, je croyais voir une assemblée d'opiomanes hypnotisés par une scène de cauchemar enfantin.

... cependant, la fille, vaincue par la compassion, indique au désespéré la meule de paille où il s'engouffre. Pour parfaire la cachette, elle dispose la chatte et ses chatons à l'endroit où le fugitif a rabattu la paille sur lui-même. Les poursuivants surgissent. Le chef, séducteur et machiavélique – ainsi que l'indique sans ambiguïté son maquillage –, vient s'entretenir avec la jeune fille tandis que les hommes fouillent la maison et ses alentours. Sentant qu'elle ment, il ruse et fait le joli cœur (sa bouche minaude de manière grotesque). Enfin, il sort de son gousset une magnifique montre dorée que la fille ne veut pas regarder mais vers laquelle elle coule néanmoins un regard concupiscent. Les hommes reviennent bredouilles. L'un d'eux joue avec les chatons sur la meule. Le chef, avec un regard langoureux et charmeur, a saisi la main de la jeune fille et y dépose la montre qu'elle ne peut s'empêcher de contempler, à la fois fascinée et effrayée. Le charmeur diabolique attend quelques instants et l'on devine qu'il pose la question fatidique. La fille, visiblement anéantie par la magie de l'objet étincelant, d'un geste las et vaincu désigne la meule. Le vainqueur sourit – démoniaque –, lance un ordre et les soldats tirent le pauvre bougre de sa cachette, le poussent sans ménagement devant un mur face auquel ils s'organisent rapidement en peloton d'exécution...

Émilie me serra le bras avec force et on eût dit à cet instant que le cliquetis du projecteur s'était amplifié jusqu'à l'insoutenable. Quelques spectateurs se raclaient la gorge, nerveusement.

... gros plan insistant sur la frimousse du poursuivi qui s'avère n'être qu'un très jeune garçon. Il semble ahuri et stupéfait plutôt que vraiment terrorisé ! Son regard se

perd dans les nuages qui surplombent les arbres de la clairière, loin au-dessus des fusils qui le pointent. On voit la fumée de la poudre et le corps qui s'effondre. Tandis que les soldats repartent en riant, la caméra s'élève un peu et s'attarde sur la magnificence des feuillages d'été…

Kant a démontré, autant qu'il m'en souvienne, qu'il était impossible de jamais déterminer au moyen d'arguments logiques si nous nous trouvions en état de veille ou de sommeil. Or ces éclairages rasants d'éternel crépuscule nordique propres aux films muets, la pâleur éraillée de la pellicule – semblable au mercure rongé d'un vieux miroir où de somnolents reflets s'animeraient soudain en images « papillotantes » – ne nous plongent-ils pas au plus profond d'une caverne platonique ? Caverne sur les parois de laquelle nous sommes censés apercevoir les ombres de la seule réalité à laquelle il nous soit permis d'accéder et dont il nous est si difficile de décider s'il s'agit d'un état onirique on non ?

Au sortir de la salle, et alors que nous en étions à cligner des paupières comme des hiboux ahuris, Émilie me dit : « C'est pas une histoire vraie hein, Papa ? » Et comme je la sentais très impressionnée, je lui répondis que non, bien sûr, et m'employai à la rassurer au moyen de beaucoup de paroles bien logiques… songeant à part moi combien cet épisode, pourtant – en dépit de la mise en scène désuète et mélodramatique –, n'était qu'une des nombreuses péripéties de ce cauchemar historique dont il est bien vrai de dire – comme l'a fait le grand poète irlandais – que *nous ne parvenions pas à nous en éveiller…*

Traversant les jardins du Trocadéro pour rejoindre la station de métro, ma petite fille rassérénée me tenant par la main, je décidai qu'après tout le langage avait du bon !

*

Lucie (sept ans) accompagnait sa mère venue prendre le thé chez nous. La conversation s'engageant sur un terrain qu'elle trouvait visiblement inintéressant et remarquant mon air également distrait, elle s'approcha de moi et me demanda si je voulais bien lui faire visiter la maison. Ainsi, nous parcourûmes ensemble les différentes pièces dans les étages. Comme ses congénères, Lucie y allait de ses commentaires déterminés, sans se départir, toutefois, de la joyeuse légèreté qui caractérise son elfique engeance. Face à cette Colombine effrontée et burlesque, je me sentais devenir le plus piteux des Pantalone, réduit à n'émettre que des interjections et des raclements de gorge gênés.

Tandis que nous étions parvenus jusqu'à mon bureau et que je lui désignais quelques-unes des aquarelles de mon père accrochées au mur, elle fit la moue et dit :

— C'est très joli, mais c'est de la peinture ancienne !

— Oui, c'est vrai, mon père était un très vieux monsieur à l'époque où il a peint celles-ci et il peignait comme on le lui avait appris.

— Ben moi, j'ai pas appris comme ça !

— Ah bon ? Et tu as appris comment ?

— J'sais pas moi... On dessine aussi des inventions de notre imagination.

— D'accord, je vois, dis-je.

— Non tu vois pas ! Parce que tu n'as pas vu mes peintures !

— Je dois admettre que tu as raison, m'empressai-je de dire car je vis qu'elle était sur le point de se fâcher.

Se détournant soudain des tableaux dans une virevolte, elle me demanda tout à trac :

— Tu n'as pas des livres sur le sexe ?

— Heu… non… ça je n'ai pas, non ! Mais pourquoi me demandes-tu ça Lucie ?

— Parce que maman ne veut pas me dire comment on fait les enfants exactement. Je crois que j'ai compris avec ce que m'a dit Roxane, ma copine d'école, mais j'suis pas sûr.

— Désolé, Lucie, mais je ne sais pas non plus très bien et je n'ai pas de livres là-dessus non plus.

— Mon œil, que tu sais pas ! T'as eu une fille non ? glapit-elle sur un ton suraigu.

— Oui, mais j'ai rien compris à comment ça s'est passé…

— Gros menteur ! Tu sais très bien !… et tu veux pas me le dire parce que tu crois que je suis trop petite, mais si t'entendais ce qu'on se raconte à l'école avec les copines, t'aurais plus du tout peur.

— Heu… Franchement je préfère ne pas avoir eu cette chance, ma chère Lucie, dis-je, je suis une personne sensible et fragile.

— Ben dis donc ta femme, elle doit pas s'amuser !

— Y'a pas que le sexe comme amusement dans la vie, Lucie.

— Y'a pas que ça, peut-être ! mais d'après ce que dit Roxane, c'est vachement important !

— Ah bon ? Si tu le dis, il faudra que j'essaye.

— Pfouh… soupira-t-elle.

À cet instant, son humeur varia aussi brusquement qu'un coup de vent retourne une feuille morte et elle me demanda si elle pouvait ouvrir un de mes albums de photos qui reposait sur la table. Après que je le lui eus permis, elle commença de détailler un par un chacun des clichés, décelant sans coup férir mes intentions esthétiques les plus secrètes (celles dont, en réalité, j'étais le plus fier), ne s'embarrassant d'aucune précaution pour en pointer avec une perspicacité déconcertante le décalage navrant (selon elle) avec le résultat. De temps à autre, un des clichés recueillait son approbation – et je soufflais un peu –, mais la plupart du temps ceux-ci étaient balayés d'une chiquenaude ironique et désinvolte (émise presque comme par inadvertance) et j'en étais à attendre anxieusement le prochain verdict lorsque, par bonheur, le téléphone sonna, me libérant de l'épreuve. C'était ma mère qui voulait faire le point de la situation générale de la journée : la neige probable et l'état des routes (au cas où je devrais prendre la voiture pour faire mes courses), ma santé (attention à l'épidémie de grippe qui sévissait depuis quinze jours dans tout le nord de la France), les cyclones dans les Caraïbes (on se croyait à l'abri parce que ça s'était passé loin de chez nous, mais c'était trompeur), les attentats probables en Irak et en bref la plupart des catastrophes éventuelles et possibles… Lucie, s'était assise sur le sofa et, telle une poupée calée dans des coussins, restait sans bouger à écouter très attentivement ce que je disais.

Lorsque j'en eus terminé, elle me demanda :

— Ta mère est veuve ?

— Oui, comment le sais-tu ?

— J'ai compris à la façon dont tu lui parlais. Elle se sent seule, non ?

— Tout à fait ça ! Elle a quatre-vingt-trois ans, tu sais…

— Mon arrière-grand-mère a le même âge, elle est veuve aussi et elle arrête pas de se plaindre d'être toute seule, mais si on va chez elle, elle arrête pas non plus de râler parce qu'on fait pas les choses comme elle, elle le veut. Alors on est obligés de repartir… Mais j'crois que quand j'aurai son âge, je s'rai pareille… C'est la vie !

— Tu as sans doute raison, Lucie !…

À cet instant, elle exécuta une pirouette à la manière des simples d'esprit dans les farces, retombant les deux pieds bien à plat sur le plancher, à grand fracas – visiblement pour me signifier que le sujet était épuisé –, puis elle demanda :

— T'écris tes livres ici ?

— Oui, enfin j'essaie…

— Tu t'ennuies pas à rester assis très longtemps sans rien faire ?

— Je ne fais pas rien puisque j'écris !

— Écrire c'est pas faire quelque chose, c'est pas pareil ! Pis surtout, on est tout seul !

— Eh bien et toi à l'école tu restes assise encore plus que moi, il me semble.

— Oui, mais moi je suis obligée, toi tu le fais sans qu'on te demande.

— C'est vrai ! mais ça m'amuse !

— (*glapissant sur un ton suraigu)* Ça t'amuse de rester assis tout seul ?

— Ben, c'est-à-dire que je suis beaucoup plus vieux que toi et avant, pendant des années, j'ai pas arrêté de bouger et de m'agiter.

— Ah bon ? Pourquoi tu bougeais tout le temps ?

— Je courais sans arrêt après des balles !

— Et t'arrivais pas à les attraper ?

— Pas toujours, mais des fois quand même, heureusement !

— Et tu faisais quoi quand tu les avais attrapées ?

— Ben… j'étais content, pardi !

— (*voix suraiguë de nouveau)* T'étais content pasque t'avais attrapé une balle ?

— Oui, j'étais quelqu'un de très simple à l'époque, ça me suffisait ma chère Lucie.

— Les garçons à l'école y sont comme toi, y'a aussi des filles. Moi j'suis pas comme ça !

— Ah bon ? T'es comment toi ? Qu'est-ce qui t'amuse ?

— Moi, j'aime embêter les garçons !

— Ah oui, je comprends…

À ce moment – et il est vrai que la conversation était cette fois-ci définitivement retombée à plat –, Lucie poussa de nouveau un énorme soupir de lassitude et de fatalisme, puis s'exclama :

— Bon, on redescend parler avec Maman et Judith ?

— Tu t'ennuies avec moi, Lucie ?

— J'm'ennuie pas, mais j'trouve pus rien à dire et j'ai remarqué que les hommes savent pas bien faire la conversation. Avec Papa, c'est pareil, au bout de cinq minutes, il parle de choses pas marrantes.

— C'est quoi les choses marrantes dont il faut parler, selon toi ?

— J'chais pas moi… ce que font les voisins, où a été le chat cette nuit, pourquoi Mme Lestrade a changé de coiffure, des choses comme ça tu vois et pis surtout se moquer des gens ! Maman elle sait très bien faire ça !

— Je veux bien te croire…

Nous commençâmes à redescendre les étages et Lucie trahit alors le *génie élémentaire* qui l'habitait : sautant à cloche-pied sur la première marche puis retombant des deux pieds (toujours bien à plat) sur la suivante, elle parvint en effet, malgré son faible poids, à ébranler toute la charpente de l'édifice, tirant la vaste demeure de son lourd sommeil ancestral. Les murs épais, qui tremblaient à l'unisson, se mirent à vibrer aussi bas et profond qu'un énorme gong frappé par des moines tibétains au cours d'une séance de résurrection des morts.

À un moment donné, s'arrêtant pour écouter, elle se tourna vers moi et me chuchota sur le ton de la confidence :

— J'adore ce bruit…

*

Une des sœurs de ma mère, grenouille de bénitier confirmée et présidente de l'association Notre-Dame de l'Adoration perpétuelle, m'ayant invité à l'un de ses goûters, je me retrouvai, par une certaine après-midi d'hiver (assez froide, je m'en souviens), au fond d'une impasse du village d'Auteuil, en compagnie d'une demi-douzaine de vieilles filles un peu toquées et extrêmement bienveillantes (pour l'intégralité du genre humain, s'entend), en train de confectionner des crêpes pour une ribambelle d'enfants bien élevés qui, presque tous vêtus de bleu marine et impeccablement coiffés, attendaient sagement leur tour dans les deux files menant jusqu'à la crêpière – laquelle, avec une impartiale jovialité, distribuait les galettes chaudes comme elle l'eût fait d'un sacrement. Après m'être intégré à l'une des files et ayant obtenu ma galette à la confiture de fraises, je m'étais assis dans l'un des coins du grand salon servant en l'occurrence de salle de réception et j'avais engagé la conversation avec l'une des aides de ma tante – petite souris grise et effacée – qui m'entretenait à douce voix ecclésiastique de la difficulté actuelle pour le clergé de susciter de nouvelles vocations. Bien que le sujet ne me passionnât qu'imparfaitement, je goûtais fort, à mon habitude, l'ambiance qui émanait de l'endroit et du style de ces échantillons presque révolus d'humanité. J'avais l'impression d'avoir intégré un roman de Julien Green et je croyais pressentir, tapis dans les recoins, les fantômes racornis de frustrations multiples. J'en étais donc à soutenir poliment la conversation avec la petite souris – qui, visiblement honteuse de s'abandonner au péché de gourmandise, grignotait sa galette avec parcimonie –, me distrayant à recueillir au passage quelques aperçus sur la psychologie confinée de cette vieille fille invétérée (un peu à la manière dont j'eusse visité un musée de la dentelle ou du crochet, fasciné par la minutie avec laquelle on pouvait broder à l'infini sur le vide), lorsque nous fûmes tous conviés à entonner un cantique de circonstance glorifiant le Seigneur de nous avoir accordé le plaisir de nous régaler des excellentes crêpes préparées par notre bonne Simone, la crêpière.

Non seulement parce que je chante désespérément faux, mais aussi parce que mon sens de l'implication connaît des limites, je trouvai le moyen de m'éclipser dans une pièce adjacente pour y attendre la retombée de l'enthousiasme obligatoire et tonitruant. Quelle ne fut pas ma surprise d'y être assailli par un courant d'air glacial issu d'une haute porte-fenêtre ouverte à deux battants sur un balcon. Une fillette brune penchée par-dessus la rambarde de fer forgé y tendait son assiette à bout de bras au-dessus du vide.

Je ne pus m'empêcher de lui demander :

— Mais que fais-tu là ?

— Je rafraîchis ma crêpe ! répondit-elle.

*

Ce jour-là, quand j'entrai dans sa chambre, Émilie avait posé de grandes feuilles blanches sur le chevalet de son tableau noir d'écolière et y étalait de larges traînées de couleurs qu'elle accompagnait d'une rythmique gestuelle tenant de la danse africaine et du rite vaudou – sautant d'un pied sur l'autre, faisant des pirouettes endiablées – dans un rythme de frénésie croissante. D'un seul coup, elle me dit :

— Voyez-vous, mon cher môssieur, c'est de l'art abstrait, oui, de l'art authentiquement abstrait. Et le plus fort c'est que j'exécute tous ces chefs-d'œuvre à toute vitesse, je peux en faire cinquante par jour et aucun d'eux ne se ressemble. C'est difficile à voir parce que c'est abstrait, mais c'est jamais pareil et c'est du grand art garanti d'origine sans aucun lézard. En plus, c'est pas fragile du tout puisque ça n'a aucune valeur et qu'on peut même le détruire immédiatement.

Et saisissant la boîte de peinture, elle l'envoya se fracasser sur le chevalet en éclaboussant tous les alentours dans une explosion de couleurs digne de la plus spectaculaire des clôtures d'une « installation » d'art conceptuel.

Elle ajouta :

— Maman m'a emmenée l'autre jour dans un vernissage où j'ai vu quelqu'un faire ça ! C'est à la mode !

*

« Depuis un moment, une fillette me regarde dessiner. Elle n'ose pas approcher. Je lui souris. Elle s'enhardit et vient se poster devant moi, en me faisant remarquer que je risque de me salir sur le banc dégueulasse. Puis, elle me demande ce que je dessine. D'un geste de la main, je balaie le paysage devant moi. Elle éclate de rire, étonnée qu'on puisse prendre son bled pour sujet de tableau.

— C'est moche ! dit-elle en désignant les maisons.

— Pas sûr.

— C'est plus beau en forêt. Les arbres sont de toutes les couleurs. Hier, j'ai vu un chevreuil qui courait à toute vitesse, vous n'auriez pas eu le temps de le dessiner.

— Ce n'est pas grave, je dessine comme un pied.

Elle rit.

— Moi aussi. En dessin, je suis nulle, j'ai toujours de mauvaises notes. Ça sert à quoi de savoir dessiner ?

— C'est parfois pas mal. Tu es déjà allée dans un musée ?

— Oui, dans la cathédrale. On n'y voit rien, c'est mal éclairé. Les tableaux sont trop hauts. De toute façon, ils sont moches.

— La cathédrale d'Orléans ?

— Oui, celle de Chartres aussi. Je peux voir votre dessin ?

— Mieux vaut pas.

— Mais si, montrez !

Elle y jette un œil rapide et pouffe.

— Vous vous moquez de moi, ce n'est pas un dessin ! C'est du gribouillis.

— Je t'avais prévenue.

— Vous êtes en voiture ?

— À pied.

— Mon œil !

— Juré !

— Vous êtes fou ! Tout le monde a une voiture. Ou une mob.

Elle examine le sac à dos que j'ai posé à mes pieds.

— Vous devriez prendre le train, ça irait plus vite.

— Je ne suis pas pressé. Et puis, où veux-tu que j'aille ?

Elle hésite un instant, hausse les épaules, se retourne et s'éloigne en lançant :

— Vous êtes con ! Aussi con que mon frangin !

J'aurais bien aimé connaître son frangin. »

Georges Picard[1].

*

Dans un livre à la fois drôle et merveilleux, au titre magique, *Les petites filles respirent le même air que*

---

1. *Le Vagabond approximatif*, José Corti, p. 71 et 72.

nous, Paul Fournel dresse les portraits de quelques fillettes audacieuses, impertinentes, solitaires et un tantinet perverses. Toutes sont parfaitement bien observées et ce qui se dégage de l'ouvrage est symbolique de l'élément aérien et suprêmement fantasque que je cherche à mettre en évidence chez ces elfes de nos existences.

Dans celui qui me semble le plus remarquablement comique (intitulé « La poupée moderne »), Maline, c'est son prénom, démantibule le corps – comme on démembre un poulet –, puis fracasse la tête d'une poupée dite « moderne » offerte par une vieille tante ridicule et cela au seul motif qu'à un certain moment, le mécanisme s'étant enrayé, celui-ci a commencé de répéter inlassablement la même phrase :

> « Maman ché-, j'ai faim.
> — Maman ché-, j'ai faim.
> — Maman ché-, j'ai faim.
> Maline détestait être dérangée. Elle détestait pardessus tout être dérangée par cette poupée sans nom qui vomissait sans trêve la même phrase cassée.
> — Tu m'emmerdes ! cria-t-elle.
> Et elle reprit le découpage du texte de son devoir de français.
> — Maman ché-, j'ai faim.
> — Maman ché-, j'ai faim.
> L'effort qu'elle faisait pour ne pas entendre lui emplissait plus la tête que le retour de la petite phrase lui-même. Elle n'insista pas. Elle abandonna son devoir, capuchonna son stylo bille, en marqua la page de son livre et se leva.
> — Maman ché-, j'ai faim.
> — Maman ché-, j'ai faim.
> Maline leva la poupée de la poussette, la retourna et lui arracha la langue.

— Maman ché-.

Le minuscule disque rayé vola dans la corbeille. La petite porte qui cachait le mécanisme ne résista pas non plus. Les gonds se tordirent, laissant deux échardes de plastique dans le dos de la poupée.

Maline serrait les dents et pinçait les lèvres. Ses joues se creusèrent, ses sourcils se rapprochèrent. Elle plissa imperceptiblement les paupières. Son regard se fit dur.

D'un geste sec, elle arracha le bras droit et le posa sur le lit. Elle arracha le gauche. Les jambes résistèrent plus, mais[1]... »

Et ainsi de suite, avec une froide résolution.

Il y a, à mon avis, outre le comique de la détermination méthodique, une dimension de l'éternel féminin enfantin bien cernée, dans ce texte : le refus symbolique exprimé par cette destruction, cette révolte à vrai dire, contre un asservissement déjà programmé à la seule maternité automatique – qu'une conception bourgeoise stricte et étroite assigne à la future femme adulte. C'est d'ailleurs ce qui rapproche ces textes de ceux de Lewis Carroll dans *Alice*.

Quiconque, en effet, a eu commerce avec des petites filles de cet âge sait parfaitement à quel point elles représentent le summum de l'esprit féminin dans sa logique réaliste et sans concession pour le lourd et trop rationnel esprit masculin, alors impitoyablement dérouté et contrecarré. Au cours de ses tribulations, Alice est sans cesse confrontée à la contraignante moralisation des adultes donneurs de leçons, mais l'opposition est d'autant plus accusée

1. Paul Fournel, *Les petites filles respirent le même air que nous*, Gallimard, 1978, p. 73 et 74.

avec les deux symboles du sexe opposé que sont Humpty-Dumpty et le Chevalier Blanc. Pour ma part, à chaque fois que j'ai dû soutenir une controverse avec une fillette – ce qui est difficile à éviter dès qu'on a affaire à l'une d'entre elles –, j'ai eu nettement l'impression de me retrouver dans la peau de l'un de ces deux personnages et j'en ai très vite rabattu, de peur de me retrouver à mon insu – sait-on jamais qui se dissimule sous les apparences de l'ingénuité et de l'innocence ? – intégré dans une future satire immortelle raillant l'esprit de sérieux du raisonneur impénitent.

« ... – Je veux dire : qu'est-ce qu'un présent d'innaniversaire ?

— C'est un présent que l'on vous donne lorsque ce n'est pas votre anniversaire, bien entendu.

Alice réfléchit un peu.

— Je préfère, finit-elle par déclarer, les présents d'anniversaire.

— Vous ne savez pas ce que vous dites, s'écria Humty-Dumpty. Combien de jours y a-t-il dans l'année ?

— Trois cent soixante-cinq, répondit Alice.

— Et combien avez-vous d'anniversaires ?

— Un seul.

— Et si de trois cent soixante-cinq, vous soustrayez un, que reste-t-il ?

— Trois cent soixante-quatre, évidemment.

Humpty-Dumpty parut sceptique.

— J'aimerais voir ça écrit noir sur blanc, déclara-t-il.

Alice ne put s'empêcher de sourire tandis qu'elle tirait de sa poche son calepin et faisait pour lui la soustraction :

$$\begin{array}{r} 365 \\ -\ 1 \\ \hline 364 \end{array}$$

Humpty-Dumpty prit en main le calepin et le regarda très attentivement :

— Cela, commença-t-il de dire, me *paraît* être exact.

— Vous le tenez à l'envers ! s'exclama Alice.

— C'est, ma foi, vrai ! reconnut gaiement, tandis qu'elle lui remettait le carnet dans le bon sens, Humpty-Dumpty, ça m'avait l'air un peu bizarre. Comme je le disais, cela me paraît être exact... encore que je n'aie pas présentement le temps de vérifier de fond en comble... et cela vous montre qu'il y a trois cent soixante-quatre jours où vous pourriez recevoir des présents d'innaniversaire...

— Certes, admit Alice.

— Et *un* jour seulement réservé aux présents d'anniversaire, évidemment. Voilà de la gloire pour vous !

— Je ne sais pas ce que vous entendez par "gloire", dit Alice.

Humpty-Dumpty sourit d'un air méprisant.

— Bien sûr que vous ne le savez pas, puisque je ne vous l'ai pas encore expliqué. J'entendais par là : Voilà pour vous un bel argument sans réplique !

— Mais "gloire" ne signifie pas "bel argument sans réplique", objecta Alice.

— Lorsque *moi* j'emploie un mot, répliqua Humpty-Dumpty d'un ton de voix quelque peu dédaigneux, il signifie exactement ce qu'il me plaît qu'il signifie... ni plus ni moins.

— La question, dit Alice, est de savoir si vous avez le pouvoir de faire que les mots signifient autre chose que ce qu'ils veulent dire.

— La question, riposta Humpty-Dumpty, est de savoir qui est le maître... un point, c'est tout[1]. »

1. Lewis Carroll, *De l'autre côté du miroir*, *Œuvres*, Bibliothèque de la Pléiade, Gallimard, 1994, p. 316 et 317.

*

Lewis Carroll écrivit en avril 1887, à propos de la genèse d'*Alice* :

« Combien de fois n'avions-nous pas ramé ensemble, les trois fillettes et moi, qui improvisais un conte à leur intention !... Mais aucun de ces contes ne fut jamais rédigé ; ils vivaient et mouraient, comme des éphémères, durant chacun l'espace d'un après-midi tout en or, jusqu'au jour où, par hasard, l'une de mes petites auditrices demanda que le conte fût pour elle mis sur papier. Bien des années ont passé, mais je me rappelle distinctement, à l'heure où j'écris ces lignes, comment, cherchant désespérément un thème féerique original, j'avais, pour commencer, expédié mon héroïne au fond d'un terrier de lapin, sans avoir la moindre idée de ce qui se passerait ensuite... »

Robinson Duckworth, compagnon de barque habituel de Carroll et des sœurs Liddell à cette époque, a laissé, de son côté, ce témoignage dans son Journal :

« J'ai été associé très étroitement à lui dans la production et la publication d'*Alice au pays des merveilles.* Je ramais à l'arrière et lui à l'avant lors de ce fameux voyage jusqu'à Godstow, au cours des vacances d'été, durant lequel nous avions pour passagères les demoiselles Liddell, et l'histoire fut en fait composée et dite *par-dessus mon épaule* à l'intention d'Alice Liddell qui dirigeait notre embarcation. Je me rappelle que je tournai la tête et dis : "Dodgson, est-ce là une aventure que vous improvisez ?" Et il me répondit : "Oui, j'invente au fur et à mesure." Je me rappelle aussi fort bien que, lorsque nous eûmes ramené les trois fillettes chez elles, Alice dit, en nous souhaitant une bonne nuit : “Oh ! Monsieur Dodgson, je voudrais bien que vous écriviez pour moi les aventures d’Alice.” Il répondit qu’il essaierait et il me déclara par la suite qu’il avait veillé presque toute la nuit, mettant sur le papier les souvenirs de la fantaisie qui avait égayé notre après-midi. Il y ajouta des illustrations de son cru, et offrit le volume, que l’on vit souvent par la suite sur la table du salon, chez le doyen. »

Tout me ravit dans ces deux souvenirs : les contes qui vivent et meurent « comme des éphémères », l’« après-midi tout en or » et ensuite l’histoire dite « par-dessus l’épaule », pour finir le « oui, j’invente au fur et à mesure » et quelques autres détails particulièrement émouvants parce qu’ils témoignent du surgissement à la fois fortuit et impromptu du génie au sein d’une atmosphère de loisir et de légèreté heureuse – là où je crois que naissent, n’en déplaise à notre époque laborieuse, les plus insignes merveilles.

Les Anglais ont longuement cherché à préserver cet espace d’enfance détachée du réel – prolongement probable de leur tenace rêve d’insularité idéale que la plupart des poètes me semblent partager à titre personnel ? John Donne, cependant, a parfaitement stigmatisé cette utopie dans sa célèbre formule : *personne n’est une île*[1]…

Ce n’est d’ailleurs sans doute pas un hasard si les plus émouvantes des *Enfantines* de Valery Larbaud

1. Tu demandes pour qui sonne le glas ? C’est pour toi ! Personne n’est une île…

prennent place en Angleterre, du temps où il habitait Florence Villa, à Weston super Mare :

« Un après-midi on sonne à la porte du jardin, et l'instant d'après Olive entre et me dit :

— C'est une petite fille, Monsieur.

Une petite fille "toute seule, toute seule", comme dans cette chanson de Londres. Et Olive a oublié de lui demander ce qu'elle voulait.

— Faites-la entrer, je verrai ce qu'elle veut.

Et je regarde le petit insecte traverser le jardin sur ses longues jambes en bas noirs à jours, avec ses jupes trop courtes sous un pinafore blanc trop court, tout le petit corps et les petits bras enveloppés dans du pinafore blanc sans plis, comme un cornet de bonbons, comme un bouquet. Je suis bien plus ému que si je voyais entrer dans mon jardin un général avec tous ses galons et toutes ses plumes. Et quand elle est toute droite devant moi, dans le salon aux vilains meubles, je ne sais quoi dire, et je sens si bien que je suis un enfant déchu que je n'ose plus la regarder en face.

— Eh bien, ma petite fille ?

En jouant elle a lancé sa balle par-dessus le mur de séparation, et est-ce que je veux bien la lui chercher dans ce massif ?

Je la fais asseoir dans mon fauteuil et je cours avec joie au jardin : c'est la première fois que j'ai l'occasion de servir quelqu'un depuis le départ du jeune homme de Bristol à qui j'apprenais (aidé de Xavier de Maistre) des mots français.

Et la petite fille profite d'être laissée seule pour faire aussitôt avec sa salive une belle grosse bulle brillante qu'elle augmente, la maintenant entre ses lèvres, l'avalant à moitié puis la ressortant toujours plus brillante et plus grosse et plus belle. Mais quand je rentre soudain, surprise et honteuse, elle la fait éclater et laisse tomber sur la page que j'écrivais une goutte du baume de son cœur.

— Je ne peux pas la trouver.

Elle me regarde, étonnée, tournant vers moi son visage un peu long, en forme d'amande, où la bouche, les yeux, les oreilles ont cette forme allongée et douce. Et deux grosses nattes brunes et bourrues, courtes, semblent la tirer un peu en arrière, comme deux anses qu'on aurait ménagées pour la prendre par là. Ses yeux gris s'agrandissent.

— Oh, réellement ?

Je ne sais que répéter :

— Je ne peux pas la trouver.

Elle réfléchit, puis elle dit avec un grand sérieux :

— Peut-être est-elle restée accrochée dans le lierre du mur.

Justement je n'avais pas songé à cela. Je retourne au jardin où elle me suit lentement, grave petite fée apprivoisée. Enfin elle voit la balle et je l'atteins, et comme elle est tout enveloppée de toile d'araignée, il faut rentrer pour qu'Olive l'essuie.

— Comment vous appelez-vous, ma chér… – je m'interromps : peut-on dire "chérie" à une petite fille de douze ans qu'on voit pour la première fois ? Je corrige – ma chère,

— Gwenny. Elle sourit très vite, comme si quelque chose dans ma question ou dans sa réponse était drôle.

Et moi aussi je lui souris, mais bêtement, désespérément, comme un petit garçon qui voudrait bien jouer avec elle, mais qu'une infirmité ridicule en empêche. Mon infirmité ridicule et sans excuse, c'est d'être une grande personne[1]. »

---

1. Valery Larbaud, « Gwenny-toute-seule » dans « Deux enfantines retrouvées », *Œuvres*, Bibliothèque de la Pléiade, Gallimard, p. 525-526

Le fin mot est ici lâché : le poète souffre d'avoir dû devenir une grande personne, « une personne qui a raison, une personne perpétuelle ». Or le poète n'est-il pas celui qui, précisément, a su préserver l'âme de l'enfant dans le corps de l'adulte ? Et celui qui conserve cette intense nostalgie du vert paradis, n'est-il pas fatal que, lorsqu'il rencontre une petite fille « effervescente », il cherche maladroitement à lui signifier qu'au plus intime et au plus secret de cette grande carcasse qui est devenue la sienne, se dissimule encore un petit garçon tout à fait disposé à subir ses impertinences et à partager ses lubies ?

*

J'ai souvent pensé que les enfants, et surtout les petites filles, étaient, comme les poètes, sensibles à une certaine permanence – inattendue – de l'éphémère.

Un jour (elle avait alors six ans, je l'ai noté dans mon carnet), Émilie me dit au téléphone :

— Il faut que je te prévienne de quelque chose.

— Ah bon ! De quoi ?

— Tu sais l'oiseau qui habite près de la balançoire…

— Oui ?

— Eh bien, il est toujours là !

*

Je m'évertuais, dans le château du lord anglais où j'officiais pour l'été, à enseigner les rudiments de la tenue de raquette au très jeune fils de famille (six ans), extraordinairement appliqué et concentré (d'une façon impossible à imaginer chez un enfant français). Or celui-ci, après avoir tiré impeccablement sa raquette en arrière pour la préparation du coup droit, attentif à mes moindres faits et gestes pour guetter l'instant où je déciderais de lui envoyer la balle – que je lui lançais à la main pour en atténuer l'impact –, réagissait chaque fois à contretemps : projetant sa raquette vers l'avant de toutes ses chétives forces, il passait immanquablement à côté de la balle. Nullement désappointé, il se remettait aussitôt en place, au garde-à-vous, dans l'attente du prochain essai – déjà rompu au sobre « Just try ! » britannique.

Sur le bord du court, assise très droite sur une chaise de jardin, coiffée d'un admirable chapeau de paille qui encadrait sa jolie tête rousse, très protectrice pour son jeune frère, se tenait la grande sœur (dix ans), surveillant la leçon. À un certain moment, après une nouvelle tentative malheureuse, elle chuchota à mon adresse, ce qui fit que je dus m'approcher pour saisir ses paroles :

— *May I interfere, Sir ?*

— *Yes, you may, my dear.*

— *Do you think Alex must keep on playing tennis ?*

— *I certainly do. All beginners have difficulties.*

— *I mean : don't you think he looks too funny ?*

— *He doesn't look funny at all, he just begins, I tell you. He is perfectly allright.*

— *Anyway, thank you for your endurance, Sir.*

Cependant, après un nouveau quart d'heure d'essais infructueux et bien qu'Alex ne montrât pas le moindre signe de fléchissement moral, elle s'approcha du grillage de son côté et dit à son frère, à voix basse, en aparté :

— *Don't take it so seriously, Alex ! It's only a game !*

— *Shut up !* répliqua Alex.

— *You're not playing at Wimbledon !*

— *I do my best,* dit Alex, *leave me alone !*

Je crus bon d'« interférer » à mon tour dans la conversation pour calmer la controverse :

— *Please, Kathleen, leave Alex experience his own life, he seems to know exactly what he wants.*

— *Yes, but I find him pathetically stiff.*

— *I'm sorry to tell you this, Kathleen, but boys are always a bit like this !*

— *Mother says that too !*

À cet instant, Alex – qui était resté dans la même position d'attente qu'au début du dialogue, la raquette préparée en arrière – dit à voix haute et ferme :

— *I can't wait any longer for the next ball !*

Aussi, je revins me placer en face de lui pour la cinquantième fois et lui lançai une nouvelle balle. Or, comme piqué au vif par ce soupçon sur ses capacités, il exécuta cette fois-ci le geste si vite et si fort que la balle, frappée en plein centre du tamis, alla directement se perdre dans les buissons derrière le court. Kathleen s'écria :

— *But you can't do that !*

— *What do you mean by I can't do that ?* s'écria Alex, et, se saisissant de toutes les balles qu'il pouvait récupérer autour de lui, il commença de les expédier à la suite les unes des autres dans les buissons – sans plus jamais rater son coup !

— *Do you see Kathleen, I can perfectly do it. You're always reducing me, I can't stand it !*

— *Yes, but to play tennis, you must stay inside the limits,* *répliqua Kathleen.*

Me tournant alors vers Alex qui attendait la balle suivante avec une détermination farouche, je lui glissai en catimini :

— *Well done, Alex, but now we shall try to keep the ball into the court and play together, allright ?*

La balle suivante alla se perdre encore plus loin dans le *bush* gersois et Kathleen commenta :

— *He acts exactly like Daddy*[1].

1. — Puis-je m'immiscer, monsieur.
— Oui, vous le pouvez, ma chère.
— Pensez-vous qu'Alex doive s'entêter à jouer au tennis ?
— Bien sûr que oui ! Tous les débutants ont des difficultés.
— Je veux dire : ne pensez-vous pas qu'il est trop *bizarrement ridicule ?*
— Il n'est pas ridicule du tout, c'est normal, car comme je vous le dis, il ne fait juste que commencer.
— Quoi qu'il en soit, merci de votre patience, monsieur.
...
— Ne prends pas ça si au sérieux, Alex, ce n'est qu'un jeu.
— Ferme-la ! répliqua Alex.
— Tu n'es pas en train de jouer à Wimbledon !
— Je fais de mon mieux, dit Alex, laisse-moi tranquille !
...
— S'il vous plaît, Kathleen, laissez donc Alex faire sa propre expérience, il paraît savoir parfaitement ce qu'il veut.
— Oui, mais je le trouve pathétiquement raide.
— Excusez-moi de vous dire cela, Kathleen, mais les garçons sont toujours un peu comme ça.
— Mère le dit aussi.
...
— Je ne peux pas attendre la prochaine balle plus longtemps.
...
— Mais tu ne peux pas faire ça !
— Qu'est-ce que tu veux dire par « je ne peux pas faire ça » ?

*

Quand insensiblement vers le soir la mer se teintait d'un indigo plus intense, qu'au loin sur l'horizon les désertes montagnes d'Albanie – dont les pentes rases évoquaient d'éventuelles prairies sur la lune – passaient du gris bleuté au mauve, que le jaune et le rosé des murs décrépis de la vieille ville de Corfou se mêlaient, dans une phosphorescence dorée, que les groupes d'amis se tenant aux épaules jacassaient sans trêve en défilant par les rues centrales, les hirondelles – enfermant l'espace entre les toits dans un réseau serré de vols d'une rapidité insensée, couinant littéralement comme des perdues – atteignaient au paroxysme de l'hystérie ! Quelques mètres au-dessous de ce vertigineux tourbillon, au creux des courettes, sur les perrons, dans les moindres recoins laissés libres par la « volta » de leurs aînés, les enfants – hurlant à tue-tête, se chamaillant, se poursuivant, luttant, trépignant, s'esclaffant – exultaient frénétiquement !

Un soir, je vis une fillette à bout de souffle qui, après avoir distancé ses compagnons de jeu, se

---

…

— Tu vois bien, Kathleen, je peux parfaitement le faire, tu cherches toujours à me rabaisser, je ne peux pas le supporter.

— Oui, mais pour jouer au tennis, tu dois rester à l'intérieur des limites du court ! dit Kathleen.

…

— Bien joué, Alex, mais maintenant on va essayer de laisser la balle dans le court et jouer ensemble, d'accord ?

…

— Il se comporte exactement comme Papa !

laissa choir à plat dos les bras en croix, de façon un peu théâtrale – comme le font souvent les enfants quand ils sont seuls. Or, allongée à même les dalles encore chaudes du soleil de l'après-midi, les yeux tournés vers le ciel, prenant soudain conscience du manège – parallèle à celui des enfants – des hirondelles au-dessus de sa tête, elle demeura ainsi à les contempler un long moment, un extatique sourire complice sur les lèvres…

*

Dans mes carnets au 15 avril 1977 :

Je suis venu à vélo jusqu'à la petite chapelle grise et blanche au bout de l'île, édifiée – ainsi qu'il est inscrit sur une plaque apposée à l'entrée – en l'honneur de Notre-Dame de Callot en l'an 502 après que le prince Rivallon Murmaczon eut chassé de l'endroit Corsole, général des Danois qui « y avoit sa tente et faisoit grand pillage en pays de Léon ». Son armée y fut – est-il indiqué avec laconisme – taillée en pièces par Rivallon.

À l'intérieur de la chapelle – restaurée par le recteur de Saint-Pol en 1958, dit une autre plaque –, on voit dans l'ombre une Vierge bleue et blanche entourée d'une multitude d'ex-voto accrochés là par les marins rescapés des tempêtes. Ils sont souvent accompagnés de bérets avec pompon rouge. Je remarque aussi une casquette de toile écrue et un chausson de bébé en laine. Sur le rebord de l'une des ouvertures étroites, fermée par un affreux vitrail moderne, sont placées de petites Vierges semblables à celle qui reposait sur ma table de chevet lorsque j'étais enfant. Au plafond pend l'inévitable maquette de trois-mâts de toutes les chapelles maritimes. Enfin, détail insolite : sur une tablette de marbre deux minuscules ombrelles chinoises semblables à celles qui décorent les glaces dans les restaurants.

Lorsque je suis ressorti dans le soleil radieux qui paraissait sanctifier l'azur, une alouette, à la verticale de la chapelle, exultait en plein ciel.

Deux petites filles arrivées avec leur mère tournaient là en sautillant. Soudain, l'une d'elles s'élance d'un bond par-dessus un rocher semblable à celui sur lequel je suis assis en train d'écrire et, se tournant vers sa compagne, lui déclare :

— Je ne sais pas, mais ici j'ai de la force !...

*

Sa mère – une Américaine fortunée qui nous avait conviés pour le thé – ayant été retardée pour une raison quelconque, une petite fille d'environ neuf ans nous avait accueillis dans le grand salon et semblait s'amuser follement à jouer les maîtresses de maison, s'activant et courant partout avec une diligence exagérée : « Débarrassez-vous de vos manteaux, avez-vous trouvé facilement, asseyez-vous, voulez-vous boire quelque chose, etc. »

Puis la mère arrive et – visiblement affectée d'une logorrhée névrotique – nous assaillit, sans nous laisser respirer un instant, d'un interminable monologue du type gazouillis mondain sans queue ni tête, à base prétendument sarcastique, dont les Anglo-Saxons ont le secret. Sans reprendre haleine pendant vingt-cinq bonnes minutes, avec son accent yankee à couper au couteau ! Jusqu'au moment où, aucune interjection polie ne venant plus soutenir le flux verbal, celui-ci se tarit soudain dans la gorge de la blablateuse à l'instar d'un jet d'eau brutalement coupé de son alimentation, se résorbant piteusement en d'informes borborygmes étouffés. S'ensuivit un long silence gêné qui eût semblé ne jamais devoir finir si la petite fille, sagement assise sur le tabouret du piano et demeurée silencieuse comme nous, n'avait soudain lancé à sa mère :

— Tu sais, Maman, parler sans écouter les autres, en Amérique c'est normal, mais en France les gens préfèrent discuter entre eux.

*

Dans l'un des meilleurs livres d'André Dhotel, *Lumineux rentre chez lui*, apparaît un personnage de collectionneur qui, après les avoir entendues ou lues, ici ou là, inscrit en graffitis sur les murs, les parois d'ascenseurs, de cabinets de toilette ou au dos des banquettes d'autobus – pour ceux qui voudront bien les remarquer et s'en enchanter – les phrases qui lui ont paru remarquables. Par quelque côté, je partage cette manie sauf que, pour ma part, ce sont les infimes épiphanies transcendant mon quotidien, que je collectionne sur mes éternels carnets. Or celles-ci peuvent surgir aussi bien au détour d'une rue, d'une page, d'une conversation, d'un film ou d'une pièce, qu'au passage intime d'une pensée, et il m'est toujours apparu qu'à défaut de les pointer avec une certaine insistance, elles ne manquaient pas de retomber platement dans l'oubli.

J'ignore si l'excellent film de Pascal Thomas intitulé *Mercredi folle journée* a rencontré le succès qu'il méritait, toujours est-il qu'en sus d'une galerie de personnages enfantins fort bien croqués, s'y détachent deux portraits de petites filles sur lesquels j'aimerais – dans cette optique – insister.

Le premier est celui du personnage principal du film : une fillette qui passe la journée sans école du mercredi avec son père – grand enfant prolongé et joueur professionnel : poker, tiercé, loto – qui, au lieu de lui faire faire le parcours habituel du père séparé cherchant à compenser avec les conventionnels musées, cadeaux, grandes foires de jeux enfantins, etc., l'entraîne, un peu malgré lui et dans l'urgence, dans son monde à lui : celui des flambeurs où il pratique accessoirement un véritable gymkhana pour échapper à ses multiples débiteurs. Or la fillette semble s'amuser beaucoup plus qu'à l'ordinaire – au cours des insipides mercredis habituels où, on le devine, il lui faut suivre le parcours fléché des activités enfantines patentées. En outre, cette journée la rapproche de son père en lui permettant de comprendre la mission filiale qu'il lui incombe d'endosser vis-à-vis du grand enfant attardé qu'il est resté. Ainsi lorsque celui-ci la ramène le jeudi matin devant la grille de l'école, elle lui déclare en l'embrassant :

— À partir de maintenant, je vais m'occuper de toi.

Les petites filles n'ont-elles pas cette mission d'ange gardien à remplir envers les rêveurs inconséquents, les poètes étourdis, les enfants prolongés – toutes personnes difficilement *perpétuelles* et *qui ont* rarement *raison* ?

Le second, poignant, est celui de la petite fille assistant sans le savoir à l'agonie de sa mère sous overdose d'héroïne – continuant longtemps de l'appeler au chevet du lit tandis que celle-ci s'enfonce progressivement dans l'inconscience ; jusqu'à ce qu'elle comprenne que c'est inutile, et qui, plus tard, aux policiers l'interrogeant sur les circonstances du décès, ne fait que répondre sur un ton de constatation fatidique :

— Sa voix s'est perdue…

*

Durant l'enfance de ma fille, une de mes terreurs irrationnelles était qu'elle figurât soudain, sans autre explication, sur la liste que, dans leur comptabilité implacable, les Parques prélèvent avec régularité parmi les êtres les plus fragiles et les plus innocents. C'est sans doute pourquoi je compatis d'autant plus fraternellement à l'atroce aventure advenue au poète franco-américain James Sacré qui, lui, perdit la sienne au terme d'une grave maladie. Dans une certaine mesure, moins définitive et nettement moins douloureuse, ma petite fille me fut enlevée à moi aussi par le destin, ce à quoi, au long des heures et des jours et jusqu'à ce qu'elle devienne à jamais une femme – avec sa vie à elle –, j'ai pris l'habitude de faire face, palliant cette absence par toutes sortes de procédés, incluant, comme lui, l'écriture.

James Sacré a laissé un recueil de poèmes qui figure parmi les plus émouvants que je connaisse. Dans ce recueil, qui s'appelle *Une petite fille silencieuse*[1], il poursuit un monologue murmuré à voix basse et adressé au fantôme de celle qui ne cesse de l'accompagner comme un ange gardien.

« Un jour on entend sa voix au téléphone.
C'est déjà la nuit et presque du silence qui est très loin dans
L'exiguïté de la solitude entre un lit d'hôpital et une chaise vide,
Pendant que la lumière est partout courant dans la ville, parmi
Des maisons dans les suburbs comme des gros cœurs cossus
Si quelqu'un pleure à l'intérieur d'une, à côté
Du téléphone et du silence, tout continue pareil. Quelque chose
Bat tout près jusqu'à très loin, ça s'entend pas beaucoup. »

Oui, c'est vrai ! La discrète douleur de la séparation, ça bat faiblement quelque part au cœur de la ville et *ça s'entend pas beaucoup.* Tout ce qui a rapport à l'amitié d'un homme pour un enfant et a fortiori une petite fille meurtrie (en ce monde de masculinité tenace), ça ne fait qu'un très faible bruit ou pas du tout.

« Tout l'été t'appartenait un jour
Que tu l'as regardé sans savoir que bientôt
Tu serais perdue dans l'obstination lente
Des choses du monde.
Un peu de fumée trouble la fine couleur du ciel.
Comment le monde peut-il mêler

1. James Sacré, *Une petite fille silencieuse*, André Dimanche, 2001.

Sa tranquille indifférence à mon amitié pour toi ?
Est-ce qu'on entend l'herbe ou ta rêverie bouger ? »

La tranquille indifférence du monde à l'égard de nos plus vives douleurs a quelque chose de scandaleux parfois, et l'on aimerait voir et entendre les objets les plus banals, les plus immédiats, vibrer à l'unisson de notre lamento intérieur. Cependant, j'aimerais protester quelque peu auprès de James Sacré (avec le souhait qu'il m'entende un jour), en l'assurant qu'il fait erreur, lorsqu'à la fin de ce poème, il soupire :

« … Dans Paris que tu aimais tant, le calendrier
A des mouvements de la grande cape qui t'emportait tous les jours à l'école.
Tout ça que voilà dit, décousu, comme au loin
Ta vie sourire et colère, ton cœur bouleversé, ton calme. »
Et rien dans la vaine musique des poèmes !

Car même si je comprends dans quel sens premier est énoncée cette phrase : rien de matériellement palpable à quoi la douleur puisse se raccrocher dans la seule musique des mots, ces outils désincarnés et apparemment vains, il n'en demeure pas moins que, à l'instar de l'ambivalence allusive sur laquelle joue toute poésie opérante, *il n'y a pas rien* dans la musique de ce poème puisque, à tout le moins, celle-ci m'aura réconforté dans mon modeste désarroi similaire (ainsi que sans doute nombre d'autres âmes sensibles), et que je continuerai longtemps d'avoir un pincement d'enthousiasme platonique, un léger sourire de gaieté mélancolique lorsque je suivrai des yeux depuis ma fenêtre – non loin de la lévitation onirique des pages du calendrier sur le mur de la cuisine – une cape (ou ce qui en tient lieu désormais) emportant à grands coups d'aile une fillette vers son école.

Durant l'été mille neuf cent quatre-vingt-trois, nous louâmes une maison dans une île grecque au sud du Péloponnèse. Pour accéder à la mer, nous suivions, Émilie, Judith et moi, un sentier caillouteux, poussiéreux, bordé de figuiers, de grenadiers, puis nous dégringolions le long d'une pente abrupte, parmi les rochers, jusqu'au rivage inespérément intact. Les jours de grand soleil et de mer s'y déroulaient dans la secrète exultation du simple bonheur d'exister. Un jour, peu avant son départ, ma fille construisit au bord du sentier, ainsi qu'elle adorait le faire à cet âge, une petite maison de pierres destinée, disait-elle, aux lézards. Vint enfin le jour où il fut temps pour elle de retourner à l'école en France. Je l'accompagnai à Athènes par le bateau régulier.

Nous passâmes la nuit entière sur le pont, enroulés dans nos sacs de couchage sous les étoiles et parmi les sifflements du Meltemi qui faisait tinter les filins métalliques des potences. Bercés par les voix cordiales des Grecs faisant la « parea », et par le rythme lent en sourdine du bruit du moteur, nous somnolions et Émilie, qui veillait pour la première fois de sa vie sur le pont d'un bateau, sous les étoiles et parmi les rires – si loin de la morosité des nuits dans les villes du Nord –, me parut plongée dans le ravissement. Pour finir, vaincue par la fatigue, elle s'endormit au petit matin ; je la réveillai cependant peu de temps avant l'entrée du Pirée pour qu'elle ne manque pas la féerie des paquebots illuminés dans les roses et les bleus crémeux de l'aurore. Instantanément réveillée, elle contempla ce spectacle avec un sourire d'extase enfantine. Nous traversâmes ensuite les rues désertes d'Athènes, en taxi, pour arriver dans l'immense aéroport inondé de lumière électrique et parcouru d'une activité fébrile, tous deux ahuris, je m'en souviens, par cet étrange monde parallèle insomniaque.

Enfin, après avoir rempli les formalités d'usage et tâté de l'atmosphère déjà parisienne dans la file d'attente pour l'enregistrement des bagages (remarques désobligeantes de part et d'autre, tentatives de « resquille », humour cynique à base de ronchonnements concernant les lenteurs locales, etc.), je dus abandonner Émilie à l'hôtesse qui l'emmena vers l'avion. Et mon dieu ! Oh oui ! C'était bien trop tôt ! J'étais comme pris à l'improviste par la soudaineté de cette séparation à laquelle j'étais pourtant préparé depuis plusieurs jours… « Ainsi la mort, dit David Shahar, doit-elle surprendre celui qui aime la vie et jouit de toutes ses facultés, fût-il vieux comme Mathusalem – à l'improviste prématurément, comme par inadvertance. » Je la serrais désespérément dans mes bras, idiot que j'étais – cherchant à résumer dans un seul geste tout ce qu'il me semblait n'avoir pas réussi à exprimer en un mois et demi !

Je montai ensuite sur la terrasse pour tenter de lui faire un dernier signe mais ne pus repérer son appareil parmi tous les autres en partance. Aussi, choisissant l'un d'eux au hasard, qui décollait, je contemplai sa longue courbe vrombissante dans le ciel encore sombre et, comme on fait avec les étoiles filantes durant les nuits d'été, je l'accompagnai de mes vœux les plus ardents.

De retour dans l'île les semaines suivantes, lorsque je descendais vers la mer – laquelle entonnait soudain au détour du sentier son sourd dithyrambe intemporel –, je ne pouvais m'empêcher de chercher des yeux le minuscule édifice – la maison des lézards – comme s'il avait recelé une part infime de la présence de ma fille. Or aujourd'hui encore, aux instants de nostalgie (en ce moment même tandis que j'écris ces lignes et que je réalise simultanément que ce baiser vers l'avion fut l'adieu que j'adressai au *génie élémentaire* qu'elle cessa d'être par la suite), tout naturellement je me reporte en pensée à ce bord de sentier grec perdu, d'une île à moitié déserte – qu'on dit lavée par les pluies aux mortes saisons.

Je vois, avec une grande précision, une cinquantaine de petites pierres carrées disposées en rectangle autour d'autres pierres posées en équilibre les unes sur les autres et coinçant de frêles brindilles.

*

Dans son livre *La vie réelle des petites filles* Chantal Thomas rapporte que l'artiste Hans Bellmer – « un homme étrange, [qu'elle] a un peu connu, et qui pouvait fort bien, après s'être tu pendant des heures, prendre la parole pour parler de choses qui n'avaient aucun rapport avec la conversation mais qui vous plongeaient, à votre tour, dans un profond silence » – un soir d'été, alors qu'ils étaient attablés au Flore, aurait soudain déclaré, fixant le clocher de l'église Saint-Germain :

— Une petite fille toute seule, sur une grande route déserte, c'est frais…

Cette anecdote m'a rappelé la très vieille sentence du poète Tch'an : « Vous me demandez quel est le bonheur suprême en ce monde : c'est la chanson de la petite fille qui repart sur la route après m'avoir demandé son chemin. »

La déesse endormie

C'était mon premier contact avec l'Afrique et, au sortir de l'avion, je me sentis immédiatement pénétré par les effluves magnétiques d'une puissante et mystérieuse atmosphère.

J'avais été invité à Abidjan par le ministère des Sports de Côte-d'Ivoire pour y faire des démonstrations de squash et je fus pris en charge dès l'aéroport par un fonctionnaire assez taciturne qui, durant le trajet jusqu'à l'hôtel, ne cessa de débiter un discours convenu tendant à vanter les réalisations du régime en place, sans jamais s'interrompre, comme s'il voulait avant tout m'empêcher de poser la moindre question. Je déposai mes affaires dans la chambre d'un palace de style néo-colonial dont le hall, outre de gigantesques plantes vertes, était envahi de jeunes femmes décontractées en train de fumer et visiblement en attente d'un client potentiel, et je m'en fus faire une promenade dans la ville, déambulant sous les grands arbres qui tamisaient la lumière d'un soleil surpuissant.

Comme à mon habitude, je dérivai sans esprit de suite et me retrouvai soudain à la périphérie du secteur résidentiel, dans l'un des quartiers du port où, au fond de bassins désaffectés creusés dans la latérite et environnés de vastes terrains vagues envahis de hautes herbes desséchées (comme cuites sur tige par la chaleur du four solaire), rouillaient quelques cargos abandonnés. Sur le rebord des bastingages se tenaient alignés une série de vautours ébouriffés observant mes faits et gestes. Un garçon noir pieds nus – à très longues jambes sous le short effrangé – surgit d'un interstice du décor, tel un esprit du lieu dérangé dans ses secrètes manigances. Après m'avoir observé quelques instants en silence, il sortit une pièce de monnaie de sa poche et, la tenant devant son visage, se mit à cligner d'un œil avec insistance, comme s'il voulait me faire participer à quelque rite magique ayant trait à la multiplication éventuelle de l'argent, puis, sans plus s'approcher ni m'adresser la parole, me tourna le dos et commença de remonter nonchalamment l'une des rues en pente vers la haute ville, pour, tel un fantôme solaire, se dissoudre subitement dans la lumière éblouissante.

Je remontai moi-même un peu plus tard vers les rues animées du centre-ville où la première scène de rue à laquelle j'assistai me plongea d'emblée au cœur de l'univers social africain : un homme juché sur un vélo rouillé surgit sans crier gare au milieu d'un carrefour et une automobile qui arrivait, ne pouvant légitimement l'éviter, le renversa. Une foule dense et vociférante se forma immédiatement autour du blessé (gémissant à terre) et du conducteur, qui – descendu de son véhicule arrêté au milieu de la chaussée, portière ouverte – se mit à haranguer la foule à la façon d'un tribun. Comme je m'étais mêlé aux personnes du second rang ne participant pas au débat, le dialogue s'engagea tout naturellement avec mon voisin. Il me dit, désignant le conducteur :

— C'est trrès maauvais pour lui, il s'est mis dans une situation emmbarrrasssante.

— Mais pourtant, ça n'est pas sa faute : le cycliste a surgi sans même regarder au carrefour.

— Oui, mais ici en Aafrrique, on estime que c'est le plus fort qui a tort. Une voaaturre c'est beaucoup plus fort qu'un vélo, non ?

— Effectivement, vu comme ça…

— Et il faut espérrer que le chauffeurr soit trrrès bon paarleur, jusqu'à ce que la police arrrive, sinon les gens vont le maassacrrrer…

Constatant que « la palabre » risquait de s'éterniser, je remerciai mon voisin pour ce premier enseignement des principes locaux et, me détachant du groupe des badauds, je m'éloignais, lorsqu'il m'interpella une dernière fois pour me lancer :

— Ici en Côote d'Ivoare, n'oubliez pas de savoirrr si vous êtes le plus fort ou non !

— Je vais essayer, dis-je, merci !

Cette première promenade me laissa perplexe et plus tard à l'hôtel, après avoir dîné légèrement et retourné dans ma tête ces événements insolites, je m'endormis d'un trait, vaincu par la chaleur moite.

Le lendemain matin, mon guide vint me chercher pour m'emmener à Yamoussoukro, le village natal du président Houphouët-Boigny depuis peu transformé en ville modèle futuriste, et où s'étendait, parmi une foule d'autres réalisations prestigieuses – ainsi que me l'expliqua le guide-chauffeur –, un splendide parcours de golf dont le club-house avait été dessiné par Ricardo Bofill et au sein duquel se trouvait le court de squash climatisé où je devais officier. On trouvait là également l'une des plus modernes universités du monde, où chaque chambre d'étudiant possédait son terminal d'ordinateur (ainsi que tout ce qui pouvait s'imaginer en fait de confort moderne), un palace de grand luxe (l'hôtel Président) où j'allais séjourner et dont l'intérieur était entièrement garni de marbre de Carrare, un palais présidentiel parmi les plus luxueux du monde (où avait dormi le président Giscard d'Estaing), une future cathédrale monumentale (réplique de Saint-Pierre de Rome en beaucoup plus grand !), etc., mon chauffeur débitant tout cela comme l'eût fait un magnétophone enclenché sur une bande enregistrée. Pendant ce temps, nous roulions à allure variée sur le ruban inégal d'une route prenant parfois l'apparence d'une autoroute à deux voies quasi déserte – spécialement construite elle aussi pour relier la ville modèle à la capitale – et où les seules présences, de temps à autre dans le lointain (et mon chauffeur klaxonnait à tout rompre pour les faire dégager), étaient des enfants jouant au ballon.

N'écoutant que d'une oreille le blabla propagandiste du factotum – lequel avait décliné habilement toute tentative de discussion plus personnelle –, j'observai le paysage par la fenêtre de ma portière. Sous le puissant magnétisme d'un soleil légèrement voilé on pouvait voir des deux côtés de la route, de grandes étendues de savane ocre jaune où se profilaient de fines et hautes herbes paraissant placées là tout exprès pour décorer ces terres arides. De loin en loin s'élevaient d'énormes champignons noirs que je reconnus pour être des termitières. Plus rarement, nous longions des cases aux toits pointus devant lesquelles étaient nonchalamment allongés ou adossés au tronc d'un arbre des hommes et des femmes qui, malgré l'apparence de pauvreté du village, semblaient parés de vêtements royaux (tels des aristocrates déchus, pensai-je, ayant tout misé sur cette dignité et cette superbe).

Puis, au rythme cahotant de l'automobile sans cesse obligée de ralentir pour contourner les innombrables nids-de-poule de cette route si peu fréquentée, je commençai de somnoler. Lorgnant par la vitre, les yeux mi-clos, j'eus une vision dont je n'aurais su démêler la part onirique : *sur un chemin de terre blanche sinuant entre de hautes pailles d'un jaune étincelant, s'avançait lentement, « à son heure », la fine et élégante silhouette dégingandée, un bâton plus long qu'elle soudée à sa main, d'un homme sombre, pieds nus, dont le pas élastique semblait rythmer une danse désinvolte et somnambulesque. Ses pas le menaient à un baobab solitaire se dressant au-dessus de la savane comme une gigantesque excroissance tellurique, et, sur l'un des moignons décharnés, se tenait perché, immobile, un frêle oiseau bleu pâle…*

Le chauffeur me tira de mon état léthargique pour me signaler que nous entrions dans Yamoussoukro – « la perle de la Côte-d'Ivoire ». Nous roulions sur une large avenue bordée de chaque côté par un alignement impeccable de réverbères et de vastes trottoirs asphaltés. Cependant, à peine à quelques centimètres des bords, la savane reprenait son empire de terre déserte et craquelée à l'infini. Nulle maison, nul bâtiment, de temps à autre seulement une chèvre étique attachée à un piquet non loin d'un homme en haillons assis sur le bord du trottoir et semblant attendre indéfiniment – lequel tournait alors vers nous son regard sombre et vitreux où paraissait se refléter une douce et confuse stupeur d'incompréhension et de résignation mêlées. Parfois encore, nous croisions un ensemble de baraquements vétustes aux toits de tôle ondulée sous lesquels se tenaient les étals d'un marché. Y grouillait une foule bariolée, affairée à vendre et à acheter des marchandises entassées dans de gros bidons d'huile ou d'essence découpés à cet effet, ou encore sur des couvertures posées à même le sol rouge et poussiéreux. Lorsque nous passions aux abords de ces rares concentrations humaines, le chauffeur tournait ostensiblement la tête de l'autre côté d'un air dédaigneux. Nous parvînmes enfin aux premiers bâtiments officiels qui contrastaient singulièrement avec les visions précédentes : derrière de solides murs récemment bâtis, on voyait onduler des frondaisons de palmes et des ramures aux feuillages luxuriants derrière lesquels se profilaient des édifices de brique rouge aux belles et vastes baies vitrées munies de stores de toile ; par les ouvertures des portails on apercevait des guérites où somnolaient des gardiens en uniforme, des jets d'eau s'irisant dans l'air chaud devant des bancs où se tenaient assis, souriant et plaisantant, de fringants jeunes gens habillés à l'européenne.

Enfin l'automobile stoppa sur le parking d'une tour de trente étages. « L'hôtel Président ! »

m'annonça le chauffeur. Nous pénétrâmes dans le hall où je fus à la fois saisi par la climatisation et abasourdi par l'aspect monumental des lieux : d'une hauteur de plafond d'une quinzaine de mètres ce hall était garni sur les parois latérales de panneaux de marbre (de Carrare, me reprécisa le factotum) au milieu desquels s'ouvraient des baies vitrées serties de vitraux d'art abstrait. En son centre trônait un bureau de réception digne des aéroports internationaux tandis que quelques jets d'eau retombaient gracieusement dans des vasques garnies de plantes aquatiques. Derrière ce comptoir se tenaient plusieurs hôtesses. Le reste du hall était entièrement désert hormis un domestique en livrée qui faisait doucement glisser sa serpillière sur le sol de marbre veiné de rose et de bleu.

Après que les hôtesses m'eurent remis un tas de prospectus parmi lesquels figurait mon programme des jours à venir, un groom m'accompagna jusqu'à ma chambre où, une fois la porte refermée, j'eus tout loisir de contempler le décor. Là encore les parois étaient en marbre, conférant à la pièce une atmosphère lugubre à peine tempérée par la présence de quelques tapis et de quelques tentures murales africaines. M'approchant de la baie vitrée, je pus constater que j'étais logé dans les hauteurs et que les avenues tracées dans la savane desséchée, comme celle que nous avions empruntée pour venir jusqu'ici, s'étoilaient *en plein vide* et dans toutes les directions autour de ce qu'il fallait bien considérer comme le centre-ville.

Rompu à la fois par le voyage et par le trop-plein d'impressions nouvelles, je m'assoupis tout habillé sur le lit, rabattant sur moi le couvre-lit pour ne pas geler sous le souffle de la climatisation. Je m'enfonçai dans d'étranges rêves : j'étais environné de hauts et sévères masques d'ébène dardant sur moi leurs regards absents aux pupilles dorées et dont les voix, roulant dans les profondeurs de leurs gorges, n'étaient autres que le battement sourd de tam-tams mélancoliques et obsédants...

Je dormis assez longtemps et lorsque je m'éveillai, les ombres du crépuscule avaient envahi la chambre. Je consultai l'ordre du jour et vis que j'avais tout juste le temps de me rendre au repas du soir dans la salle de restaurant « panoramique et giratoire » située au sommet de l'hôtel. Empruntant l'un des longs couloirs feutrés, je m'acheminai jusqu'à l'ascenseur sans rencontrer âme qui vive, puis montai jusqu'au dernier étage. Je débouchai dans un vaste espace entièrement vitré sur son pourtour et très semblable à ce que j'avais pu apercevoir, au cinéma, de la salle d'une tour de contrôle d'aéroport (les instruments en moins). Accueilli par une hôtesse et un maître d'hôtel obséquieux, je fus placé près d'une vitre. L'endroit était désert hormis une tablée d'une dizaine de personnes dont l'habillement formait un ensemble disparate : les uns en tenues africaines très amples – les hommes en blanc, coiffés de toques de tissu, les femmes en noir magnifiquement enturbannées –, d'autres en complets-vestons, cravatés à l'européenne – des dignitaires du pouvoir à en juger aux égards dont ils étaient entourés. Après m'être assis et avoir commencé de déguster « la terrine de sanglier du Périgord avec son coulis de myrtilles », je pus vérifier que la salle de restaurant tournait lentement sur elle-même, permettant ainsi d'embrasser le « paysage » environnant. Il faisait désormais tout à fait nuit et j'aurais facilement pu imaginer dominer un vaste centre urbain aux innombrables artères illuminant une trépidante vie nocturne... si je n'avais su que cette foule de réverbères ne faisait qu'éclairer de longues avenues entièrement désertes prolongées par des chemins de terre poussiéreux.

Le lendemain matin, mon guide me conduisit jusqu'au club de golf où j'étais attendu pour une démonstration de squash, laquelle consistait à commenter – tout en échangeant des balles sur le court avec un sparring-partner – certaines subtilités techniques du style européen à une équipe de joueurs locaux assis dans les gradins. Le court de squash, climatisé ainsi que le reste du bâtiment, était parfaitement entretenu.

Une fois la démonstration terminée, je fus invité en compagnie de toute l'équipe à un déjeuner gastronomique dans le restaurant français du lieu. En dehors de deux ou trois ombres attablées de loin en loin, la salle de ce restaurant luxueux, dont la carte annonçait des prix exorbitants, était aussi déserte que celle de l'hôtel, la veille au soir. Mes compagnons – tous étudiants fils de famille, en résidence à l'université locale – animèrent le repas du feu roulant de leurs questions portant exclusivement sur Paris et sur les prix de ce qu'on pouvait s'y procurer.

Après le repas, je fus convié à aller faire quelques pas sur les greens.

De longues pelouses irréprochables – sans cesse arrosées par des systèmes automatiques – donnaient l'illusion d'être soudain transportés en Écosse, à cette différence près qu'à l'abord immédiat des hauts et solides grillages qui les clôturaient hermétiquement sur leur pourtour, on pouvait apercevoir la terre sèche et craquelée. On me révéla qu'un spécialiste anglais des gazons – résidant à demeure – était chèrement payé pour entretenir cette enclave de verdure en pleine savane.

L'après-midi fut consacrée à la visite du chantier de la fameuse cathédrale – réplique de celle de Saint-Pierre de Rome. À l'approche de l'esplanade, on avait l'impression d'être abusé par quelque effet de perspective trompeur, mais une fois sorti de la voiture, lorsqu'on levait la tête vers les hauteurs de l'édifice, force était de constater que les dimensions en étaient surhumaines. Des colonnades de la taille de l'obélisque de la place de la Concorde soutenaient un chapiteau circulaire cyclopéen évoquant une soucoupe volante venue de Jupiter et atterrie là dans la nuit. Tel un peuple d'arachnides extraterrestres dévolu à son réapprovisionnement, des grues géantes (dont je n'avais jamais vu l'équivalent) évoluaient lentement autour de l'engin et des nuées d'insectes laborieux étaient accrochées sur son toit et sur ses flancs. Ne pouvant nous approcher plus près pour des raisons de sécurité, mon guide me récita sa leçon : le dôme aurait cent soixante mètres de hauteur sous voûte, l'intérieur serait garni de marbre, de bois précieux, de vitraux racontant la vie du Président, il y aurait des ascenseurs tubulaires au creux des colonnes que j'avais aperçues et la bâtisse entière serait climatisée elle aussi… Tandis qu'un peu étourdi, je clignais des yeux pour apercevoir des bas-reliefs pointés par mon guide, deux gamins faméliques aux yeux vitreux et pieds nus, surgis des terrains vagues environnants, s'approchèrent de la barrière de sécurité pour observer, eux aussi, la grande réalisation de leur Président. Ils se tenaient chacun sur une jambe, sans un mot, interdits et intimidés comme s'il se fût agi d'une énorme bête assoupie là, montrant quelques signes d'éveil et dont ils cherchaient à interpréter les intentions ultérieures : amicales ou hostiles ?

Enfin nous repartîmes et mon guide me conduisit au clou touristique de Yamoussoukro : le repas des crocodiles sacrés dans les lacs artificiels entourant la demeure du Président lui-même. Nous roulâmes une dizaine de minutes le long d'une artère poussiéreuse pour parvenir au bord d'une grande fosse dont les parois étaient couvertes d'herbes et d'arbres chétifs. Au fond de celle-ci stagnait une eau verdâtre aux reflets jaunes. Tout d'abord, mon œil n'accommoda pas les sauriens, jusqu'à ce que je finisse par apercevoir une sorte de grosse bûche s'animer lentement puis s'enfoncer langoureusement dans l'eau et disparaître sous la surface. Une cabane se trouvait là devant laquelle deux hommes en uniforme étaient en train de s'affairer autour de trois cages remplies de poulets vivants. Les abords de la mare étaient déjà peuplés d'une petite foule en attente, à majorité africaine mais où l'on repérait quelques visages plus pâles.

L'un des gardiens, après avoir regardé sans cesse sa montre jusqu'à ce qu'il fût exactement cinq heures (ainsi que me l'indiqua mon guide), s'approcha de l'une des cages, en ouvrit la porte et, se saisissant d'une des volailles dont il désentrava les pattes, marcha solennellement jusqu'au bord de la fosse puis, d'un geste ample de lanceur de javelot, il projeta l'animal jusqu'au milieu de l'étang. Aussitôt que celui-ci en eut touché la surface, la bûche la plus proche, parcourue comme d'une secousse électrique, plongea instantanément et fondit sur le volatile qui disparut dans une envolée de plumes, ne laissant que quelques filaments sanguinolents flotter sur l'eau. Ainsi de plusieurs poulets sous les regards fascinés et les rires de l'assistance.

Mon guide fit ce commentaire :

— Nous autres Iivoariens, nous continuons d'être fascinés par les animaux sauvages. Les poulets ne nous faascinent pas du tout.

— Ces crocodiles ne sont pas plus sauvages que les poulets ! dis-je.

— Oui, peut-êetrre, mais si je vous laance dans la mare, vous allez chaanger d'aavis ! dit-il en éclatant brusquement d'un grand rire et ce fut la première fois que je le vis se dérider depuis le début de sa mission.

Le soir même, qui devait être le dernier avant mon retour à Abidjan, le maître d'hôtel du restaurant me recommanda d'aller faire un tour, après dîner, dans la boîte de nuit de l'hôtel : pour simplement admirer le plus bel établissement d'Afrique, avec « uune sono des plus perrformantes », comme il le formula. Aussi, sur le coup de dix heures, après avoir pris quelques notes, je descendis dans la boîte en question située en sous-sol. Dans un vaste espace presque plongé dans l'ombre, au centre d'une large piste de danse circulaire entourée de banquettes vides, deux ou trois filles en tenues moulantes et irisées dansaient en se trémoussant sur des rythmes de rocks américains. J'allai jusqu'au bar où stationnaient quelques ombres et commandai un gin-fizz. Deux filles aux aguets s'approchèrent de moi et entamèrent la conversation :

— Vous êetes en voaayage ?

— Oui, je visite un peu la Côte-d'Ivoire.

— Yaamoussoukro, ça n'est pas la Côte d'Ivoare ! dit la plus grande qui était, curieusement, vêtue de façon assez discrète par rapport aux autres professionnelles de l'endroit. Yaamoussoukro, c'est une ville fantôome !

Surpris par cette causticité inattendue – n'ayant rencontré les jours précédents que duplicité et servilité –, je décidai de m'intéresser de plus près à cette belle anomalie, car la fille était de surcroît fort jolie.

— Vous ne semblez pas partager l'enthousiasme officiel ?

— Ici, c'est la vitrine d'Houphouët-Boigny, nous ne sommes pas con-on-cernés, c'est surtout pour les Blaancs et les rriches qui « finaancent » avec les Blancs.

Dès qu'elle vit que sa copine avait réussi à « accrocher », la seconde fille, tout en restant à l'écoute de la conversation, observa une position de retrait conventionnelle. Je compris assez vite que ces filles étaient d'une habileté diabolique et parvenaient à repérer en un coup d'œil le genre du consommateur afin de lui déléguer celle d'entre elles qui serait susceptible de lui tenir une conversation appropriée, ce qui n'empêchait nullement la pertinence des propos, bien au contraire – la seule chose étant, comme je devais le constater amplement par la suite en Afrique, qu'on ne savait jamais si ceux qu'on rencontrait ainsi et qui vous tenaient des discours époustouflants de concordance avec vos propres opinions (les formulant mieux que vous ne l'auriez fait vous-même) n'étaient pas en train de vous « marabouter ».

— C'est un peu l'impression que j'ai eue jusqu'ici, mais qui sait si un jour tout cela ne trouvera pas sa fonction et si la Côte-d'Ivoire ne deviendra pas une grande puissance.

— Une grrande puissance de déésorganisation ! dit-elle. En Aafrique il n'y a que la faamille qui compte, au-delà de la faamille tu peux faire ce que tu veux.

— Sauf avec les enfants, à ce que j'ai pu comprendre.

— Oui, ça c'est vrrai, vous avez bien compris, ici en Aafrique les eenfants sont sacrés !

— Les enfants et les crocodiles ! dis-je.

Elle éclata de rire et je vis que j'avais réussi à marquer un point grâce à l'humour – seule façon peut-être pour un touriste, comme je devais le réaliser par la suite, d'entrer en contact avec une authenticité africaine non machiavélique. La conversation se continuant ainsi sur un mode mi-sérieux mi-ironique, je réussis à glaner quelques renseignements : la fille, qui s'appelait Naomi, était étudiante en histoire et en économie à Abidjan et venait, comme elle le formula, faire la fête régulièrement à Yamoussoukro.

— Ça n'est pas très animé pour faire la fête ! dis-je.

— Oui, mais ici mes copines et moi on peut rencontrer des hommes diistingués.

— Ah ! Oui ! Je vois ! Des hommes riches !

— Tout à fait ! Et même s'ils sont vieux, l'argent, lui, est tououjours jeune ! Non ?

— C'est sûr ! Bon, maintenant je crois que je vais aller dormir, car je repars tôt demain matin.

À cette annonce, je vis que Naomi, forte de son charme et de sa compétence psychologique, était stupéfaite. Elle me dit :

— Tu vas te cououcher comme ça ! Touout seul ?

— Oui, ça m'arrive.

— Tu es sûr que tu n'aas pas besoin d'aamour ?

— On a tous besoin d'amour, toujours !

— Tu ne veux donc pas que je vienne t'en doonner beauocoup ?

— Le problème, vois-tu, ma chère Naomi, et je sais que cela va te surprendre, c'est que chez moi à Paris…

— Paris-Ville ?

— Oui, Paris-Ville !… Eh bien, ce sont les femmes qui me paient pour l'amour et non pas l'inverse.

À cette réplique, Naomi fut prise de l'un de ces accès de fou rire africain irrépressibles qui se poursuivent en cascade et semblent ne jamais devoir s'arrêter. Elle parvint tout de même à hoqueter entre les accès :

— Ah ben aalors là, mon pauvre aami, tu ne vas jamais pouvoir trouver d'aamour ici en Aafrique ! Si tu ne veux pas paéyer tu n'auras rien du tout ! Tu vas rester touout triste dans ta chambre ! En plus moi je ne te pren-endrai pas cher !

— Bon, eh bien, présenté comme ça, j'accepte de faire une entorse à mes principes, et puis c'est toujours profitable d'inverser les rôles, n'est-ce pas ?

— Bien paarlé paatron ! Allons-y, l'ascenseur est par là !

Une fois dans la chambre, je vis que Naomi était une habituée car elle connaissait parfaitement le fonctionnement de tous les appareils ; entre autres, elle savait régler la climatisation et même entr'ouvrir la baie vitrée. Puis elle réduisit l'éclairage au minimum et commença de se déshabiller dans la demi-pénombre. Quand elle eut fini, elle se glissa lentement dans les draps et je pus apercevoir son corps, aussi splendide et ferme qu'une statue de Maillol. Je fis de même et la rejoignis sans tarder. Après un bon quart d'heure de préambules savants de sa part et d'exhortations intimes secrètes de la mienne, ma virilité tardait toujours à s'affirmer et je dus avouer que j'étais trop impressionné par elle pour le moment et qu'il allait falloir attendre un peu.

— Je ne te plaiais pas ?

— Euh !… C'est plutôt le contraire à vrai dire…

— Vous les Blancs, ces histoires-là vous aarrivent parce que vous man-angez trop de choses suucrées. Il faut man-anger aussi des choses aamères pour être fort. Je vais t'emmener voare un maarabout que je connais et aaprès ça tu vas baander comme un éléphant fuurieux.

— En fait, c'est plutôt psychologique, vois-tu ? Il faut que je pense à autre chose et ça va venir tout seul.

— Il faut que tu pen-enses à autre chose ?

— Oui ! Je suis assez compliqué tu sais.

— En tout cas, celles qui te paaiyent à Paris-Ville, elles n'en ont pas vraiaiment pour leur aargent !

— Oui ! Ça provoque pas mal de discussions et je suis souvent obligé de rembourser.

— Oh ! Mais tu es très maalin pour un Blanc, tu fais tou-out ça pour faire bai-ai-sser les prix !

— À vrai dire, j'aimerais bien être aussi malin, mais ce n'est pas le cas, et ne t'inquiète pas : quoi qu'il arrive, tu seras payée ton prix habituel.

— Bon ! Aalors il faut que je raaconte pourquoi je fais ce métier.

Ce fut alors que, conformément à nombre d'inconnus que je devais rencontrer par la suite au cours de mon périple africain, elle essaya de m'attendrir avec une histoire misérabiliste extraordinairement bien ficelée tendant à m'extorquer une grosse somme dont elle aurait eu besoin pour rejoindre un enfant qu'un Américain avec qui elle aurait été mariée auparavant lui aurait enlevé pour l'emmener aux États-Unis en la laissant seule et sans ressources... Si je n'avais été prévenu de devoir être confronté à cette tactique, sans doute me serais-je laissé émouvoir et aurais-je essayé de l'aider dans la très faible mesure de mes moyens, mais, en l'occurrence, je ne fis qu'écouter d'une oreille et lui répondis :

— Tu sais, moi, je suis pauvre et je suis invité ici. En réalité, je n'ai pas beaucoup plus d'argent que toi.

— Les Blancs ont tououjours plus d'aargent que nous !

— Oui, mais moi je suis un Blanc spécial.

— Je voa ça oui ! dit-elle. Écoute, je vais doormir un peu et on fera l'amour après avoir reeposé un peu.

— D'accord !

Sur quoi, elle s'endormit presque instantanément. Après avoir tourné les événements du jour quelques minutes dans ma tête, je sombrai à mon tour.

Au beau milieu de la nuit, je fus tiré du sommeil par une sourde rumeur. Quelque part – sans doute depuis l'un des villages de la savane avoisinante – montait le rythme obsédant des percussions et ce bruit, après avoir franchi les espaces déserts de la ville nouvelle, venait se glisser dans la chambre impersonnelle, comme si, à certaines heures, le cœur de l'ancienne Afrique – ici presque oublié – se remettait à battre, à pulser ses vieux fantasmes magiques. Et tandis qu'à la lueur des lampes tamisées qui étaient restées allumées, j'observais le visage de Naomi, je sus qu'il me serait impossible de jamais lui faire l'amour : tout à l'heure à son réveil, comme plus tard. Tel qu'il m'apparaissait soudain, dégagé des grimaces de la séduction vénale, ce visage d'une perfection absolue – très semblable à ceux que j'avais pu apercevoir dans des musées d'art africain – était celui d'une déesse endormie que les tambours cherchaient désespérément à réveiller et dont il était impératif que l'envoûtant mystère demeurât pour moi impénétrable.

Instantanés fantasmatiques

Aux alentours de mes onze ans, afin de tenter de concilier les vœux disparates que formaient mes parents concernant mon avenir (il s'agissait pour mon père de me rendre le plus disponible possible afin de participer aux rencontres de tennis par équipes qu'il organisait et pour ma mère de respecter les voies prescrites par la religion dans le but d'assurer mon salut spirituel), je me levais très tôt le dimanche pour me rendre à la messe de sept heures.

En vérité, j'avais pris goût à cette habitude dominicale où j'étais généralement le seul être vivant, hormis quelques chats et quelques corbeaux se dandinant aux abords des haies, à me faufiler par les rues embrumées de l'aube.

Je rejoignais, au premier rang de la foule inerte des chaises et des prie-Dieu inoccupés, à l'aplomb de l'autel où le brave père Bompard officiait en somnambule, tour à tour agenouillées ou assises selon le déroulement du rituel, trois femmes d'âges et de conditions indéfinissables. Elles me paraissaient faire partie intégrante du décorum sacerdotal, poussiéreux et désuet, dont notre église était encore ornée à cette époque.

L'une d'elles cependant, nature plantureuse et accorte, avait déjà alerté de façon encore sourde et inconsciente d'elle-même ma sexualité naissante. Il me semblait la connaître un peu mieux que les autres non seulement parce que c'était elle qui venait assez souvent seconder notre vieux curé pour la séance de catéchisme du mercredi matin, mais encore parce que c'était elle aussi qui pourvoyait bénévolement au ménage des lieux saints.

Ce matin-là, ayant, la veille au soir, commis une erreur dans le réglage de mon réveil et m'étant mis en marche nettement trop tôt pour l'heure de la messe, je parvins aux abords de l'église très en avance. Constatant mon erreur au cadran de l'horloge, je décidai d'aller attendre au fond de l'église en lisant une nouvelle de Tchekhov – recommandée par mon père – car, à cette époque j'avais déjà pris l'habitude de me munir d'une lecture potentielle en cas de contretemps. Et précisément ce matin-là, un dieu mineur – moins impérieux, certes, que le souverain et unique censé être révéré dans ces lieux mais pourtant pas moins envoûtant – fit que je fus le spectateur d'une scène qui n'eût sans doute pas déplu à Anton Pavlovitch.

Ayant pénétré sans faire de bruit à l'intérieur de l'édifice et m'étant assis dans l'ombre, près d'un pilier, non loin de la vasque d'eau bénite, je m'apprêtais à ouvrir mon livre, lorsque je constatai que la femme en question, qui ne m'avait pas entendu entrer, était déjà là, affairée au ménage.

Elle dépoussiérait le tabernacle avec une conscience et une minutie dévotes. Ayant renouvelé l'eau des fleurs, elle revint de la sacristie en portant à bout de bras un escabeau qu'elle plaça devant la monumentale statue du Christ en croix surplombant l'autel. C'était la statue quasi réglementaire de ces années d'après-guerre dans les églises populaires, à savoir un corps d'athlète au sommet de sa forme surmonté d'un visage barbu et romantique de jeune premier de cinéma, légèrement hâve toutefois (souffrance oblige).

Un chiffon dépassant de sa poche de tablier, elle commença par se hisser sur la petite plateforme de l'escabeau jusqu'à la hauteur de la croix – position qui mit parfaitement en valeur les formes accomplies de son anatomie sous le tissu tendu de la robe – et là, tombant en arrêt, la tête légèrement penchée et les mains jointes, elle contempla une poignée de secondes le visage du Christ.

Enfin, se reprenant, elle se mit en devoir d'essuyer avec soin et dévotion les pieds du sauveur, puis remonta lentement le long des mollets bien galbés pour parvenir aux cuisses musclées, juste au-dessous de l'entrejambe où elle s'attarda, à la manière d'une masseuse qui veut résorber un nœud dans une musculature trop crispée ; enfin, parvenue à l'endroit même de la bosse du pagne, elle marqua une pause et poussa un léger soupir dont je ne sus interpréter la signification mais qui eut pour effet, tandis que j'étais parcouru d'un frisson langoureux inconnu de ma physiologie jusqu'à ce jour, de former une boule compacte bloquant abruptement la déglutition dans ma gorge. En outre, j'éprouvai un étrange sentiment de honte à me trouver là, si ce n'est de vraie panique à l'idée qu'elle pût m'apercevoir, aussi me reculai-je un peu plus dans l'ombre, derrière le pilier.

À cet instant, les deux autres grenouilles de bénitier firent leur entrée, suivies du curé. La ménagère redescendit très vite de l'escabeau et s'en fut en trottinant remettre les choses en place dans le débarras de la sacristie : la messe allait commencer.

Elle refit son apparition débarrassée de son tablier, dans des atours dominicaux assez guindés et pompeux autant que je m'en souvienne, mais que, dans mon émoi adolescent, je jugeai affriolants et qui, pour la première fois, me firent clairement prendre la mesure de ce qui devait s'avérer être par la suite mon encombrante concupiscence pour l'autre sexe.

Or elle vint se placer à mes côtés et, avec le même soin méticuleux qu'elle avait montré pour le ménage, elle tira lentement, de ses longues mains sensuelles, le missel de son étui en cuir, me coulant en même temps un regard de complicité rêveuse, comme seules savent le faire les femmes mûres conscientes de leur charme auprès des garçons à peine tirés du lit et travaillés par la puberté.

*

Lorsque j'avais entre douze et quinze ans, nous allions passer nos vacances, mes parents, ma sœur et moi, chez une cousine de ma mère dans l'Isère.

Le jardin y était clos d'une palissade dont les interstices nous permettaient, à son fils et à moi, durant l'heure chaude et désœuvrée de midi, d'épier la voisine dans le jardin contigu. C'était une belle femme d'une quarantaine d'années, épouse du quincaillier local, être chétif, extrêmement myope et apparemment voué à un labeur d'insecte opiniâtre derrière son comptoir. Cet appariement – ai-je besoin de le préciser ? – nous apparaissait, à Bertrand et à moi, comme une aberration que notre jeune âge nous faisait enrager de ne pouvoir redresser.

Comme elle tenait la caisse de la quincaillerie, nous allions traîner dans la boutique sous les prétextes les plus divers. Bertrand s'était découvert une passion pour le bricolage qui, si elle se limitait momentanément à la réfection de la table de ping-pong fatiguée sur laquelle nous disputions nos interminables matchs de départage, nécessitait toutefois d'hésiter longtemps sur la qualité des vis, de la peinture et du vernis. Sans doute vaguement consciente de la véritable raison de notre assiduité dans son magasin, la belle plante nous coulait sans cesse des regards intensément indifférents tout en redressant son buste proéminent qui nous faisait frémir. Bertrand, cependant, qui subissait, de la part de ses parents un peu bigots, une éducation très stricte, semblait parvenir à se persuader lui-même de l'urgence incontournable de la réfection de notre bonne vieille table et discutait interminablement avec moi devant les étalages de l'opportunité d'un produit plutôt que d'un autre ; il prétendait s'agacer – agacement dans lequel entrait de toute évidence un peu de rivalité inconsciente – de ma façon d'aborder le vif du sujet en lui commentant à voix basse (tandis que nous étions penchés sur les casiers où étaient alignés les tubes de colle) les détails de la toilette du jour ; car notre beauté locale – dont nous n'étions sans doute pas les seuls thuriféraires – en arborait une différente et plus affolante chaque jour, selon une gradation subtile qui paraissait suivre la courbe d'intensité croissante de nos fantasmes pubères.

Or notre déesse avait une habitude secrète – qu'elle croyait telle du moins, ne soupçonnant visiblement pas, à ces instants, la double paire d'yeux braquée sur elle à travers les interstices de la palissade. Peu de temps après le déjeuner en effet, à l'heure de fermeture où son termite de mari devait s'enfouir dans le tunnel de ses comptes, elle apparaissait dans son jardinet, dont je me souviens qu'il regorgeait de nains en céramique postés dans les endroits les plus divers et supposés s'affairer de mille manières – l'un tenant une brouette, l'autre une pelle, un sécateur ou un râteau, tous arborant sur leurs faces rubicondes une expression de joie simplette inextinguible – et, rejoignant d'une démarche lascive, qui nous laissait pantois, la balançoire pendue au portique du fond près de l'inéluctable saule pleureur, elle s'y hissait lentement, sa jupe remontant au-dessus des genoux et laissant apparaître un peu de ses longues cuisses fuselées (détail crucial pour les remémorations voluptueuses de la nuit dans nos lits solitaires d'adolescents) ; démarrant alors en douceur, elle accélérait progressivement le rythme et l'ardeur de son élan jusqu'à atteindre presque le niveau de la barre supérieure du portique – à la limite du décrochement – puis maintenait ce rythme sans faiblir, les yeux fermés, un sourire de ravissement sur les lèvres, offrant délibérément ce spectacle à l'assemblée dévotieuse des nains en extase – et cela pendant dix bonnes minutes, dans un abandon qui à la fois nous paraissait vertigineux, insensé même, et nous clouait littéralement au sol, Bertrand et moi, derrière notre palissade.

*

Pendant plusieurs années, en tant que jeune espoir du tennis français, j'allai m'entraîner plusieurs fois par semaine au stade Roland-Garros, porte d'Auteuil. Venant de Maisons-Laffitte, il me fallait changer deux fois : à la gare Saint-Lazare d'abord, à Pont-Cardinet ensuite, où je prenais le petit train d'Auteuil (aujourd'hui disparu). Bien souvent, mes correspondances n'étant pas exactes, j'avais pris l'habitude de traîner dans la salle des Pas-Perdus, m'amusant à y observer la véritable Cour des miracles qui s'y était établie.

Côté ouest, dans une embrasure située presque à l'aplomb du monument aux morts – fameux en tant que lieu de rendez-vous – se trouvait la niche improvisée d'une clocharde assez haute en couleur. Environnée d'une multitude de sacs plastique, d'un chariot de supermarché rempli à ras bord d'ustensiles pour tous usages – un balai surmontant le tout et planté dans le fatras comme l'emblème ironique du j'm'en foutisme –, passant son temps à faire et défaire ses paquets ou encore à mastiquer des aliments indistincts tirés d'une vieille boîte de conserve, elle aimait par-dessus tout à invectiver les passants.

Lorsque je passais à sa portée, mon sac de sport sur l'épaule dont dépassaient mes deux manches de raquettes, elle me hélait invariablement et comme, à cette époque, j'avais non seulement déjà découvert mon inclination pour les excentriques et les marginaux, mais qu'en outre j'avais aussi repéré que leurs discours (du moins quand ils ne confinaient pas trop à l'absurde) formaient un contrepoint comique palliant – la plupart du temps de manière très utilement pragmatique – l'étroit point de vue conventionnel et théorique de l'enseignement scolaire ou familial, j'acceptais volontiers le dialogue :

— Alors l'beau gosse, t'as t'y trempé ton biscuit d'puis la dernière fois ? J'vois bien qu'non à ta figure. J't'ai pourtant bien espliqué qu'i faut pas craindre, faut leur parler gentiment, pis pendant qu'tu leur parles, comme si de rien n'était tu laisses traîner ta main là où qu'elles aiment. Hein ? tu vois ? Elles aussi, è'f'ront comme si è'avaient rien vu et mine de rien tout le monde est content ! T'as compris tête de moineau ? Tiens r'garde la petite là-bas près du kiosque, elle attend qu'ça, allez fonce au lieu d'rester à t'fendre la pipe devant moi ! Que j'sens ta p'tite bistouquette toute triste dans ton pantalon…

— C'est-à-dire que j'ai besoin d'un peu plus d'histoire qui va avec, vous voyez ?

— Ah ! Mais ça n'empêche pas, gros con-con ! L'histoire ça vient tout seul une fois qu'tu l'as un peu caressée là où qu'ça fait du bien. C'est comme qui dirait automatique ! Hein ? tu comprends ? Pasque si tu crois qu'c'est en trimballant tes deux godemichés dans ton sac à dos qu'tu vas faire dégorger Popaul, tu t'fous l'doigt dans l'œil au lieu de l'mettre là où i faudrait ! Et à ton âge, si tu fais des p'tits plaisirs à Popaul juste avec la Veuve Poignet, tu vas d'venir chèvre, crois-moi ! Allez va attaquer la p'tite là-bas près du kiosque à journaux. Si c'est pas toi, ça s'ra un aut', alors pas d'panique, vas-y mon gros !

— Oui, mais qu'est-ce que je lui dis ?

— T'y dis qu'des choses bien simples, surtout pas d'phrases ! Ces p'tites-là z'aiment pas les phraseurs. T'y dis un truc pour la faire rire, t'y dis : « On dirait qu'on vous a oubliée, heureusement que j'passais par là ! »

— Et ça, ça va la faire rire ?

— Mais j'en sais rien, gros bêta, c'était un exemple. T'as qu'à trouver tout seul, le plus important c'est d'tenter l'coup, plutôt que de rester à t'palucher le soir tout seul dans ton petit lit tout tristement. T'es pas d'accord ?

— Si ! Si ! je suis d'accord mais je ne pense pas que j'y arriverai.

— Ah ! mais qu'est-ce que t'es compliqué comme gosse ! Faut foncer sans réfléchir mon gros, sinon tu vas toujours rester en rade avec toutes ces p'tites saintes nitouches qui pensent qu'à ça d'leur côté, tu peux m'croire !

— Bon, je vais essayer, dis-je.

Me dirigeant d'un pas résolu, bien que tremblant de peur, vers la jeune fille que je jugeai à peine plus âgée que moi – une jolie blonde vêtue de façon assez provocante et paraissant attendre indéfiniment au coin du kiosque –, je l'abordai par ces mots :

— Vous êtes perdue ? Heureusement que je passais par là, je peux peut-être vous renseigner ?

— C'est ça : tu peux me renseigner en me disant si t'es prêt à payer quatre cents balles pour une petite gâterie.

— C'est-à-dire que je croyais que…

— Tu croyais que je faisais ça gratis, hein petit malin ? Bon, alors aboule le fric ou fais pas chier, j'ai pas qu'ça à faire.

— Bon, euh, excusez-moi…

— C'est ça, t'es tout excusé ! Seulement la prochaine fois, reviens avec des munitions ou sinon passe ton chemin.

Je m'en retournai, en réalité assez soulagé, vers mon initiatrice qui m'accueillit par un flot de questions :

— Alors t'y as parlé ? Qu'est-ce qu'è t'a répondu ? Ça a pas marché ?

— C'est une professionnelle.

— C'te greluche-là ? Ça alors ! J'l'avais jamais vue dans l'coin. C't'une nouvelle, j'l'avais point r'pérée. Combien qu'è t'a demandé ?

— Quatre cents francs.

— Quatre cents balles ! Ben mon colon, è s'emmerde pas celle-là ! Ben autant pour moi, mon gros ! Mais ça fait rien, c'est l'principe qui compte : sitôt qu't'as repéré un gibier, faut pas tourner autour du pot, faut y aller ! Tu peux m'croire j'étais d'la partie dans mon jeune âge, j'connais la musique.

— De la partie ? Vous voulez dire…

— Ben oui, j'faisais comme l'aut' greluche là-bas, j'tapinais rue de Provence, jusqu'à c'que l'aut' enflé i'me débarque pour cause de sentiments.

— De sentiments ?

— Ben ouais, mon mignon, dans c'turbin c'est défendu d'faire du sentiment et pis moi j'me suis entichée d'un gros musclé à la con qui ensuite m'a virée quand il en a eu marre, alors les bonshommes et leurs bistouquettes en folie, j'en connais un rayon. En plus, tu vois là-bas l'monument des rendez-vous ? S'en passe des choses là-bas, j'te l'dis ! Ah ! J'chuis au spectacle, j'ai l'temps d'la mater l'engeance humaine et c'est pas toujours joli-joli, tu peux m'croire !

— Je suppose…

— Tu supposes, mon mignon, mais moi j'suppose plus : je sais ! Bon, en tout cas, ça s'ra pour la prochaine fois, si tu t'souviens de c'que j't'ai dit. Faut pas trop s'monter l'bourrichon à tournicoter sans y aller : faut foncer ! Allez maintenant, va donc faire mumuse avec tes p'tites raquettes et ton joli pantalon bien r'passé par ta mère et en attendant, r'file-moi donc dix balles pour la peine ! Avec moi, c'est p'têt' moins rigolo mais c'est beaucoup moins cher !

*

Une fois par mois, le mercredi soir – puisque à cette époque, le jour de congé scolaire était le jeudi –, après avoir d'abord bouquiné dans le train jusqu'à la gare Saint-Lazare et dans le métro jusqu'à la station Pernety, puis remonté jusqu'au numéro 80 de la rue de l'Ouest, traversé l'étroite cour sinistre, gravi l'escalier aux marches de bois glissantes jusqu'au sixième étage et actionné le timbre aigrelet de la porte d'entrée qui, succédant au contrôle discret de l'œilleton, s'ouvrait sur son visage pointu et malicieux, je pénétrais dans le minuscule logement de ma grand-mère Madeleine.

J'aimais cette visite parisienne mensuelle car ma grand-mère ne manquait jamais de m'emmener au cinéma. À l'instar de beaucoup de femmes âgées vivant seules, Madeleine était un être entièrement ritualisé ; aussi, après qu'elle eut mis à réchauffer le repas mitonné d'avance sur son réchaud à deux feux, dans le cagibi muni d'une unique lucarne qui lui servait de cuisine, nous faisions la dînette sur sa petite table dressée avec méticulosité, elle buvait lentement son café tandis que je dégustais l'habituel gâteau de riz soigneusement confectionné à mon intention ; nous débarrassions la table, elle lavait la vaisselle que j'essuyais puis nous replacions religieusement les assiettes et les verres dans le buffet vitré ; elle préparait son sac à main comme pour un long voyage et, après avoir gagné la rue, nous nous dirigions vers l'avenue du Maine pour rejoindre l'un des cinémas de la rue de la Gaîté.

Ces séances furent mon premier contact avec le cinéma et je me souviens parfaitement que Madeleine avait une dilection toute particulière pour les opérettes filmées qui fleurissaient à l'époque et qu'ainsi nous ne manquâmes aucun des films où apparaissait Georges Guétary, pour lequel elle avait un faible. Désormais, c'est avant tout le souvenir (flou et synthétique mais pourtant très présent à ma mémoire) de la qualité photographique – aux éclairages si soignés – des films de cette époque qui me reste. Un seul autre souvenir est demeuré de ces séances : celui d'un visage féminin qui m'apparut un de ces soirs-là sur l'écran comme la quintessence même de ce vers quoi devait désormais s'orienter mon existence. Or, curieusement, un témoignage de cette inclination fatale de ma nature était demeuré gravé dans l'esprit de Grand-Mère. Beaucoup plus tard, devenue très vieille et peu avant qu'elle ne perde la tête, elle me dit un jour :

— Quand tu avais douze ans, une des fois où nous sommes allés au cinéma… Tu te souviens que nous allions au cinéma le mercredi soir ?

— Oui, parfaitement.

— Eh bien, une de ces fois, alors que nous revenions par la rue de l'Ouest et que, contrairement à ton habitude, tu ne commentais pas avec enthousiasme ce que tu venais de voir, que tu demeurais silencieux, j'ai décidé de ne pas t'interroger et d'attendre ce que tu avais à dire de si important. Tu as fini par me dire : « Elle était gentille la petite jeune fille ! » Tu désignais la jeune héroïne que nous venions d'admirer dans le film. Tu vois que tu as su très tôt ce que tu voulais ! conclut-elle en riant.

Cependant, c'est un autre enseignement que devait me dispenser (de façon beaucoup plus traumatisante) Grand-Mère ; sans le vouloir expressément d'ailleurs, du moins est-ce ce dont je cherche à me persuader mais, au fond, ce n'est pas si sûr… Bref, c'est au cours d'un de ces jeudis que me fut révélé pour la première fois ce trait du caractère féminin dont aujourd'hui encore je n'ai pas pris l'entière mesure et qui continuera longtemps de me prendre à contre-pied aux moments les plus inattendus : le réalisme drastique concernant les choses du sexe.

Sur le même palier que celui du logement de Grand-Mère habitait une autre femme âgée qui vivait seule en compagnie de deux bergers allemands, lesquels créaient non seulement des embarras lorsque nous avions à nous croiser dans l'escalier abrupt et étroit, les deux grosses bêtes impatientes se ruant entre nos jambes et manquant à chaque fois de nous renverser, mais encore, lorsqu'il arrivait à cette voisine de s'absenter trop longtemps en laissant les chiens chez elle et que ceux-ci se mettaient à hurler à la mort. Or un jour, juste avant que je ne prenne le chemin du retour – évoquant les aboiements réitérés des deux animaux qui nous avaient empêchés de dormir au début de la nuit précédente – j'interrogeai Grand-Mère sur la raison qui pouvait bien pousser la voisine à vivre en une telle promiscuité avec ces énormes molosses. Partant d'un rire de gorge que je ne lui avais jamais connu – un rire que je ne peux qualifier aujourd'hui que d'hystérique – Grand-Mère me lança :

— Ce que tu peux être naïf, mon pauvre Denis !

*

L'équipe du magazine avait pris l'habitude de se réunir dans la salle du haut au Flore afin de discuter des nouvelles options et des articles à prévoir dans le prochain numéro : un comité de rédaction informel en quelque sorte. Je ne saurais dire si la chose était due à un machisme larvé – si fréquent chez les intellectuels qui s'en croient préservés – ou bien au seul hasard, toujours est-il que très peu de femmes participaient à ces séances.

Ce jour-là pourtant, l'un d'entre nous était venu accompagné d'une Japonaise de toute beauté qui faisait profession d'être photographe et sollicitait de placer quelques-uns de ses clichés dans le magazine. Vêtue d'un tailleur très strict, les cheveux retenus par un chignon, elle se tenait en bout de table avec la réserve nipponne coutumière, multipliant les sourires, les courbettes, les rires forcés et les acquiescements. Pendant ce temps, circulait entre les mains de la dizaine de mâles qui étaient réunis là l'album de ses autoportraits – apparemment réalisés dans sa propre chambre – et où l'on pouvait admirer sa superbe anatomie photographiée sous tous les angles et les éclairages les plus divers.

Il était amusant d'observer la façon dont chacun, lorsque c'était devenu son tour d'ausculter les clichés du regard, parvenait à masquer son trouble avec une attitude soit professionnelle soit esthétique.

— Vous utilisez des pellicules 800 Asa ?

— A-sa ? demandait-elle avec son accent suraigu.

— Oui, la sensibilité du film, c'est bien du 800 Asa ?

— Ouii, éclérage stuu-dio seu-lement !

— Ah ! D'accord, c'est très intéressant... répondait l'interlocuteur en écarquillant les yeux. Et vous avez fait une école de photo ?

— École pour photo ? Nooon ! répondait-elle avec cette sonorité basse et rauque qui marque l'humilité en japonais, ce qui renforçait l'attrait érotique qui émanait sourdement de sa personne.

La fille, cependant, toujours assise très droite sur son siège, paraissait totalement étrangère à ce rince-l'œil de bon ton. On eût dit qu'elle était venue négocier des parts de marché dans un conseil d'administration. Aucun d'entre nous n'osait se démarquer en se rapprochant délibérément d'elle, ce qui eût donné la déplorable impression de céder à une inclination trop élémentaire et trop prévisible, moyennant quoi personne ne lui parlait normalement, chacun se contentant de lui tenir un discours d'ordre technique sur la qualité des tirages et sur le choix des éclairages.

Mon tour étant venu de feuilleter les pages de l'album, j'en étais à contempler, la gorge un peu nouée, les poses lascives sur un divan où mon attention était retenue par le galbe de jambes interminables gainées de bas résille, lorsque le rédacteur en chef décida de procéder à une consultation rapide des membres du comité de rédaction. Il proposa de voter à main levée afin de ne pas se perdre en formalités.

Pour la première fois depuis longtemps, aucune des dissensions suivies des âpres discussions à couteaux tirés habituelles ne s'éleva entre les participants ; un buisson de mains levées approuva à l'unanimité la proposition d'accorder une page entière aux « remarquables » clichés de l'artiste Yuko Takamori.

*

Deux de mes tantes, vieilles filles invétérées, me recevaient chez elles pour le mois et demi que durait la saison tennistique de la « Côte d'Émeraude », aux alentours de Granville en Normandie. Elles-mêmes habitaient le bourg de Carolles qui surplombe la mer de quelques dizaines de mètres. Par beau temps, on peut y apercevoir le Mont-Saint-Michel qui, à marée basse, se dresse comme un mirage vaporeux sur l'étendue luisante des sables.

J'avais alors treize ans et, n'étant pas sans cesse requis par les tournois ou les entraînements, il m'advint un certain jour d'accompagner mes tantes, Élise et Chloé, dans leur sacro-sainte promenade-pique-nique de midi tapant. M'étant souvent interrogé sur l'étrange invariabilité de cette habitude, je devais ainsi en découvrir le motif.

Les deux sœurs, élevées de manière très stricte par leur veuf et très catholique de père, qui les avait maintenues jusqu'à un âge avancé sous sa férule de petit tyran provincial, n'avaient pas réussi à s'insérer dans la vie dite normale une fois que leur seigneur et maître eut passé l'arme à gauche. Elles avaient continué de vivre ensemble dans la maison paternelle, subsistant de l'héritage qu'il leur avait laissé. Elles étaient, par ailleurs et comme on pouvait s'y attendre, très maniaques et très commères – de parfaits spécimens du type vieille fille un peu timbrée. Rien de ce qui se tramait dans le bourg et dans un périmètre adjacent ne pouvait échapper à leur sagacité. Au-delà, par contre – dès la commune de Saint-Pair au nord, de Saint-Jean-le-Thomas au sud et de Saint-Michel-des-Loups à l'est –, le monde commençait à se diluer dans l'ultériorité d'un ailleurs tout aussi hypothétique que ce dont elles entendaient parler à la radio ou à la télévision mais qu'elles considéraient hors de leur portée : le travail, l'amour, les voyages, les enfants et les soucis. Elles étaient conséquemment très gaies, et mêmes facétieuses, d'une humeur de pinson qui constituait le meilleur des dérivatifs pour ma mélancolie naissante, ce qui faisait qu'en dépit de mon jeune âge je ne dédaignais nullement leur compagnie. Elles me divertissaient nettement plus que mes sinistres camarades de sport.

Or il y avait cet incontournable pique-nique quotidien au lieu dit « la Cabane Vauban », sur le chemin de crête des falaises qui domine le rivage d'ouest et d'où, précisément, l'on aperçoit parfois le Mont-Saint-Michel. Cependant, comme on va le voir, Chloé et Élise n'avaient cure du célèbre lieu touristique.

Vers midi moins le quart, après avoir passé une partie de la matinée à confectionner les sandwichs, les salades et les boissons de la collation (elles emportaient du café dans une bouteille thermos), elles se préparaient selon un rituel bien rodé qui ne variait qu'en fonction de la météo – dont elles consultaient les prévisions à la radio le matin même, seuls les jours de tempête justifiant de décliner la sortie. Méticuleusement, elles endossaient un costume approprié (tenues légères où étaient imprimées ou brodées des fleurs, chapeaux de paille et ombrelles pour le soleil, cirés, chapeaux imperméables et parapluies pour le crachin) puis garnissaient leur sac de tout ce qui pouvait éventuellement leur être nécessaire au cours de l'expédition : ambre et lunettes solaires, pommade anti-piqûres, canif, mouchoirs, aspirine, nappe blanche et surtout grosse paire de jumelles marines à grande portée accompagnée de son trépied (dont on saisira l'usage par la suite).

Ce jour-là donc, le départ fut donné et nous nous acheminâmes vers la vallée du Lude que nous suivîmes jusqu'au raidillon permettant d'accéder au chemin des falaises. De là, nous remontâmes le sentier caillouteux – l'océan bruissant à notre gauche, le vent jamais assagi nous fouettant le visage – jusqu'à la Cabane Vauban, laquelle était une simple cahute de pierre sans doute anciennement destinée à la surveillance des côtes.

Après avoir déplié la nappe sur laquelle nous disposâmes les denrées et les boissons, nous nous adossâmes comme nous le pûmes aux multiples rochers qui saillaient ici et là sur la plateforme herbue et commençâmes à grignoter. Cependant, je remarquai que mes tantes, contrairement à moi, ne s'adossaient pas de manière à contempler l'océan grand ouvert à nos pieds – ainsi que cela eût semblé naturel – mais face à l'est ! Tout d'abord, je crus qu'il s'agissait de se protéger du vent ou du soleil, mais dès qu'elles eurent installé le trépied, leurs sièges de toile démontables et braqué les jumelles vers un point précis situé en contrebas – dans les dunes couvertes de tamaris et de chênes rabougris –, je compris qu'il s'agissait de tout autre chose.

En effet, tout en mangeant, Élise et Chloé prenaient leur quart derrière les jumelles sans le moindre répit, paraissant guetter quelque chose.

— Ah ! Vous observez les oiseaux, dis-je, vous êtes des bird-watchers !

— Oui, de drôles d'oiseaux ! me répondit sans rire et sans rien ajouter Chloé, les yeux rivés aux jumelles.

Je ne pus rien tirer d'autre. Elles paraissaient toutes deux aussi surexcitées que des chasseurs à l'affût d'un passage de canards, négligeant ma présence et oubliant même de terminer leurs sandwichs.

Soudain, Élise, dont c'était le tour, chuchota :

— Ils arrivent !

Il s'ensuivit une longue observation silencieuse de la part d'Élise, sa sœur semblant attendre que celle-ci lui commentât le spectacle. À mon ébahissement, Élise finit par dire :

— C'est Violaine aujourd'hui !

— Violaine ? Tu es sûre ? Laisse-moi voir, s'impatienta Chloé qui, après avoir regardé quelques secondes dans les jumelles, confirma : Tu as raison, c'est Violaine ce coup-ci.

Je crus un instant que mes tantes prénommaient les animaux qu'elles avaient l'habitude d'observer, mais lorsque Élise eut dit : « Ah, il est pressé aujourd'hui, même pas de préambule ! » je doutai de mes supputations. Sur un ton volontairement enjoué, je demandai :

— À quelle espèce appartient donc cet oiseau qui ne fait pas de préambule ?

— À l'espèce des salopards ! me jeta Chloé, avec une méchante lueur dans le regard.

Je pris le parti d'en rire et demandai encore :

— Est-ce que je peux voir, moi aussi, à quoi ressemble un salopard ?

— Excuse-nous, Denis, mais il n'en est pas question ! Ce n'est pas notre rôle de t'initier aux mœurs des salopards. Tu en rencontreras bien assez par toi-même sans que nous ayons besoin de te l'enseigner. Tu es encore mineur et tes parents ne t'ont pas confié à nous pour cela.

— Mais je ne vois pas en quoi mes parents désapprouveraient que j'observe les mœurs des oiseaux, aussi cruels soient-ils…

— Ça risquerait de te donner de mauvaises idées, répliqua Élise. Finis donc la salade et prend du cake, ça vaudra mieux.

À cet instant, Chloé, qui observait, s'exclama :

— Le 11 !

— Quoi ? s'écria Élise en se précipitant pour prendre la place de Chloé.

Elle demeura l'œil vissé aux jumelles une bonne minute sans rien dire, puis déclara avec exaltation :

— Il veut la rendre folle comme les autres !

— Oui, elle va devenir comme les autres, soupira Chloé.

Bien que j'aie toujours été d'un naturel crédule et peu suspicieux, je commençai à deviner qu'il ne s'agissait nullement d'oiseaux, mais d'animaux plus importants et manifestement doués, en outre, de préméditation. Je demandai :

— Le 11, mais qu'est-ce que ça veut dire ?

— C'est un code entre Chloé et moi, répondit Élise, ne t'occupe pas de ça, ce sont nos affaires !

— Bon, dis-je, me tournant vers la mer et feignant de me désintéresser de toute l'affaire en savourant mon cake aux olives, car je les connaissais suffisamment pour savoir qu'il était vain de vouloir les convaincre.

De leur côté, terminant elles-mêmes leur repas les deux sœurs ne cessaient de se relayer derrière les jumelles, se lançant l'une à l'autre des chiffres et des appellations mystérieuses :

— La Grande Voltige !

— La Grande Voltige ? s'extasia Chloé, laisse-moi voir ! Ah oui ! tu as raison, il en veut aujourd'hui ! Pauvre Violaine, je ne donne pas cher de sa petite jugeote après ça...

— Ah ! mais elles le veulent bien, s'enflamma Élise, elles sont assez grandes pour savoir ce qu'elles ont à faire ou pas.

— Oui, mais tu sais très bien comment ça finit à chaque fois et qui doit ensuite s'en occuper.

— Mais, c'est la vie que veux-tu, Chloé, chacun son rôle.

— Tu as raison, Élise, chacun son rôle et je crois que le nôtre est préférable, j'aurais détesté souffrir comme ça.

— Bien sûr, nous n'avons que le meilleur, la part du rêve, mais tout de même je trouve qu'il exagère. C'est un vrai sans cœur.

— Mais Chloé, il y a toujours eu des êtres de cette sorte, il faut croire qu'elles en ont besoin, ce n'est pas nous qui allons réformer le monde.

— Oh non ! Dieu nous en garde !

Prises par leur conversation passionnée, mes deux tantes m'avaient un peu oublié à cette réserve près, toutefois, qu'elles continuaient de parler à mots couverts, ce qui faisait que je ne me représentais – vu mon inexpérience – que très imparfaitement ce que leurs paroles recouvraient. En outre, un peu vexé – elles si prévenantes d'ordinaire – de leur inattention subite à mon égard, je feignais de me désintéresser de leur conciliabule, tout en n'en perdant pas une miette, bien entendu... lançant de temps à autre des coups d'œil subreptices vers l'endroit où je jugeais – approximativement – qu'étaient dirigées les jumelles ; mais nous étions trop loin pour que j'aperçoive autre chose que le moutonnement des taillis.

Cependant, mes tantes replièrent soudain leur matériel d'observation et, recouvrant leur habituelle bonne humeur enjouée, recommencèrent à gazouiller comme des oiseaux, redevenant aussi prévenantes envers moi qu'à l'ordinaire, s'enquérant de façon réitérée de savoir si j'avais eu mon content de toutes les denrées et boissons prévues pour le pique-nique. Pour ma part, ayant compris que l'objet de l'espionnage pliait bagage, j'usai d'une feinte pour aller scruter le chemin du Lude menant au village : prétextant une envie pressante, je m'éloignai quelque peu dans les tamaris environnants et surveillai le sentier dans l'attente que quoi que ce fût voulut bien s'y manifester. Après une ou deux minutes, mon espoir ne fut pas déçu et j'aperçus dans le lointain deux silhouettes progressant en direction d'une automobile ; celle-ci ne tarda pas à démarrer et à disparaître dans un virage.

Je rejoignis mes tantes qui, tournées vers la mer cette fois, assises sur leurs pliants de toile et sirotant leurs timbales de monbazillac, paraissaient s'accorder enfin le plaisir de contempler le paysage. Je ne mentionnai pas ma découverte, comprenant vaguement ce dont il retournait, le seul point énigmatique demeurant toutefois la signification des chiffres et des appellations. Il me fallut attendre longtemps pour saisir enfin à quoi le mystérieux code faisait référence – jusqu'à ce jour, en fait, où, feuilletant distraitement dans une librairie un manuel de philosophie indienne, je tombai sur les planches illustrées de l'immortel Vâtsyâyana.

*

Ma vieille amie Martha, grande névrosée hypocondriaque devant l'Éternel, m'avait téléphoné en catastrophe pour m'annoncer que, venant de passer dix jours à Sainte-Anne pour une *dépression larvée paralysante,* elle devait maintenant sortir (aujourd'hui même pour tout dire) et ne se sentait nullement la force de rentrer chez elle toute seule… Pouvais-je venir la chercher, l'aider à porter sa valise et à monter les escaliers jusqu'à son appartement ?

Comme je n'avais jamais su démêler à son sujet ce qui relevait du chantage affectif, de la comédie ou de la souffrance véritable, il m'était difficile de me dérober et je m'acheminai jusqu'à l'hôpital où je dus arrêter la voiture devant la barrière et expliquer au gardien l'objet de ma visite. Ayant toujours couvé le fantasme d'être démasqué, diagnostiqué et bouclé à mon tour lors de mes quelques visites dans des hôpitaux psychiatriques, je cherchai à repérer dans ses yeux la moindre trace de suspicion à mon égard mais, bien que sa jovialité me parût un peu excessive, je suivis ses indications concernant l'endroit où je pouvais me garer ainsi que l'emplacement du bâtiment où se trouvait Martha.

Une fois parvenu là, je longeai d'interminables couloirs, dépassai d'innombrables portes munies de leur hublot de surveillance et croisai une foule d'hommes et de femmes en blouse blanche qui, à chaque fois, parurent chercher à me jauger précautionneusement. Parmi les civils, je fis assez vite la distinction entre les pensionnaires et les visiteurs, ces derniers me rendant mon regard inquisiteur et méfiant, les autres paraissant, pour la plupart, poursuivre une sorte de songe indéterminé (sombre ou réjouissant : c'était selon) ; certains, toutefois, me dévisageaient avec insistance. L'un de ceux-ci me lança au passage :

— 8964 XP 75 !

Je me retournai, et le vis continuer tranquillement son chemin vers le fond du couloir. Une femme en blouse blanche le suivait, un feuillet à la main. Je lui demandai :

— Que m'a-t-il dit ?

— Il vous a donné le numéro minéralogique d'une voiture dans laquelle il vous a croisé un jour, il y a peut-être vingt-ans… ce qui est sûr, c'est que le chiffre est exact, vous pouvez lui faire confiance.

— Ah, je vois ! dis-je, j'ignorais que cette affection existât.

— Celle-ci est assez commune, me répondit-elle, d'autres vous décriront dans les moindres détails les vêtements que vous portiez, ou rapporteront certains de vos propos dans l'autobus un certain jour.

— Les propos aussi, c'est un symptôme ?

— Quand c'est très précis, oui !

— Ah bon ! murmurai-je, soudain anxieux qu'elle ajoutât d'autres symptômes, excusez-moi mais il faut que je trouve la chambre 115 et j'ai un peu peur d'être en retard… bredouillai-je encore en m'esquivant au plus vite.

Enfin, après quelques détours supplémentaires, je finis par trouver le numéro indiqué et me préparai mentalement au choc du spectacle de l'état éventuel de Martha. Parvenu à la hauteur de la chambre, je glissai un regard par le hublot. Martha était nonchalamment allongée sur son lit en robe de chambre, ses beaux cheveux bien peignés encadrant sa jolie tête, un sourire de satisfaction heureuse, voire de béatitude, éclairant son visage apaisé. Je pris quelques secondes pour me remettre de ma surprise, puis je frappai doucement à la porte. Instantanément, je vis Martha se recroqueviller sur le lit en position de fœtus récalcitrant et son sourire se transformer en un rictus volontaire – marquant sans ambiguïté l'effort d'une difficile maîtrise de la souffrance intérieure. Je devinai plus que je n'entendis un filet de voix me permettre d'entrer. Je poussai la porte et m'avançai vers le corps tordu sur le lit. Martha esquissa un faible sourire douloureux d'agonie et articula avec peine :

— Ah ! Tu es venu… Merci.

— Alors, ça va un peu mieux tout de même ?

— Oh ! c'est ce qu'ils disent… mais ici personne ne t'écoute, ils se contentent de te donner des médicaments et de te dire de te reposer, rien de plus. Ils s'en foutent quoi !

— Mais tu as bien dû avoir quelques entretiens avec un psychiatre ?

— Oh ! Celui-là ! Il m'a fait du baratin, c'est tout !

Comme j'étais rodé depuis plusieurs années aux plaintes incessantes de Martha concernant ce qu'elle considérait comme l'imposture endémique du corps médical – la plupart étant des charlatans, les autres des séducteurs, les seuls à être honnêtes étant tragiquement incompétents –, je me contentai de protester faiblement pour la forme et lui proposai de l'aider à rassembler ses affaires éparses dans la chambre.

— Tu vois, je n'ai même plus la force de faire ça, je laisse tout pourrir dans ma vie depuis si longtemps, ah, tu es gentil d'être venu et de supporter une vieille folle comme moi.

— D'abord, tu n'es pas si vieille, ensuite tu n'es pas folle, seulement très têtue comme tous les névrosés, tu t'accroches à ta souffrance…

— Ah ! tu parles comme Rogozinsky !

— Qui est Rogozinsky ?

— Le dernier psychanalyste que je suis allé voir.

— Et ça n'a pas marché non plus avec lui ?

— Oh ! Mais non ! On était trop proches l'un de l'autre, comme frère et sœur, il avait trop d'humour en plus, comment voulais-tu que je le prenne au sérieux ?

— Évidemment !

— Je sais ce que tu penses, Denis, mais considère que cela fait si longtemps que je suis dans cet état que j'ai fait le tour du problème. La seule chose à faire, c'est de m'habituer à moi-même, de m'accepter telle que je suis.

— Eh bien ! Justement ! D'après ce que j'ai pu comprendre, cela reste très difficile de réussir seul dans cette entreprise et c'est ce que tente de faire la psychanalyse, rien de plus.

— Je sais, et j'ai essayé, mais admets que je n'ai vraiment pas eu de chance : à chaque fois, je suis tombée soit sur un charlatan, soit sur un séducteur, soit sur un incompétent ou encore sur un plaisantin j'm'en-foutiste. Comment expliques-tu ça ?

Prenant conscience que – revenus très exactement au même point du cercle vicieux qu'au cours de la dernière conversation que nous avions eue sur le sujet quelques mois auparavant – nous venions de boucler la boucle (sport tautologique favori des grands névrosés), laissant échapper un soupir de fatalisme et de découragement visant à abonder dans son sens : on ne pouvait en effet expliquer le déplorable agencement du monde et il fallait donc mieux tout laisser en place de peur que ça ne devienne pire..., j'acquiesçai avec résignation :

— Effectivement, je dois admettre que tu n'as pas eu de chance, et je commençai de rassembler les affaires de Martha pour les ranger dans sa valise.

Pendant que je m'activais ainsi, je ne pus m'empêcher de lui jeter un coup d'œil à la dérobée ; je vis qu'elle s'était rassise sur le lit et, ne se sachant pas observée, arborait de nouveau son sourire satisfait.

*

Durant quelques années, j'ai habité un studio dont les fenêtres donnaient sur une cour intérieure typiquement parisienne : des pavés, des massifs négligés au pied de hauts murs, quelques arbres rabougris végétant dans l'ombre, un ou deux chats placides veillant que tout restât aussi tranquille qu'au creux d'un interstice oublié du temps.

À cette époque, je m'agitais beaucoup (le sport, les femmes, les échecs, les copains, le cinéma) ;

quant à la littérature – qui constituait pourtant l'essentiel de mes aspirations secrètes – je n'en satisfaisais mon besoin lancinant que par de longues lectures voraces et des prises de notes à la hâte sur mes carnets, au prix d'un certain manque de sommeil. Quant à écrire pour de bon, je ne cessais d'en reporter le projet dans un futur moins fébrile, lorsque je serais enfin parvenu à stabiliser mon existence.

Or un appartement du rez-de-chaussée était occupé par une femme seule que, passant par la cour, je pouvais entendre ou apercevoir – selon que les rideaux étaient tirés ou non – en train de taper à la machine à écrire, inlassablement... Cette femme qui, à l'époque, me paraissait appartenir à une génération inatteignable bien qu'elle n'eût sans doute pas plus de quarante-cinq ans, et dont je n'avais pu manquer d'entrevoir la silhouette élancée, me fascinait et me culpabilisait tout à la fois. Je ne cessais de fantasmer à son propos : j'imaginais qu'elle était le nègre de quelque écrivain célèbre qui l'exploitait éhontément sur tous les plans, ou bien l'éminence grise d'un homme politique dont elle s'épuisait à rédiger les discours, ou encore (et c'était cette dernière hypothèse qui constituait le meilleur de mes fantasmes) qu'il s'agissait d'une romancière inconnue en train de concevoir une œuvre assez puissante pour bouleverser le visage de la littérature contemporaine.

Toujours est-il qu'aux heures du petit matin auxquelles il m'arrivait si souvent de rentrer, sa fenêtre allumée éclairait la cour d'une lueur de veilleuse spirituelle. C'est du moins ainsi que je me formulais la chose en l'occurrence, car je ne pouvais m'ôter de l'esprit que cette belle inconnue dans la force de l'âge œuvrait courageusement, elle, en faveur de ce pourquoi il valait encore la peine de lutter dans le monde – à ma place, en quelque sorte, et comme pour me faire honte. J'avais donc fini par établir avec elle – de façon univoque, cela va sans dire – un lien secret essentiel et, quelle que soit l'heure où je rentrais, troublé, désespéré ou réjoui de la tournure prise par les événements du moment, j'attendais avec anxiété, traversant le hall de l'immeuble qui donnait accès à notre cour, de vérifier qu'elle était bien là, à son poste derrière les rideaux, dans le cercle magique de la lampe de bureau, penchée sur sa machine et en train de s'obstiner vaillamment ; ce qu'il me tardait tant de faire moi aussi et qu'une fatalité indomptable – m'entraînant corps et âme dans le tourbillon de la vie factice – m'obligeait sans cesse à différer…

*

En résidence d'écrivain dans les environs de Florence, j'avais été invité à un « lunch » chez la princesse Gaetano-Sampieri (palais Sampieri, via Sampieri !). Nous étions une dizaine à prendre l'apéritif dans un vaste salon dont les peintures murales représentaient des scènes mythologiques primesautières et dont les hautes fenêtres donnaient sur le jardin botanique. Je m'entretenais avec l'un des frères de la princesse – professeur d'histoire de l'art de son état – dont le hobby (ainsi qu'il le présenta lui-même) consistait à établir le catalogue raisonné des œuvres conservées dans le palais. Il y travaillait depuis vingt ans. Ce qui me dépaysait et m'intriguait chez lui était l'expression de complète indifférence avec laquelle il parlait de sa tâche. Il donnait l'impression d'être parfaitement blasé et je ne le surpris pas une fois, s'agissant des splendides tableaux et sculptures qu'il me commentait négligemment, à laisser transparaître quoi que ce fût qui put ressembler à de l'enthousiasme. On eût dit qu'il avait de longue date, par souci d'élégance peut-être, renoncé au moindre état d'âme. Je devais comprendre à la longue qu'il en allait ainsi de bon nombre d'Italiens du Nord, facilement sujets à de lourdes mélancolies ataviques.

Un valet de chambre en grande tenue vint nous annoncer que le repas était servi et la princesse nous invita à passer dans la salle à manger attenante. Sous une voûte circulaire entièrement décorée d'une seule scène (l'embarquement de Noé au moment du Déluge, peinte par un petit maître du XVIe siècle, me souffla le professeur) était dressée une longue table ovale couverte d'une nappe blanche sur laquelle reposaient d'imposantes corbeilles de fruits ainsi qu'un superbe bouquet de fleurs digne des natures mortes entrevues sur les murs du vestibule d'apparat que nous avions traversé en arrivant. Nous nous assîmes selon le plan de table indiqué par la princesse et trois maîtres d'hôtel en gants blancs vinrent disposer des pains ronds dans des panières individuelles à notre gauche. J'avais été placé entre le professeur d'histoire et une très jolie femme à laquelle – trop ébloui par le faste du palais – je n'avais jusqu'ici nullement prêté attention.

Elle se présenta dans un français impeccable : Andrea, nièce de la princesse, élevée en Suisse, divorcée depuis peu, en résidence au palais depuis lors et y faisant fonction d'intendante. Je lui expliquai à mon tour la raison de ma présence ainsi que celle des trois autres camarades écrivains qui m'accompagnaient, admirant tout en lui parlant – encadré par une lourde chevelure dorée et des sourcils à l'arc classique – l'étonnant reflet voilé de son regard mélancolique, car elle semblait partager le même type d'humeur sombre et désabusée que son oncle, le professeur. Comme ce dernier venait d'être requis par sa voisine de gauche, la conversation s'engagea naturellement avec ma belle voisine.

Avais-je visité les Offices, vu les fresques de Fra Angelico, m'étais-je promené dans les allées du jardin Boboli, avais-je eu l'idée de jeter un coup d'œil dans les petites églises qui parsemaient la ville ? Andrea s'enquérait de tout cela sans faire montre de la moindre ardeur ni du plus petit désir de convaincre, comme si elle eût simplement voulu s'acquitter des civilités inhérentes à sa qualité d'hôtesse. Confronté pour la première fois de ma vie à ce type de femme aristocratique – si préservé encore en Italie, et presque entièrement disparu en France, du moins dans ce style compassé –, j'étais littéralement fasciné par cette beauté désuète paraissant s'être extirpée un instant d'un des tableaux entrevus auparavant pour venir remplir son devoir d'hospitalité envers moi. J'avais en fait le sentiment de m'entretenir avec un charmant fantôme, un peu las, dont le temps était compté et qui ne tarderait pas, aussitôt la sauterie terminée, à réintégrer subrepticement sa place dans l'un des groupes féminins d'arrière-plan d'une des sombres et dormantes compositions picturales du vestibule :

— Est-ce la première fois que vous visitez la Toscane ? me demanda-t-elle.

— Non, je suis déjà venu plusieurs fois à diverses époques, mais c'est la première fois que je reste aussi longtemps à Florence et je commence à comprendre qu'il faut y passer du temps pour l'apprécier.

— Oui, Florence est une ville secrète, et vous êtes encore loin de deviner à quel point.

— Que voulez-vous dire ?

— Ici, beaucoup de choses du passé ont survécu dans la clandestinité – de vieilles traditions, de très anciennes coutumes qui perdurent de façon souterraine. De même, il existe une infinité de passages reliant les maisons de cette ville et que la plupart des habitants ignorent. Vous serez diablement étonné de les découvrir.

— Mais je ne demande que ça, m'exclamai-je.

— Écoutez, si vous le voulez, tout à l'heure, après le café, je vous emmènerai voir quelque chose qui vous donnera un aperçu de ce que je veux dire.

— Volontiers mais où ? Car il faut que je tienne compte de mes camarades.

— Ici même dans le palais, ce ne sera pas long, et surtout n'ayez pas peur, je ne veux pas vous entraîner dans un cul-de-basse-fosse pour vous faire abjurer votre probable jacobinisme de Français arrogant, dit-elle en esquissant le premier sourire de l'entretien.

— Il est vrai que j'ai tendance à me méfier des visites guidées, mais avec vous, je me sens capable d'affronter les pires sortilèges, assurai-je pour lui montrer que l'arrogance pouvait aller de pair avec la galanterie.

— Bon, eh bien vous ne serez pas déçu, dit-elle en se levant, maintenant il faut que je vous quitte un instant pour aller demander le café aux cuisines ; nous le prendrons dans la pièce d'à côté qui, vous le verrez, est un boudoir à la française. Ainsi, vous serez plus en confiance avant l'épreuve.

Nous étions en effet arrivés à la fin du repas et les domestiques commençaient à desservir. Je pris conscience qu'une conversation générale s'était développée entre les convives dont Andrea et moi nous étions progressivement isolés. Celle-ci tournait autour de la façon dont la famille Sampieri avait fait appel à des mécènes américains afin de financer la réfection du palais, puis dériva sur les colonies anglaises et américaines implantées de longue date à Florence et sans lesquelles, assura la princesse, la ville n'aurait jamais réussi à conserver son patrimoine tel qu'elle avait, au bout du compte, si bien réussi à le faire. Nous fûmes alors conviés à émigrer vers le boudoir français où les serviteurs nous apportèrent le café sur deux grands plateaux d'argent.

La première chose qui frappa mon regard en entrant fut une large tache décolorée surplombant la cheminée : visiblement un tableau manquant. Suivant mon regard la princesse déclara :

— Ah oui ! Nous sommes si tristes, mais ce n'est que pour quelques jours encore : il doit revenir la semaine prochaine.

Comme le professeur se trouvait de nouveau à mes côtés, je m'enquis :

— De quoi s'agit-il ?

— Du portrait d'un de nos aïeux peint par Poussin, qu'Anna-Maria a prêté pour l'exposition actuelle aux Offices.

— À vrai dire, je n'imaginais pas que des particuliers possédaient encore des Poussin.

— Vous avez raison, c'est de plus en plus rare, mais celui-ci est dans la famille depuis toujours, et maintenant, nous mettons un point d'honneur à essayer de le conserver, ce qui n'est pas une mince affaire, surtout lorsque tant de réparations sont à faire dans le palais.

— Je comprends.

À cet instant, Andrea nous rejoignit :

— Oncle Taddeo, j'emmène Denis voir les collections chinoises, si ça ne te dérange pas ?

— Mais bien entendu, Andrea, seulement, n'oublie pas de refermer les portes derrière toi, c'est tout ce que je te demande.

— J'y penserai, sois-en sûr.

— Très bien et ne vous perdez pas surtout, ajouta-t-il, en souriant.

Nous quittâmes le boudoir et suivîmes un long couloir jusqu'à un ascenseur vieillot qui nous descendit en bringuebalant jusqu'au rez-de-chaussée du palais. Andrea prit un volumineux trousseau de clés dans une armoire murale et me fit signe de la suivre. Nous nous engageâmes dans un autre couloir, plus étroit, pour aboutir à une lourde porte métallique, semblable à celle d'un coffre-fort, qu'elle ouvrit. Après avoir tâtonné un instant pour trouver le commutateur, elle fit la lumière dans l'endroit qui ne comportait comme ouvertures que des meurtrières munies de barreaux. S'ouvrait devant nous une assez longue enfilade de pièces meublées de vitrines latérales et tabulaires à l'intérieur desquelles éclataient les innombrables couleurs des plumages d'une multitude d'oiseaux empaillés, ainsi que les pelages et les carapaces, en moindre quantité toutefois, d'animaux terrestres et aquatiques de toutes extractions.

Andrea me confia :

— J'ai préféré dire à Taddeo que nous allions voir les collections chinoises pour ne pas l'inquiéter, car la famille n'aime pas que l'on visite cette partie-ci du palais qui reste quasiment abandonnée depuis la fin du XIXe siècle. Ce sont les collections de mon arrière-grand-père. Il était naturaliste et a effectué un tour du monde sur un bateau affrété spécialement pour l'expédition. Il en a rapporté les spécimens qu'on voit ici. Certains sont extrêmement rares car ils appartiennent à des espèces aujourd'hui disparues. Ce perroquet, par exemple.

Un peu brouillé par son reflet dans la vitre, un gros oiseau, au plumage presque irréel tant il était luxuriant, se tenait immobile, nous fixant de profil d'un œil inexpressif et cruel. Un peu plus loin apparaissait une série de tortues géantes aux carapaces semblables à des boucliers de samouraïs japonais. Plus loin encore, une longue vitrine tabulaire montrait – posés sur un décor de sable et de brindilles dans l'attitude de leur rampement spécifique – une série de serpents et de sauriens que je ne pus contempler sans un frisson. Tandis que nous avancions parmi cette panoplie pétrifiée derrière les vitres, exhibant la multiplicité expressionniste de l'univers sauvage, j'eus soudain le sentiment d'être passé insidieusement au cœur d'une dimension onirique fascinante et vertigineuse. À vrai dire, l'esprit avait peine à accommoder l'étrangeté et la diversité de ces formes dont il fallait bien pourtant se rendre à l'évidence qu'elles perpétuaient leur existence clandestine sur cette même planète… Léger vertige qui renforçait, par contraste, la beauté songeuse idéale – dantesque, pensai-je alors – de mon hôtesse qui, parlant peu, paraissait se perdre, elle aussi, en réflexions indicibles, son fin visage doucement éclairé par la lumière indirecte émanée des vitrines.

Lorsque nous eûmes examiné ainsi un certain nombre des collections naturalistes, Andrea dit soudain :

— Maintenant, je vais vous montrer un élément du Florence secret dont je vous ai parlé tout à l'heure. Suivez-moi.

Nous traversâmes quelques autres pièces consacrées aux insectes. Après qu'Andrea eut éteint les lumières et refermé soigneusement les portes des pièces où se trouvaient les collections, nous parvînmes devant une minuscule porte qu'elle ouvrit et que nous franchîmes en baissant la tête. Puis un escalier étroit nous conduisit dans ce qui m'apparut tout d'abord comme une cave voûtée ; mais une fois qu'elle fut éclairée par un circuit de lampes placées de loin en loin dans des niches aménagées à même les parois salpêtrées, je vis qu'il s'agissait plutôt de catacombes.

Andrea me précédait et nous parcourûmes ainsi une centaine de mètres, traversant plusieurs salles désertes toutes semblables, en direction de l'une d'entre elles qui paraissait nettement mieux éclairée.

Se tournant vers moi, Andrea me dit :

— J'espère que vous n'êtes pas trop sensible parce que je dois vous prévenir que ce que vous allez voir est très impressionnant.

— Je vais essayer de tenir le coup car je suis en effet assez impressionnable.

— Ah ! Ici, à Florence, il faut savoir braver les fantômes, répliqua-t-elle alors avec un regard étrange.

Entre-temps, nous étions parvenus jusqu'à une pièce beaucoup plus vaste que les autres. Ce qu'en revanche mon esprit refusa de percevoir de prime abord, mû sans doute par un réflexe de protection instinctive, c'est la teneur exacte du spectacle qui s'offrait à moi (je crois d'ailleurs que, si je n'avais pas été prévenu, je fusse ressorti au plus vite) : il s'agissait d'une catacombe circulaire dont les parois étaient garnies d'une trentaine de momies suspendues dans leurs vêtements d'apparat aux couleurs passées, aux textures élimées, voire effritées – certaines en habit de prélat, d'autres en uniformes militaires chamarrés, d'autres encore en soutanes, en chasubles ou en tenues de nonnes –, toutes dardant sur nous le regard halluciné de leurs orbites creuses autour desquelles se plissaient les innombrables rides du visage parcheminé et racorni. Les mains, qui apparaissaient au bout des manches, ressemblaient à des pinces articulées. Le choc de la surprise fut toutefois atténué par le souvenir des photos des catacombes de Palerme aperçues autrefois dans un reportage. Curieusement, au centre de cette salle, trônait une grande table ronde entourée d'une dizaine de fauteuils en bois et sur laquelle se trouvaient des bougies à moitié fondues.

Andrea dit :

— Ma famille !

— Ce sont réellement vos ancêtres ?

— Du côté paternel, oui. Et si j'ai tenu à vous montrer ce lieu, ce n'est pas seulement pour la sensation, mais parce qu'il reste un endroit de réunion pour les conseils de famille. À chaque fois qu'une décision d'importance doit être prise concernant le patrimoine ou l'orientation financière et politique de la famille, elle se tient ici.

— Et vous pensez que l'inspiration en est meilleure ? hasardai-je.

— Je le crois sincèrement, m'assura-t-elle avec une ferveur qui tranchait sur l'attitude qu'elle avait eue depuis le début de notre rencontre, et je vis que j'avais touché un point sensible.

— Vous voulez dire qu'il existe beaucoup d'autres endroits de ce type à Florence ?

— Beaucoup plus que vous ne pourriez le croire.

— Et tous dans des palais de l'aristocratie ?

— Essentiellement, oui. Il s'agit pour nous de lutter contre la Mafia qui a ses antennes dans toute l'Italie comme vous le savez ; c'est un combat perdu d'avance, mais nous, les aristocrates, aimons les causes perdues : sans cause perdue, nous dépérissons.

— Brr… je n'aimerais pas avoir à prendre des décisions ici, avouai-je, je crois que je tergiverserais encore plus que d'habitude.

— C'est une question d'entraînement ! Mais je ne veux pas imposer ce spectacle plus longtemps à un garçon aussi sensible. Repartons.

Ayant dit cela, mon interlocutrice prit le chemin du retour et nous laissâmes derrière nous le cercle des squelettes accrochés aux murs pour retraverser l'enfilade des caves désertes, puis remonter dans les pièces dédiées aux collections naturalistes.

— Pourquoi ne suggéreriez-vous pas aux membres de votre famille de se réunir plutôt ici ? Ces momies-ci, dis-je en désignant les animaux empaillés derrière les vitrines, ne pourraient-elles s'avérer de meilleur conseil encore que celles d'hommes d'Église, de généraux ou de nonnes, probablement tous confits dans l'esprit étroit de leurs préjugés de caste ? Les animaux, eux, pourraient peut-être leur inspirer une conduite de vie plus aérée et plus solaire, un point de vue plus large, ne croyez-vous pas ?

— Êtes-vous sérieux ? répliqua-t-elle. Oui, je vois que vous ne plaisantez qu'à moitié. Ah ! Vous êtes bien typiquement français ! Les idées utopiques les plus farfelues aussi bien en matière philosophique que sociale ! La question, mon cher, est de respecter scrupuleusement certaines traditions maintenues au moyen de rites immuables dont personne ne doit songer à remettre en question le bien-fondé, sous peine de débandade. Mais vous ne savez pas ce que c'est que d'avoir affaire à une vie politique souterraine, comme nous ici en Italie !

— Sans doute avez-vous raison… Les Français ont toujours d'excellentes idées théoriques, irréalisables en pratique. Cependant, ce que je voulais dire est qu'il serait peut-être temps de nous remettre à l'écoute de la partie animale de nous-mêmes, celle du raisonnement instinctif, et cela de façon ni anthropomorphique ni trop logique (au sens traditionnel). Je crois sincèrement, à l'instar des hindouistes, que les animaux ont été sages de ne point développer la conscience réflexive.

— Et vous écrivez des choses aussi extravagantes dans vos livres ?

— À vrai dire, je n'ai pas encore osé le faire mais il se pourrait que j'y vienne, ne serait-ce que pour agacer les penseurs prétendument sérieux.

— N'oubliez pas alors de m'envoyer le produit de vos élucubrations : j'aimerais, moi aussi, être un jour illuminée par cette révélation « animaliste ». Et puis, on ne sait jamais, cela pourrait peut-être nous aider, nous autres Italiens ratiocineurs.

— L'ennui, hélas, est qu'à la différence des aristocrates, je suis trop hédoniste pour me lancer jamais dans la défense d'une cause perdue. Je préfère m'adapter à un monde inique et artificiel en y grappillant ce que je peux de minutes heureuses, car, de toute façon, j'ai toujours eu le sentiment que ce n'était pas nous qui décidions de notre destin, mais plutôt des instances supérieures incompréhensibles.

— Eh bien, que croyez-vous que nous fassions en essayant de prendre conseil de la tradition ? La plupart du temps nous ne comprenons pas pourquoi nous agissons comme nous le faisons. Nous nous inclinons humblement devant ce qui nous dépasse car nous faisons confiance aux forces obscures qui ont soutenu les générations de nos ancêtres.

— Effectivement, dis-je, je n'avais jamais considéré les choses sous cet angle.

— Bien entendu, vous êtes trop cartésien pour cela. Nous, nous sommes réalistes, un peu trop, hélas, bien souvent, et cela nous mène parfois au pragmatisme le plus trivial.

— Comment cela ?

— Eh bien ! Quel est donc le penseur qui, selon vous – puisque je vois que vous vous intéressez à la philosophie –, a eu le plus d'impact sur le monde moderne ?

— Saint Augustin, Rousseau, Marx, Freud… ? L'un d'eux sans doute…

— Vous n'y êtes pas du tout ! Je veux dire sur la conduite politique des gens.

— Walt Disney !

— Oui, en quelque sorte, mais plus profondément encore ?

— Je donne ma langue au chat.

— Nicolas Machiavel, bien sûr ! Existe-t-il de par le monde une seule société commerciale, un seul État qui n'applique à la lettre les recommandations cyniques et pragmatiques de Machiavel ?

— Ah oui ! c'est vrai ! Mais dites-moi, vous auriez dû être professeur de philosophie politique.

— Chaque Italien est un peu « professore » ou « dottore » ! répondit-elle en riant et en m'indiquant la sortie du quartier des collections que nous venions de traverser tout en conversant. Maintenant, venez par ici afin que nous achevions la visite du palais secret.

Disant cela, elle m'invita à la suivre sous un préau qui jouxtait le jardin botanique. Nous avançâmes en longeant une série de plates-bandes où poussaient de minuscules plantes munies d'étiquettes et des massifs plus importants de grandes herbes graciles dont je n'avais jamais vu l'équivalent. Andrea, surprenant la direction de mon regard, précisa :

— Ce sont des plantes rares rapportées elles aussi par Batisteo, mon arrière-grand-père naturaliste. Nous dépensons une fortune à les conserver ici en Toscane où elles s'acclimatent difficilement.

— Encore une cause perdue !

— Oui, c'est cela ! Nous ne pouvons faire autrement, je vous l'ai dit.

Nous étions parvenus au bout de la galerie et Andrea, cette fois-ci, composa un code sur un clavier digital pour commander une lourde porte vitrée et opaque, que je l'aidai à pousser – laquelle s'ouvrit sur un haut vestibule dont le plafond était sculpté d'angelots souriants. Sortant une nouvelle clé, Andrea nous fit accéder à un autre escalier descendant en sous-sol. Après quelques marches, elle manœuvra une porte de bois clouté et nous pénétrâmes dans une grande pièce carrée occupée en son centre par un bassin semblable à ceux qu'on peut voir dans les thermes gallo-romains et au creux duquel reposait, éclairée par la faible lumière filtrant de deux soupiraux qui paraissaient donner sur le jardin, une eau verte, limpide, où s'enfonçait un escalier de marbre. Ce qui retint tout de suite mon attention furent les peintures murales que, mes yeux s'habituant à la pénombre, je finis par distinguer : il s'agissait de vastes compositions représentant des rochers encerclés d'une houle dansante à la surface de laquelle s'ébattaient joyeusement naïades à longs cheveux blond vénitien et tritons barbus. L'espace entier des murs ainsi que le plafond voûté étaient couverts de ces scènes érotico-aquatiques. Le long des murs étaient aménagées des banquettes décaties doublées de lits de repos en toile usagée ; le tout était aussi poussiéreux que ce que j'avais vu auparavant.

Andrea dit :

— Avant l'ère des piscines, les habitants du palais venaient se baigner ici. Un jour pour les femmes, un autre pour les hommes. Cela dit, j'ai entendu raconter que certains ancêtres licencieux y avaient organisé des bacchanales. Je devine d'ailleurs qu'en dépit de ce que nous imaginons, les époques précédentes furent moins collet monté que nous ne le sommes, ne pensez-vous pas ?

— Je le crois d'autant plus volontiers que j'ai eu moi-même à souffrir de ce puritanisme larvé toute ma vie, j'ai eu beau essayer, je n'ai jamais vraiment réussi à vaincre cette funeste éducation…

À cet instant, elle baissa la tête et laissa échapper dans un souffle :

— Oh oui, moi aussi, j'aurais tant aimé… et elle se tut.

N'étant pas sûr d'avoir bien saisi ses paroles et sentant en outre qu'il serait maladroit de les lui faire répéter, je me gardai de relever, attendant la suite, mais elle, redressant la tête, dit d'une voix claire :

— Je pense que vos amis doivent s'inquiéter, remontons.

Refaisant le chemin en sens inverse, nous rejoignîmes le vestibule où les invités faisaient leurs adieux. À mon tour, je pris congé de la princesse et de son frère tandis qu'Andrea attendait un peu à l'écart. Lorsque je fus sur le point de prendre ma place dans l'ascenseur, elle s'approcha et dit en me serrant la main :

— Peut-être nous reverrons-nous un jour et aurai-je l'occasion de parfaire votre éducation florentine…

— J'aimerais tant ! Mais il y a peu de chances, hélas ! lui répondis-je en gardant sa main dans la mienne.

Ne retirant pas sa main aussi vite que je l'eusse attendu, elle reprit :

— Il ne faut pas être triste de ce que nous ne faisons qu'imaginer. Nous, les vieux Florentins, savons cela depuis si longtemps : le meilleur est toujours fantasmatique.

Je rejoignis les autres occupants de l'ascenseur. Celui-ci referma ses portes et commença de descendre lentement. J'eus alors une dernière vision : Andrea, son visage ayant recouvré l'expression absente et songeuse que je lui avais vue au début de notre rencontre, se dirigeait vers le fond du hall.

Sans doute allait-elle sagement réintégrer sa place dans le tableau.

*

Nous étions au cœur de l'hiver et, invité à participer aux championnats d'Europe de squash, je passais quelques jours à Helsinki. Ce soir-là, après les derniers matchs, nous étions conviés à un dîner officiel dans l'une des salles de réception de la mairie, au centre de la ville. Après avoir, mes camarades et moi, traversé les faubourgs en taxi, observant au passage les énormes tas de neige repoussés sur le bas-côté des rues, puis, en contournant le port – spectacle insolite pour nous –, la mer entièrement gelée que des bateaux munis de brise-glace fendaient lentement, nous parvînmes sur les lieux où nous étions attendus avec les autres délégations.

Les autorités en charge des festivités avaient fait en sorte que chacun d'entre nous fût placé à table en compagnie d'un Finlandais. Pour ma part, la chance m'ayant toujours favorisé sous ce rapport, ce fut une Finlandaise fort jolie qui me fut dévolue, et en face de laquelle je pris place à la table en longueur où le couvert avait été dressé. Lorsque j'arrivai à la hauteur du petit carton où était inscrit mon nom, elle était déjà assise et m'accueillit dans un parfait anglais. Nous sympathisâmes d'autant plus vite que son charme stimulait la parole et j'appris que Gertrud était assistante à l'université où elle organisait des séminaires d'histoire de l'art. Je me souviens que ce fut elle qui me parla pour la première fois du grand peintre local, Axel Gallen Kallela, dont, sur ses recommandations, je visitai ensuite la maison dans les environs d'Helsinki.

Elle personnifiait la beauté nordique classique : yeux bleu foncé, cheveux blonds presque blancs, la peau légèrement tannée et – pour autant que je pouvais le déduire du buste bien découplé – une silhouette athlétique élancée. En outre, elle possédait ce grain de fantaisie burlesque, un peu dément, qui distingue les Finlandais des autres Scandinaves.

Comme c'est la coutume en pays nordique au cours de la moindre réception, nous commençâmes à boire pas mal de vodka. La tablée entière en usant de même, le joyeux tohu-bohu des conversations débridées par l'alcool (tout particulièrement pour nous qui venions de nous dépenser jusqu'à la limite de nos forces) allait bon train et, comme il en va dans le brouhaha généralisé, nous nous étions d'autant plus facilement isolés, elle et moi, dans la bulle de notre conversation privée.

La fille me plaisant beaucoup et constatant que le courant passait à merveille entre nous, je ne pus éviter – les vapeurs éthyliques aidant – de commencer à lui faire une cour effrénée à laquelle elle répondit de la meilleure humeur. Cependant, derrière la vivacité enjouée de ses réponses à mes allusions de plus en plus précises concernant un possible et chaleureux rapprochement franco-finlandais en fin de soirée, je sentis croître une réticence presque mélancolique que j'attribuai à la bienséance ou à la pudeur peut-être occasionnée par mon excessive ardeur. Mais négligeant cette ombre au tableau, lancé comme je l'étais, je continuai de multiplier les offensives galantes, la poussant dans ses retranchements et essayant d'obtenir une réponse favorable à mes propositions.

Or d'un seul coup, immédiatement après avoir ri de bon cœur à l'une de mes facéties, son visage s'assombrit et, me regardant gravement dans les yeux, elle déclara :

— Ne le prenez pas mal, Denis, mais ce que vous me proposez est absolument impossible.

— Vous êtes mariée ou en situation similaire ?

— Non, non, ce n'est pas ça.

— Vous me trouvez trop direct ? Veuillez m'en excuser mais nous autres, Français, croyons toujours avoir une réputation à défendre en tant que latin-lovers, c'est assez ridicule, j'en conviens.

— Non, non, ce n'est pas cela non plus et croyez bien que je le regrette, mais c'est techniquement irréalisable.

— Techniquement irréalisable… ?

— Vous comprendrez bien assez vite, ne gâchons pas la fin de ce charmant dîner et poursuivons sur le même ton, nous jouirons ainsi de l'illusion jusqu'au dessert…

Bien que je ne comprisse pas ce à quoi elle faisait allusion et sentant malgré tout que sa résolution était prise et que je ne parviendrais nullement à réduire ses résistances avec des raisonnements logiques – si tant est que la chose ne doive pas être considérée comme la pire des maladresses en matière de séduction –, je décidai de jouer d'un autre registre et commençai à lui tenir des propos plus sérieux, la lançant sur la musique et la littérature finlandaises. Rassérénée par cette initiative, elle entreprit de me faire un exposé complet sur Sibelius et le groupe d'artistes qui, à cette époque, avait hanté « magnifiquement » les cafés d'Helsinki. J'écoutais avec ravissement, buvant non seulement ses paroles mais aussi encore un peu plus de vodka et, la complicité se rétablissant avec la même intensité qu'auparavant, l'ébriété obscurcissant aussi jusqu'à ma mémoire immédiate, je réitérai mes avances. À un moment donné, elle-même paraissant céder à l'atmosphère qui s'était établie entre nous alla jusqu'à effleurer ma main avec la sienne, son visage s'assombrissant de nouveau immédiatement après cette esquisse d'abandon de sa part. Je pris le parti de ne pas relever et m'employai à la faire rire de nouveau.

Comme toujours, et en dépit de notre ivresse oublieuse, le temps avait continué imperturbablement sa course mécanique et l'heure était venue de lever la séance. Les convives déjà debout se saluaient en riant pour se diriger ensuite vers les vestiaires où ils s'emmitouflaient contre le grand froid qui régnait au dehors. Comme j'avais compris que je ne parviendrais pas à mes fins avec Gertrud pour ce soir même, je lui demandai s'il était possible que nous nous revoyions avant la fin de mon séjour, ne pourrait-elle pas me faire une visite commentée de la maison d'Axel Gallen Kallela ? Elle me répondit qu'elle en serait enchantée mais qu'une fois de plus, je ne devais rien espérer d'ultérieur à ces rencontres. J'allais d'ailleurs en comprendre la raison sur-le-champ. Ce disant, elle se leva de table avec effort et je vis alors que sa silhouette n'était en rien celle escomptée, puis, comme je tirais la table pour qu'elle pût passer, j'aperçus la jambe articulée qui lui remontait jusqu'à la taille et sur laquelle elle s'appuya avec précaution pour s'avancer en claudiquant vers les vestiaires.

Je ne réussis pas à dissimuler ma surprise, mais elle, visiblement habituée à cette réaction, m'expliqua laconiquement :

— Un accident de voiture, lorsque j'avais vingt et un ans.

— Je suis désolé, dis-je, et ne sachant comment continuer, je me tus.

— Oh, j'ai l'habitude, répondit-elle, et ce n'est pas tout à fait honnête de ma part, mais je ne puis m'empêcher, quand j'en ai l'occasion, de rêver un peu le temps d'un dîner.

À ce moment, l'un des officiels vint la chercher pour la raccompagner comme cela était prévu. Instantanément dégrisé, je descendis les marches en sa compagnie, la soutenant d'un bras pour qu'elle ne glissât pas sur la couche de neige qui s'était reformée durant le dîner. Elle s'assit à l'arrière de l'automobile qui était venue la prendre devant le perron et avant de refermer la portière, elle me dit avec un charmant sourire :

— Merci pour ce flirt, et si cela vous dit de continuer sur ce mode, téléphonez-moi demain pour la visite guidée.

— Entendu, à demain, dis-je.

La voiture démarra et s'engouffra dans l'épaisse nuit nordique.

*

Du temps où j'allais m'entraîner presque chaque jour à Roland-Garros, j'avais fait la connaissance d'une très jolie fille, membre de l'équipe des espoirs féminins, qui s'entraînait régulièrement, elle aussi, sur les courts du stade de la porte d'Auteuil. Aussitôt que je le pouvais, j'allais assister à ses entraînements, admirant non seulement l'élégance de son corps fuselé et athlétique, mais encore la grâce de sa technique souple et aérienne. On eût dit qu'elle dansait sur le court, tout particulièrement lorsqu'elle exécutait à la perfection le fameux pas de tango qui lui permettait de suivre son revers coupé vers le filet, précédant la montée à la volée – domaine où elle était une des seules de son époque à exceller. C'est donc tout naturellement que nous en vînmes à jouer des tournois de double mixte ensemble et nous en remportâmes quelques-uns, anticipant à la perfection nos réflexes respectifs dans les situations décisives.

À cette époque, nous nous contentions des rapports bourrus entre adolescents sportifs et lorsque nous cessions de plaisanter, ce n'était que pour passer à des discussions techniques, des commentaires de nos matchs précédents ou bien encore pour nous livrer à de très sérieuses séances d'entraînement. La vérité était aussi qu'elle m'impressionnait tant que je n'osais en rien dévoiler mes sentiments – de peur d'être éconduit par un simple éclat de rire comme cela m'était déjà advenu de façon cuisante avec quelques autres sportives auparavant. Je préférais rester dans l'expectative plutôt que de détruire le beau fantasme qu'elle représentait alors dans ma vie.

Cependant, ce que je veux raconter est ceci : durant les trois années où nous nous entraînâmes et jouâmes des doubles mixtes ensemble, cette joueuse exceptionnelle ne parvint jamais à combler les espoirs qui avaient été placés en elle. Elle n'obtint aucun des résultats qu'on eût été en droit d'attendre d'une technique aussi accomplie ni ne réussit jamais à « percer » comme on dit. Au cours de la plupart des matchs où j'allai l'admirer et la soutenir, je la voyais invariablement se décomposer et perdre de son efficacité première comme si à la fois sa grâce naturelle et l'élégance de son style parfait l'empêchaient de conclure de façon brutale et pragmatique. Aussitôt que la rencontre devenait disputée, que sa supériorité technique était contestée par une volonté opposée de style laborieux (ainsi qu'il arrivait si souvent dans le tennis féminin de l'époque), on eût dit que, plutôt que d'essayer de s'adapter tactiquement à la situation, elle se désintéressait du résultat pour persévérer dans l'exercice du beau geste. Je compris vite qu'elle n'était en rien une compétitrice, sans cesser pour autant de jouer en double mixte avec elle ni d'aller l'encourager durant ses matchs, continuant de l'admirer en secret.

Ma carrière tennistique prit alors un certain essor ; invité à de nombreuses rencontres à l'étranger, je fus amené à voyager beaucoup. Les circonstances voulurent que nous ne participâmes pas aux mêmes tournois et, assez vite, nous nous perdîmes de vue. De temps à autre, j'entendais parler d'elle par une relation commune : je savais donc qu'elle continuait de stagner à la porte de la première série féminine sans parvenir à franchir ce stade fatidique.

Entre-temps, ma vie avait évolué dans un sens différent et, si je continuais à jouer régulièrement au tennis, j'avais abandonné moi-même l'espoir de devenir jamais le grand champion qu'on avait ambitionné pour moi que je devinsse. J'avais pris définitivement conscience de m'être fourvoyé dans le domaine professionnel et je me contentais de compétitions de second ordre où mon sens ludique pouvait s'exprimer en toute liberté, ayant repris par ailleurs – plus en accord avec mon tempérament – le cours de mes interminables rêveries littéraires et philosophiques, entravées durant toutes ces années par les orgueilleuses angoisses existentielles du combat permanent pour le gain.

Un jour pourtant, j'appris incidemment par un camarade de jeu qui suivait avec attention l'actualité tennistique que Mylène, mon ancienne partenaire de mixte, avait enfin réalisé les espoirs qui avaient été placés en elle lorsqu'elle était adolescente. Elle était même devenue l'une des meilleures joueuses françaises. D'ailleurs, elle disputait un match par équipes au stade Jean-Bouin, cette après-midi même, si cela m'amusait.

Cette après-midi-là, je me glissai donc dans les gradins parmi la petite centaine de spectateurs échauffés venus soutenir bruyamment leurs équipes respectives. Au centre du court couvert en terre battue éclairé par de puissants projecteurs, je vis une jeune femme blonde extraordinairement musclée – on eût dit une lutteuse de foire – distribuer du fond de court, sans jamais se hasarder au filet, d'énormes coups liftés accompagnés de han de bûcheron disgracieux, laquelle, selon certains traits encore repérables, ne pouvait être que mon ancienne camarade. Stupéfait, je me rapprochai discrètement de la chaise d'arbitre afin de l'observer de plus près au moment du changement de côté. Après quelques échanges, elle vint – le visage crispé par le dépit occasionné par la perte du jeu précédent – s'asseoir sur la chaise de repos. Non seulement son corps sec et musculeux avait entièrement perdu la grâce qui le caractérisait lorsqu'elle était plus jeune, mais son visage lui-même, ravagé par les rides d'une volonté farouche, était devenu celui d'un être vieilli prématurément et tendu par le stress de la pure anxiété.

Sans m'en apercevoir immédiatement, je m'étais assis à côté d'un autre camarade joueur de l'ancienne époque, qui me reconnut et avec qui j'engageai la conversation. Il m'apprit que, pour sa part, il s'était reconverti dans le coaching et qu'il était précisément désormais, et depuis plusieurs années, l'entraîneur de Mylène.

— Tu vois, me dit-il au cours du dialogue qui s'ensuivit, elle a fini par y arriver ! Elle s'est résolue à faire ce qu'il fallait, mais crois-moi, elle en a bavé !

— Je veux bien te croire, dis-je.

*

Lorsque la très belle Astrid – cover-girl de son état – m'énumérait pour la énième fois les mauvais traitements auxquels l'avait encore soumise son terrible amant, je me montrais extraordinairement patient pour deux raisons : non seulement je caressais le vague (et à vrai dire très incertain) espoir de recueillir un jour le fruit de mes louables efforts, mais c'était encore le seul moyen pour moi d'approcher ce genre de femme fatale, en général très capricieuse et dont le mode de vie est entièrement dicté par les magazines féminins ainsi que par le dernier cri parisien.

Ces confidences avaient toujours lieu durant les longues heures d'attente entre les matchs, dans les clubs de tennis très chics où je participais à des compétitions dans ma jeunesse.

La féminité, en réalité incompréhensible pour moi, de ce type de filles me fascinait et me désespérait tout à la fois de par son altérité radicale. Il était impossible d'avoir avec elles une conversation suivie si ce n'est concernant leurs affaires de cœur du moment, leurs intérêts d'ordre général se limitant le plus souvent aux comparaisons entre vedettes du show-biz. Si elles m'attiraient de façon irrésistible sur le plan physique, c'était tout simplement qu'en ces matières – surtout au sortir de l'adolescence comme c'était mon cas – il est rare qu'on puisse se dire indemne, aussi artificiels puissent-ils être, des canons esthétiques consacrés par la mode. Je crus alors, pendant un temps, me montrer d'une rouerie démoniaque en faisant semblant de m'intéresser à leurs problèmes, jusqu'à ce que je découvre que la plupart de mes camarades – je veux dire ceux qui, comme moi, ne participaient en rien de ce milieu mais subissaient le même mirage – en usaient exactement de même : les uns comme les autres nous ne faisions qu'effectuer des calculs savants pour évaluer si le gain demeurait en rapport avec les heures d'ennui préalable.

Bref, ce jour-là, c'était Astrid qui me narrait les péripéties de ses amours tumultueuses avec Serge, le photographe à la page. Je croisais souvent ce dernier à la porte des clubs lorsqu'il venait la chercher dans sa Triumph décapotable – voiture qui faisait fureur à l'époque parmi cette engeance – et que, m'embrassant gaiement sur les deux joues (en bon camarade confident), elle sautait dans l'automobile du play-boy (à lunettes de soleil Ray-Ban éternellement vissées sur le nez) pour s'envoler dans une pétarade démonstrative vers les affres chéries auxquelles il la soumettait.

Elle tentait donc, ce jour-là, de m'expliquer plusieurs choses en même temps, les entremêlant confusément, ce qui faisait que, outre l'effort habituel, j'éprouvais une difficulté supplémentaire à me concentrer sur ses doléances. Non seulement Serge était le pire des salauds : égoïste, menteur, frimeur, lâche, radin, amant lamentable, etc., mais encore il se permettait de lui faire la morale alors que lui-même était sans foi ni loi. De plus, lorsqu'il était jaloux, il la frappait et la traitait de tous les noms. Ne lui avait-il pas fait une scène terrible samedi dernier au seul titre qu'elle s'était attardée au bar avec l'un de ses rivaux professionnels ? Ne lui avait-il pas ensuite téléphoné pour lui demander à elle seule de faire des excuses ? N'avait-il pas le toupet de se comporter ainsi pour un simple flirt verbal alors qu'elle savait pertinemment que toutes les filles qui posaient pour lui passaient ensuite dans son lit ? Ne se montrait-il pas subitement tendre et prévenant lorsqu'il avait eu vent qu'elle allait faire l'objet d'un gros contrat avec une grande marque ? Ne dépensait-il pas des sommes folles pour faire une nouvelle conquête alors qu'elle, elle avait droit aux pâtes au thon qu'il préparait dans son studio sans même être capable de les cuire correctement ? Ne se contentait-il pas de la « sauter » vulgairement sans attention particulière lorsqu'il avait une pulsion, sans même faire semblant de la désirer sur un plan plus romantique ?...

Astrid pouvait se montrer intarissable lorsqu'il s'agissait de dénigrer son tyran. Je trouvais même que l'exercice finissait par lui conférer une certaine verve qui confinait parfois à l'ironie et à la sagacité. Ma marge de manœuvre étant très réduite – tout raisonnement ou analyse un tant soit peu élaborés ne trouvant jamais accès jusqu'à son entendement –, je me contentais en général soit de pousser des soupirs fatalistes, soit de marquer mon intérêt par le ton surpris de mes relances. La seule question à ne pas poser car, d'une part, j'en connaissais la réponse et, d'autre part, le simple fait d'y répondre la jetait dans des transports amoureux nostalgiques qui lui faisaient faire volte-face – ce qui n'était pas mon but – était de s'enquérir, gagné par la lassitude conséquente à l'interminable et quasi homérique énumération discriminatoire, de la raison de son béguin pour le bellâtre :

— Il est si craquant, tu sais, le matin quand il se réveille et que je lui apporte son petit-déjeuner, il a l'air d'un petit garçon timide qui ne sait pas comment débuter la journée. Quand il mange son œuf à la coque et qu'il beurre ses tartines gentiment dans son lit, je le trouve si chou qu'il pourrait me demander n'importe quoi ! disait-elle alors invariablement, en se plongeant dans une songerie évocatrice où je croyais presque voir l'ectoplasme du visage poupin d'enfant gâté de Serge se matérialiser dans ses beaux yeux extasiés…

La triste réalité qu'il me faut confesser est que je supportai cette situation auprès d'elle durant de longs mois, perpétuellement dans l'attente soit d'une éventuelle reconnaissance future en récompense de mon mérite, soit d'un moment de relâchement dépressif auquel – d'après ce que m'avait assuré un camarade de l'époque – ces créatures étaient parfois sujettes, les faisant alors se rabattre sur l'élément masculin disponible le plus proche pour tenter d'oublier leurs malheurs. Le tout étant – toujours d'après ce camarade – de faire acte de présence (de « coller à la balle » avait-il même ajouté pour être plus imagé). Cependant, je dois l'avouer, j'eus beau le guetter, j'eus beau fixer la balle jusqu'à en loucher, ce moment ne vint jamais pour moi et je finis par me lasser définitivement le jour où je compris enfin qu'il existe des mondes de la sensibilité humaine aussi éloignés entre eux que les planètes, le jour surtout où j'appris incidemment par un tiers – peu après qu'elle m'eut narré par le menu comment non seulement Serge l'avait tabassée et jetée dehors parce qu'elle avait eu le malheur de lui reprocher d'avoir gardé pour lui seul l'argent d'une « pub » qu'ils avaient faite ensemble, puis fait circuler un tas de calomnies visant à la décrédibiliser, et pour finir, donner un manteau de fourrure qu'elle avait laissé chez lui à une autre fille – que le mariage était prévu pour le printemps prochain en grande pompe à Deauville.

*

— Les relations véritables entre hommes et femmes restent une chose assez mystérieuse, m'assura ma vieille amie Sylvie, prends le cas de mes parents, par exemple ! Tu te souviens sans doute que lorsque nous étions jeunes et que tu venais dîner à la maison, à Saint-Cloud, c'était perpétuellement la soupe à la grimace, quand ce n'était pas de réelles échauffourées entre eux, à table, devant tout le monde.

— Oui, je m'en souviens très bien.

— Tu te souviens donc à quelles extrémités ils en étaient arrivés vers la fin, avant qu'ils ne divorcent ?

— Oui, et d'ailleurs, j'évitais de venir chez toi à cette époque.

— Eh bien, ce que tu ne sais pas, c'est l'imbroglio familial qu'a déclenché ce divorce. Mes quatre frères et sœurs se sont partagés : un frère et une sœur du côté de mon père et les deux autres du côté de ma mère ; un partage équitable en somme. Mais ils ne furent pas les seuls : le reste de la famille a pris fait et cause pour l'un ou pour l'autre, de façon surprenante parfois ; ceux qu'on aurait pu croire être les alliés naturels de l'un se retournant alors justement contre celui-ci (pour d'obscures raisons connues d'eux seuls, ayant trait en général à d'infimes vexations anciennes jamais digérées ou à des alliances stratégiques momentanées servant leurs intérêts). Enfin bref, cette histoire divisa entre eux les tantes, les oncles, les cousins, les petits-cousins, les amis de la famille et je peux te dire que Papa et Maman ne furent pas les derniers à attiser le conflit généralisé, chacun y allant de ses commentaires et confidences assassines sur l'ancien conjoint. Je fus la seule à parvenir – sans doute parce que j'étais la petite dernière – à tirer mon épingle du jeu et à conserver mon indépendance, en ne prenant aucun parti. Ce qui fit d'ailleurs que je commençai à être très mal vue des deux côtés, chacun me soupçonnant de jouer double jeu.

— Et tu continuais de voir tes parents séparément ?

— Oui, je me partageais et refusais d'écouter leurs interminables récriminations.

— Et tu as fait ça pendant longtemps ?

— Plusieurs années ! Mais écoute donc ce que je veux te raconter : au plus fort du conflit parental, il y a de cela vingt-quatre ans maintenant, un jour que, comme tu t'en souviens, je courais tout Paris pour mes satanées enquêtes, un de mes rendez-vous m'amène dans une toute petite rue de Montmartre, la rue Norvins, juste au pied de la Butte. Une rue pittoresque que je commence à remonter en observant tout, ravie et étonnée de ne l'avoir encore jamais parcourue. Passant devant un minuscule bistrot, j'ai l'impulsion d'entrer pour y prendre un café. Accoudée au bar, je jette un regard distrait du côté de l'arrière-salle où j'entendais des exclamations accompagnées des bruits caractéristiques d'une partie de baby-foot, et là, j'ai le choc de ma vie : qui étaient les deux partenaires de jeu en train de s'esclaffer et de jouer avec passion l'un contre l'autre ? Paul et Lise, mes parents ! tellement à leur affaire qu'ils ne me virent même pas ! Je ressortis le plus vite possible, abasourdie, n'en croyant pas mes yeux, et j'allai me poster au coin de la rue dans une brasserie pour les voir sortir. Je dus attendre plus d'une heure et je n'étais pas au bout de mes surprises : quand ils ressortirent en riant, bras dessus, bras dessous, du café, ils commencèrent de remonter ensemble vers Montmartre. Il devait être dans les cinq heures de l'après-midi et je les filai comme un bon détective privé. Parvenus en haut de la rue, deuxième surprise de taille : je les vois s'engouffrer dans le porche du petit hôtel de passe qui est situé là ! Que dis-tu de ça ?

— Ils se voyaient en cachette !

— Absolument !

— Et tu t'es renseignée auprès du patron de l'hôtel pour savoir s'ils venaient souvent ?

— Bien sûr ! Cela n'a pas été facile, d'ailleurs, parce qu'il s'est d'abord méfié de moi, mais j'ai pu gagner sa confiance en y retournant une seconde fois et en lui racontant toute l'histoire. Ça l'a fait rire et il m'a avoué que mes parents se rencontraient là régulièrement depuis trois ans.

— Et tu leur en as parlé à eux, un jour ?

— À ma mère seulement, avec mon père ça n'aurait pas été possible : il était trop orgueilleux et il se serait braqué.

— Et elle, que t'a-t-elle dit ?

— Elle m'a dit textuellement : « Tu ne peux pas comprendre, Sylvie : ton père est un sacré emmerdeur dont je suis bien contente d'être débarrassée pour le quotidien, mais comme camarade, c'est le type le plus marrant que je connaisse et, en plus, c'est le seul qui me fasse encore fantasmer. Et si tu veux savoir comment on fait après tout ce qui s'est passé, eh bien : on ne parle jamais de rien ! »

— Ils ont continué longtemps comme ça ?

— Autant que je sache, pratiquement jusqu'à ce que mon père meure, mais à la fin, d'après ma mère, ce n'était plus que pour le baby-foot.

— Et ils ont continué de dégoiser officiellement l'un contre l'autre ?

— Exactement pareil !

— Et toi tu n'as rien dit à personne ?

— J'avais promis à ma mère. Je te le raconte à toi, maintenant, parce que je suis sûre que désormais ma mère s'en moque.

— Et tes frères et sœurs comment ont-ils réagi ?

— Mais ils n'en ont jamais rien su ! Maman préférait garder le secret, c'était trop compliqué !

— Et quand ta mère va mourir veut-elle être enterrée à côté de lui ?

— Oh non ! La seule fois où nous avons abordé le sujet, elle m'a dit : « Sylvie, promets-moi de me faire incinérer ! Il serait encore capable de venir m'emmerder jusque dans la tombe, mais elle a conclu en ajoutant : J'espère que là où les âmes se rencontrent, il y a des baby-foot ! »

*

Lorsque je m'active à quelque débroussaillage dans la partie du jardin qui borde l'Yonne, je ne suis plus surpris désormais par les multiples apparitions : la flèche bleue d'un martin-pêcheur, la nage d'un ragondin surgi de son trou, l'affleurement en surface d'une perche arc-en-ciel, l'envol balourd d'un héron, la pose d'une libellule sur un jonc qui oscille… Mais ce jour-là, je n'en crus pas mes yeux lorsque j'entrevis, entre les troncs des aulnes, comme surgie des eaux, la svelte silhouette ondulante d'une fée se matérialiser sur la berge. M'approchant, je dus me rendre à l'évidence qu'il s'agissait d'une élégante jeune fille qui venait de s'extraire d'un splendide canoë-kayak – en bois verni et toile kaki – tout juste accosté à notre ponton et maintenu d'une main par une seconde sylphide coiffée, pour sa part, d'un superbe chapeau mou à larges bords surmontant ses boucles blondes. La distinction qui émanait du tableau, ainsi que leur grâce souriante d'un autre âge, suscita chez moi l'illusion de me trouver soudain transporté dans les années trente.

S'adressant à moi dans un anglais hésitant, celle qui marchait sur la berge m'informa que sa compagne et elle étaient allemandes, qu'elles avaient pour objectif de descendre la rivière jusqu'à Clamecy en quelques jours et qu'elles désiraient connaître l'emplacement du camping municipal. Une fois que je les eus renseignées – bafouillant un peu à l'instar de l'inénarrable Pantalone qui s'estime éternellement assez vert pour faire le beau devant de séduisantes jeunes filles –, elles me remercièrent aussi chaleureusement que si je les avais sauvées de la noyade puis, se lâchant dans le courant, rectifiant leur dérive de quelques brefs et adroits coups de pagaie, se retournèrent ensemble pour me saluer d'un sonore « Good bye » agrémenté de joyeux sourires et disparurent en quelques secondes au coude de la rivière.

Je demeurai seul et songeur sur la berge un long moment, me remémorant soudain le poète Luis Cernuda qui, parvenu à peu près au même âge que le mien, se promenant au printemps sur la rive d'un fleuve en Écosse (où il a été contraint à l'exil), aperçoit un couple de rameurs en train de remonter le courant et, évoquant la force insouciante de cette jeunesse qui un jour fut sienne, murmure pour lui-même : « Ceux-là qui maintenant la possèdent... »

Rachel

La vérité était que je ne savais plus vraiment si je devais me féliciter tant que ça d'avoir su éviter jusque-là les problèmes qu'induisaient nécessairement des relations plus étroites avec Rachel. Bien des fois, en sa présence, je m'étais pris à rêver d'affronter toutes les complications éventuelles. Il faut dire que Rachel, qui était très courtisée, se montrait pour le moins exigeante, si ce n'est intransigeante, sur le chapitre des codes de conduite masculins. Pour lui plaire – très peu de candidats, après des départs enthousiastes et foudroyants, étaient à la fin agréés –, il s'agissait de ne pas déroger, ne serait-ce que d'un minuscule iota, à la ligne impartie par elle au départ.

Or Rachel, qui n'avait qu'une très vague conscience de son rigorisme, ne parvenait pas à comprendre pourquoi ses rapports avec les hommes se révélaient si vite très problématiques. Elle se plaignait perpétuellement de cet état de choses désormais avéré. Elle allait même parfois jusqu'à feindre, avec une coquetterie dont personne n'aurait songé à la blâmer – ses charmes s'en trouvant, si c'était possible, rehaussés –, d'être devenue trop quelconque pour séduire. Elle interrogeait alors longuement ses amis sur la tactique appropriée pour rencontrer des hommes convenables. Après quoi, elle n'écoutait d'ailleurs que d'une oreille distraite les diverses réponses proposées, lesquelles, il faut bien l'admettre, se bornaient, pour la plupart, à n'être que des offres de services détournées.

De toutes les façons, Rachel, qui était très entêtée, demeurait convaincue que la question constituait une énigme de fond.

Toujours est-il que ce jour-là justement, j'avais rendez-vous avec elle pour tenter d'élucider une nouvelle fois ce captivant mystère. Avant tout, je dois préciser qu'avec la distance et la sagesse que j'ai réussi à acquérir avec l'âge, je me flatte d'être parvenu à cet admirable résultat de pouvoir fréquenter des filles comme Rachel en pur esthète désintéressé. En la retrouvant cependant, je sus tout de suite que ma sagesse conquise de haute lutte allait être mise à rude épreuve par cette robe vermillon et ce ravissant décolleté. Par bonheur, Rachel embraya tout de suite sur le grave sujet dont elle voulait m'entretenir : sa dernière déconvenue, laquelle avait eu lieu pas plus tard qu'il y a dix jours, durant les premières vraies journées de printemps.

Elle se promenait sans penser à rien, m'assura-t-elle, dans le jardin du Luxembourg, lorsqu'elle fut attirée par le spectacle assez pittoresque qu'offrent les groupes d'excentriques qui, entre les courts de tennis et le parc d'enfants, disputent des parties d'échecs sous les arbres. Joueurs et spectateurs, comme à l'accoutumée, aspirés corps et âme au plus profond de leur intemporel univers parallèle.

S'étant approchée, elle observa pendant un certain temps une des parties en cours, non sans avoir remarqué – me confia-t-elle dans un exquis sourire complice – que l'un des deux joueurs correspondait au type d'homme qui pouvait éventuellement lui plaire.

Au plus profond de leur concentration, les deux joueurs ne prêtaient pas la moindre attention à la présence de Rachel. Après avoir tenté de saisir les implications dramatiques – les mines anxieuses des adversaires en présence en témoignaient assez – des évolutions des figurines de bois sautant de case en case sous les exclamations de satisfaction affichée ou de dépit amer de l'assemblée, Rachel laissa tout ce petit monde à sa fascination hypnotique et s'éloigna pour rejoindre la sortie du jardin qui débouche sur la rue Vavin. À ce moment, elle entendit derrière elle des pas précipités ; se retournant, elle aperçut le joueur en question, tout essoufflé, qui l'avait suivie.

Il commença par lui demander si elle s'intéressait aux échecs, puis l'invita à prendre un verre – ce qu'elle accepta sans faire d'histoires.

Et Rachel m'expliqua (dans l'enthousiasme comme dans l'indignation que lui faisait revivre son récit, ses yeux verts étincelèrent et son accent américain s'exacerba) qu'elle eut l'agréable surprise de découvrir la personnalité attachante du passionné d'échecs, lequel, expliqua-t-elle, possédait un très bon métier et vivait avec deux chiens qu'il adorait (solide garantie sociale ainsi que caution morale irréprochable, devais-je sans doute comprendre...).

Après un excellent moment passé ensemble, ils s'étaient quittés sur sa requête de pouvoir se rencontrer de nouveau ; Rachel lui avait répondu sans détour : « D'accord. Dimanche prochain, aux échecs. »

Rachel m'avoua avoir attendu le dimanche suivant avec une certaine impatience et avoir conçu pas mal d'espoirs quant au rendez-vous pris avec ce charmant Français qui – elle admit y avoir longuement repensé – lui plaisait beaucoup. Une fois revêtu son nouveau manteau parme, elle revint donc au petit périmètre des échecs, s'assit sur une chaise près de l'échiquier où le charmant jeune homme disputait une partie acharnée avec un vieux monsieur – que Rachel me décrivit comme un vieux Juif polonais très distingué qui répondait au doux nom de Berg (ou quelque chose d'approchant) accompagné de sa femme, plutôt âgée elle aussi. Il faut ici comprendre, ainsi que me l'expliqua scrupuleusement Rachel, que cette vieille dame avait, dans sa jeunesse, vécu de dramatiques circonstances au cours desquelles les privations l'avaient tenaillée ; tous détails que Rachel me dit avoir appris de la bouche d'un autre habitué des lieux avec qui elle avait lié conversation sur le bord de l'échiquier.

Le nouvel ami de Rachel et le vieux Juif disputaient donc une partie tendue. Le premier paraissait agité, nerveux ; il grommelait des paroles inintelligibles. Berg, lui, semblait serein et d'une grande noblesse. Or, détail crucial et incontournable de cette histoire, le vieux, tout en jouant, portait sur ses genoux une sorte de large cabas rempli d'une demi-douzaine de baguettes de pain frais dont il rompait machinalement des morceaux pour les donner à sa femme qui, ensuite, allait les distribuer à toutes les personnes environnantes – sans oublier les animaux : chiens et pigeons. Une manie obsessionnelle de vieille femme qui n'avait peut-être plus tout à fait sa tête et avait, ne l'oublions pas, beaucoup souffert.

Rachel qui, jusqu'à ce jour, n'avait jamais approché le milieu des passionnés d'échecs en fut au début, me dit-elle, un peu interloquée. Elle observa tour à tour le manège de la pourvoyeuse de pain et l'ami de fraîche date qui, lui, paraissant avoir oublié sa présence, s'escrimait en transpirant pour rattraper une situation stratégique visiblement désespérée, tandis que Berg, toujours aussi prodigue et impérial, continuait de distribuer des bouts de mie à sa femme, en n'omettant pas toutefois d'étrangler impitoyablement son adversaire sur l'échiquier.

Après un laps de temps qui s'étira au-delà des convenances pour ce qui avait pu apparaître de prime abord comme un rendez-vous galant (et durant lequel Rachel eut non seulement le temps de recueillir et d'observer tous ces détails, mais aussi de s'ennuyer ferme), le jeune ami fut finalement contraint à l'abandon. Il ne le fit pas, cependant, sans une foule de commentaires délibérément désinvoltes et humoristiques concernant l'excellente position qu'il prétendit avoir obtenue à un certain moment de la partie, et que seule la déconcentration (Rachel crut y deviner un mélange ambigu de compliment et de reproche à son adresse) l'avait empêché de concrétiser. Impassible pour sa part, le vieux Berg écoutait ces propos en affichant un sourire poli accompagné d'une moue dubitative et ennuyée, continuant par ailleurs de rassurer sa femme sur les provisions de pain encore disponibles. Un moment plus tard, le perdant, non sans avoir esquissé deux ou trois bâillements un peu ostentatoires, invita Rachel à faire quelques pas. Ils remontèrent alors la rue qui, à l'ouest, longe le jardin, tandis que l'homme s'obstinait à plaisanter avec ce qui apparut à Rachel comme une laborieuse légèreté. Soudain, affectant un air complice, il révéla à Rachel que chaque dimanche, par égard dû au grand âge de son adversaire, il abandonnait la victoire au vieux Berg, qui en était ensuite « content pour sa semaine ».

À ces paroles – et elle mima pour moi sa réaction en me fixant de ses grands yeux furibonds, magnifiques et étincelants –, Rachel stoppa net au beau milieu du trottoir et, toisant l'homme, lui déclara tout net :

— Je ne veux pas en entendre davantage. En amour, les mauvais perdants sont toujours d'horribles amants… Adieu, mon ami.

Et tournant les talons, elle planta là derechef l'âme sensible et charitable.

Rachel, qui me regardait avec une intensité narrative passionnée (et charmante), me demanda :

— Tu vois bien que cette fois-ci, je ne pouvais pas faire autrement. Tu es d'accord, au moins ?

— C'est-à-dire… es-tu vraiment certaine – je veux dire… l'as-tu déjà expérimenté ? (J'avais certaines raisons personnelles de lui demander cela, et j'eus même un peu peur que ma voix ne trahisse l'importance de ma question.) As-tu des raisons de penser que les mauvais perdants sont toujours par nécessité de mauvais amants ?

— Aucune ! Je n'en sais rien, avoua-t-elle. Mais vois-tu, j'aimais beaucoup ce M. Berg et sa femme. J'aimais leur générosité, et détestais le faux air supérieur de ce petit prétentieux.

— Mais Rachel, tous les hommes, et je ne fais sans doute pas exception, sont comme ça ! Extrêmement vaniteux ! Il ne faut pas prendre ça trop au sérieux.

— Ah bon ! C'est vrai ? Explique-moi ! dit-elle en se rapprochant tout près de moi sur la banquette du café.

J'eus alors, dans un sursaut de lucidité, le réflexe de me cramponner en secret et de toutes mes forces à mon bel esthétisme platonicien. Et plus ou moins, aussi, de mes deux mains moites, à la table du café. Je savais pourtant avec certitude qu'il était trop tard, que j'aurais beau essayer de lutter : les complications avaient déjà commencé.

Valentine

Comment ne me souviendrais-je pas de ma première rencontre avec Valentine Fabié ?

À cette époque, nous habitions une maison de pierres rouges nichée dans les pentes couvertes de châtaigniers qui surplombent la vallée du Dourdou. L'automne venu et lorsque je jugeais le temps favorable – un retour du soleil après quelques jours de pluie –, je partais aux champignons dans les bois touffus des alentours. La plupart du temps, mes pas me portaient vers les lieux de mes précédentes trouvailles, mais ce jour-là, par goût de la nouveauté peut-être ou par simple distraction, je me laissai dériver vers une zone de taillis beaucoup plus dense que d'ordinaire et où mes explorations ne m'avaient encore jamais mené. Nous étions très tôt le matin et, montés de la vallée, des lambeaux de brume – si fréquents à cette saison – s'agrippaient encore aux branches.

Tête baissée, je suivais un filon de trompettes-de-la-mort qui, se prolongeant en oblique dans la pente, me menait vers le torrent chantonnant au fond de la vallée. J'étais en train d'entasser prestement mes prises dans mon panier lorsque j'entendis une sorte de piétinement inhabituel que j'attribuai, n'ayant jamais rencontré quiconque sur ce versant des « travers », au remuement d'un chevreuil surpris. Je m'attendais donc à entendre sa fuite précipitée dans les broussailles. Or je fus alerté de façon impondérable par le sentiment d'une présence insolite et relevai la tête pour connaître l'une des grandes frayeurs de ma vie : se tenait, à quelques mètres de moi, une très vieille femme à la bouche édentée, au visage raviné par les rides, au regard perçant, attifée d'oripeaux dépenaillés, coiffée d'un haut chapeau cabossé à moitié troué, et qui, près du tronc d'un arbre mort, un fusil de chasse à la main, m'observait sans rien dire.

Décontenancé, je lui lançai d'une voix blanche :

— Bonjour ! J'en ai trouvé un sacré tas ce matin… Vous… Vous cherchez aussi des champignons ?

D'une voix éraillée et discordante – et je ne pus que songer aux apparitions de sorcières modernes dans les films fantastiques japonais – elle glapit :

— Et où donc que tu crois t'trouver, malotru ? Tu sais-t-y pas qu't'es sur les terres à Valentine ? C'est chasse gardée c't'environ-ci !

— Heuh… Excusez-moi, mais j'étais sincèrement persuadé de me trouver sur des terrains communaux. J'ai encore regardé sur la carte hier et…

— Su' les cartes y savent pas tout, mon bonhomme : ici c'est chez moi !

— Bon, bon ! dis-je, je me le tiens pour dit. En réalité, je me suis un peu perdu. Mais si vous voulez je vous rends ce que je vous ai pris.

— Bien sûr qu'tu vas m'les rendre, sinon j'te transforme en épouvantail à moineaux pour mes cerisiers, dit-elle en éclatant d'un rire sec, découvrant, par la même occasion, une horrible dentition erratique. Mais comme tu parais moins abruti qu'tous les aut's péqu'nots qui viennent essayer d'me voler, j'm'en vas te faire un cadeau : on dit qu'on fait moitié-moitié, pour la peine d'la cueillette.

— Merci infiniment, dis-je.

— Bé ! Macarelle ! T'es ben gracieux, toi au moins ! D'où c'est-y don' qu'tu sors ? t'es pas du pays à c'qu'on dirait !

— C'est-à-dire que j'habite de l'autre côté de la montagne, à la Combe del Lys.

— Ah ! C'est don toi qu'as racheté la baraque au père Coste ? Ben, miladiou, t'as dû t'faire rouler dans c't'affaire ! Pasque l'père Coste c'était un sacré filou, j'te l'dis. Et sa baraque devait pu valoir grand-chose à c't'heure ! Bah ! Ça fait qu'on est voisins en somme !

— Tout à fait oui.

— Bon, eh ben faut fêter ça et j'm'en vas t'faire une omelette aux trompettes dont tu t'souviendras, mon gars ! Amène-toi un peu par ici et fais voir la marchandise ! et pis essaie pas d'm'entourlouper pasque j'ai encore d'sacrés réflexes, crois-moi !

Je m'approchai et, posant son fusil contre le tronc mort auprès duquel elle se tenait depuis le début de mon « interpellation », la créature saisit l'anse du panier que je lui tendais et y plongea la main :

— Sont pas ben gros c't'année ! M'enfin, ça ira pour l'omelette de Valentine, c'est mon nom !... Valentine Fabié, que j'm'appelle !

— C'est-à-dire que c'est très gentil à vous mais ma femme…

— Pas d'discussion, tu m'suis chez moi là-haut et on fait comme j'ai dit ! D'toute façon, t'es pas en état d'commander pasque primo c'est toi qu'étais en infraction et secundo c'est moi qu'ai l'fusil.

— Bon eh bien dans ces conditions… mais je ne pourrai pas rester trop longtemps, sinon ma femme va s'inquiéter.

— Pasque tu crois encore qu'on s'inquiète quand vous êtes pas là ? Bon débarras oui ! J'ai été mariée trois fois et j'peux t'dire que ça m'f'sait ni chaud ni froid si l'autre y tardait à rentrer. L'avait qu'à se prendre du bon temps si i voulait, ça m'était ben égal du moment qui dépensait pas sa paye avec la Poison.

— La Poison ?

— Eh bé oui, macarelle ! La Poison : la Germaine ! Celle qu'attirait tous les hommes de Saint-Cyprien avec ses airs de sainte nitouche. Oh, mais j'lu ai fait passer l'goût d'la gaudriole à celle-là, crois-moi. J'te l'ai empapaoutée avec mes gris-gris qu'on en a plus entendu parler.

— Vous l'avez éliminée ?

— J'l'ai pas tuée non ! Mais ça l'a arrêtée dans ses manigances ! Elle a su à qui elle avait affaire ! Ça l'a calmée un bon coup.

— Vous lui avez jeté un sort ?

— Qué'qu'chose dans le genre… Mais t'es ben curieux pour un estranger ! Gare à tes abattis toi aussi. Allez, ouste, passe devant et marche droit jusqu'à ma cahute, que j'te montre c'que c'est qu'une omelette à l'aveyronnaise. Et pis ta femme elle a pas d'souci à s'faire avec moi ! Oh ! Y'a encore trente ans, j'aurais pas dit non avec un zigoto bâti comme toi, mais à c't'heure j'ai quatre-vingt-neuf ans, alors la bagatelle c'est pu pour Valentine. Juste les souvenirs ! De c'côté-là j'ai pas à m'plaindre : j'ai eu mon temps, t'en fais pas !

— Je ne m'en fais pas, dis-je en commençant de remonter la pente du sous-bois avec Valentine sur mes talons.

Nous avançâmes un bon moment entre les châtaigniers et Valentine me suivait à quelques pas, marchant lentement, son fusil pendu au bras, en silence, semblant économiser son souffle. Nous parvînmes enfin sur le sentier de crête divisant les deux vallées, au sud et au nord, et Valentine me fit signe de continuer vers l'est. Après un petit quart d'heure de marche, nous débouchâmes sur une voie étroite et continuâmes encore cinq minutes jusqu'à une fermette vétuste, perchée dans le « travers » qui dégringolait jusqu'à Saint-Julien.

Au centre de ce qui avait dû être une cour aux pavés inégaux, désormais réinvestie pour moitié par les orties et les ronces, se tenaient un puits, une ancienne auge colonisée par les mousses et les lichens et des deux côtés, alignés, des clapiers – au bois usé par les intempéries – derrière les portes grillagées desquels on apercevait les yeux brillants des locataires aux longues oreilles, frottant leur museau vibratile sur le maillage. Une manière de grange au toit crevé regorgeait de fenaisons retournées à l'état d'humus. Dans ce qui semblait avoir été une étable dont le sol n'était plus qu'un amalgame de boue et de paille d'ancienne date, rouillait un antique pressoir. Le toit de loses de la maison elle-même – couvert de mousses – paraissait au bord de l'effondrement et, comme c'est l'usage dans cette région, deux minuscules fenêtres s'ouvraient sur la façade, flanquées de leurs volets vermoulus ; l'un d'eux, privé du gond supérieur, penchait vers le sol.

— C't ici ! annonça Valentine.

Elle passa devant moi et, tirant une énorme clé à l'ancienne d'une des poches de son tablier dont les diverses parties étaient raccordées entre elles par des épingles à nourrice, elle l'introduisit dans la serrure d'une porte de bois massif qui s'ouvrit en grinçant. Elle tourna un commutateur qui commandait une unique ampoule nue pendant au plafond, surmontée de sa coupelle métallique, puis me fit signe d'entrer. Lorsque je me fus habitué à la pénombre qui régnait malgré tout, je ne pus en croire mes yeux : n'eussent été les ustensiles de cuisine, les cartons, les journaux, les boîtes de conserves, les vêtements, les tissus et quelques instruments aratoires entassés sur des piles à l'équilibre branlant – tous objets très désuets par ailleurs –, cet endroit tenait plus d'une grotte aménagée au long des années par un animal que d'une habitation humaine. Le sol en était de terre battue et une ribambelle de poussins, deux ou trois poules et un dindon y déambulaient. Un vieux chien fatigué se leva péniblement à notre entrée, la seule énergie qu'il pouvait encore manifester semblant se loger dans son faible remuement de queue. Une cheminée, assez vaste en proportion de la petite pièce, s'ouvrait comme une crypte et des cendres y fumaient doucement ; un tas de bois occupait l'un des angles. Des toiles d'araignées festonnaient les recoins du plafond et un chat pelé et maigre dormait sur la table dont le bois brut était creusé en assiettes sur les deux longueurs. Les seules décorations visibles consistaient en un crucifix accroché au mur près d'une des fenêtres, une demi-douzaine de photos jaunies assemblées dans un cadre de bois sur une minuscule étagère et un calendrier de l'année 1939. Un peu partout, dans des paniers et des cageots, s'empilaient des pommes, des noix, des champignons à moitié secs, des légumes terreux et des multitudes d'herbes séchées inconnues de moi. Après avoir accroché son fusil à un râtelier qui se trouvait à côté de la porte d'entrée, me désignant le banc de bois qui courait le long de la table, Valentine me lança :

— Assieds-toi don', mon gars ! et désignant les animaux, elle ajouta : si i' t'embêtent tu les vires ! Allez ouste Vlado, dit-elle en poussant le chat qui sauta de la table pour aller se jucher sur une pile de journaux. J'm'en vas t'faire une omelette comme m'a appris ma mère y'a ben longtemps.

— Vos parents possédaient cette ferme ?

— Ici ? Oh non ! Chez mes parents, c'était ben plus grand. Ils avaient du bien et moi, même que ça t'paraisse bizarre, j'ai été bien élevée et j'ai eu mon certificat d'études. Qu' c'était toute une affaire à l'époque !

— Et vos parents, ils étaient de Saint-Julien ?

— Eh bé non ! Z'étaient des estrangers ! venaient de Noailhac.

— Noailhac à dix kilomètres d'ici ?

— Pour sûr, et j'm'en vas t'dire une chose : ceusses d'ici, j'ai appris à les connaître depuis soixante-dix ans que je suis parvenue dans les parages, eh ben ils ont pas été éduqués du tout comme nous ! C'est des gros bœufs de la vallée alors que nous sur la crête on voit les choses de plus haut, comprends-tu ?

— Oui, je comprends.

— Eux ici en bas, qu'est-ce qui f'saient ? i'ramassaient leurs châtaignes et i'nourrissaient la famille, les cochons et les vaches avec ça, tandis que nous, en haut, on cultivait la vigne, on élevait nos chèvres, nos moutons et on f'sait du bon vin et du bon fromage. C'est tout de même pas pareil ! Et pis savent pas raconter les histoires, ni chanter correctement à l'église. L'curé, l'père Lavergne, i'l'répétait toujours : pour le chant y a qu'ceux des travers ! À Saint-Julien, i's'sont cassé la voix à force de gueuler après leurs vaches, leurs cochons et de s'enrhumer dans le brouillard. Ah ! Mais toi tu peux pas comprendre ça, t'as été élevé à la ville et tu sais pas faire la différence.

— Sans doute oui, c'est vrai qu'à la ville tout le monde se ressemble.

— Tu peux le dire ! J'ai été trois fois à Rodez, eh ben ! Miladiou ! Pour tout l'or du monde j'vivrais pas dans c'gourbi ! Comment qu'vous faites pour vivre comme ça les uns sur les autres ? C'est pas humain ! Et les animaux ou qu'c'est qu'i'sont remisés, hein ? C'est pas du travail ça ! Ah ! J'te l'dis : même qu'on m'aurait donné des tas d'argent que j'eus pas été à Rodez ! J'préfère mes bois et mes champignons quand c'est y même qu'y a des malotrus qui viennent me les chiper alors qu'i'n'en n'ont pas besoin.

— Sincèrement, je ne pensais pas que c'était à vous.

— Mais j'te crois mon gars, j'te fais bisquer ! C'est drôle comme c'est facile de vous faire bisquer vous aut'd'la ville. Mais toi t'es pas de Rodez à ce qu'j'entends, t'es de ben plus loin qu'ça !

— Je suis né à Paris.

— À Paris ? Macarelle ! Tu t'mouches pas du pied ! Mais c'est pour ça qu't'es aussi galant. Bon ! C'est pas l'tout ! C't'omelette maintenant !

Écartant du pied les poules et les poussins qui se mettaient sur son chemin, elle se dirigea jusqu'au tas de bois pour saisir deux bûches moyennes et revint vers une antique cuisinière à bois, noire de suie, dont elle ouvrit la porte pour les y enfourner.

— Voulez-vous que je vous aide ?

— Oh ! Pas de ça malheureux ! C'est-i' qu'tu voudrais fout' le feu chez moi par-dessus le marché ? Vous aut' d'la ville qu'est-ce que vous connaissez à tout ça ? Un petit feu pour une omelette aux trompettes, c'est un petit feu pour les trompettes, pas pour aut'chose, comprends-tu ?

— Oui, je comprends.

— T'arrêtes pas d'répéter qu'tu comprends et tu comprends rin du tout ! mais c'est pas grave, tu vas comprendre vraiment quand tu vas t'régaler !

Après avoir réglé le tirage, Valentine saisit mon panier et le retourna sur la table.

— Bon ! Ça tu dois savoir, non ? couper le pied terreux et les nettoyer. Tu veux un couteau ?

— Non ça va, j'ai mon laguiole.

Quand j'eus terminé de nettoyer les trompettes que je passai sous l'eau du robinet de fonte au-dessus de la pierre d'évier, Valentine décrocha du mur une grosse poêle tout aussi noire que le fourneau et la posa sur celui-ci. Puis, ouvrant la porte grillagée d'une niche dans le mur, elle en tira une bouteille à l'étiquette graisseuse et quatre œufs, fit couler un mince filet d'huile dans la poêle, prit les champignons à pleines mains, les y déposa, et enfin les éparpilla avec une antique cuillère de bois. Quand ceux-ci furent suffisamment saisis, elle cassa les œufs sur le rebord de la poêle et les ajouta, saupoudrant de gros sel et de poivre (dont elle avait auparavant cassé les grains dans une petite assiette avec un galet). Enfin, après avoir farfouillé dans un panier, elle en tira des bouquets d'herbes diverses, arracha quelques brins à chacun d'entre eux et les jeta à leur tour dans la poêle. Brandissant le galet, elle lança :

— Cui-ci, i' vient du Dourdou, c'est mon père qui l'a pêché au pont de Nauviale. Ça me sert pour tout, vois-tu ! Et pis les herbes : ça, c'est le secret ! Tu vas m'en dire des nouvelles !

Pendant qu'elle surveillait et touillait son mélange, le chien était retourné dans son coin près des cendres de la cheminée, le chat s'était assis sur un coffre à côté de l'escalier qui montait à l'étage et les poules épiaient, en attente. Valentine, abandonnant un instant sa surveillance, alla saisir une grosse éponge sur l'évier et, après l'avoir rincée, vint nettoyer l'assiette creusée devant moi puis une seconde que visiblement elle se destinait – jetant les épluchures aux poules et aux poussins qui se mêlèrent en une volée de plumes caquetantes ; après quoi, elle sortit deux fourchettes du tiroir d'un bahut qui constituait le seul meuble de la pièce (les ustensiles de cuisine étant pendus au mur à de gros clous de charpentier), et m'en tendit une. Enfin, elle alla jusqu'au coffre, poussa doucement le chat et extirpa une grosse miche de pain apparemment un peu rassis, puis me dit :

— Tu vas en couper deux tranches avec ton couteau d'touriste, mais épaisses ! pas du papier à lettres comme à la ville.

Tandis que je m'exécutais difficilement – une scie eût été préférable –, Valentine, après avoir tiré une bouteille à la couleur sombre de son garde-manger dans le mur, ôta la poêle du feu et, la déposant sur une pierre plate – une lose très certainement tombée de son toit –, plaça deux verres à moutarde devant nos auges respectives et me versa du liquide de la bouteille poussiéreuse :

— C'est du vin de c't'année, d'la vigne du père Cabécou au-d'sus d'chez toi. Ça réchauffe, c'est du onze ! M'en donne chaque année en souvenir d'nos gaudrioles de jeunesse, ah c'était un sacré l'Cabécou, fallait pas lui en promettre !

Je réalisai que le traquenard s'était refermé sur moi sans rémission : j'allais être obligé de boire la piquette de Cabécou, mon plus proche voisin, laquelle à coup sûr me rendrait malade comme la dernière fois, mon estomac ne s'étant pas encore endurci (depuis dix ans, je le savais par cruelle expérience…) aux vins de pays des travers. Valentine, à l'aide de sa palette de bois néolithique, me servit de l'omelette, puis se servit à son tour et, levant son verre, lança :

— Au bon voisinage !

— Au bon voisinage ! dis-je, trempant mes lèvres dans le breuvage à la manière d'un condamné à la ciguë.

Aussitôt que les premières gouttes du liquide eurent atteint mon estomac, les picotements annonciateurs de brûlures se manifestèrent et je me hâtai d'avaler un peu d'omelette pour tenter de faire tampon. Par chance, l'omelette était aussi délectable que Valentine l'avait annoncé et je fus surpris de la complexité aromatique des herbes qui la parfumaient.

— Ah oui ! dis-je, c'est succulent.

— Comment qu'tu dis, salopiau ? C'est pas bon ?

— Non ! Non ! Au contraire je dis que c'est divin !

— J'connais pas le mot qu't'as dit. Encore une jactance de Paris. T'as pas besoin d'employer des mots compliqués pour m'causer, j'suis qu'une paysanne. Allez, bois donc, plutôt que d'dire des gros mots ! ajouta-t-elle en me resservant de son poison.

À ce stade, je décidai d'utiliser ce qui jusqu'à aujourd'hui avait toujours été mon meilleur atout dans l'adversité : mon sens du contre-pied ! Levant mon verre comme pour boire, je désignai à Valentine le mur dans son dos en lui demandant :

— C'est votre père ou un de vos maris sur la photo, là ?

Ce que j'avais escompté se produisit : Valentine, se retournant quelques secondes, me demanda :

— Lequel ?

— Celui avec le képi, dis-je tout en versant subrepticement mon verre sous la table à même la terre battue, tandis que plusieurs poussins se précipitaient pour vérifier s'il s'agissait de quelque chose de comestible, Valentine me répondit :

— Ah ! Cui-ci c'est mon père en 14. L'est rev'nu de Verdun figure-toi ! Mais ça a pu été la même chose, l'avait pu goût au travail et il a commencé à s'amouracher d'la bouteille. Ah ! i' y en a fait voir à ma mère ! Fallait qu'elle aille tous les samedis le chercher avec la brouette, pis après, ça été mon tour, pasque j'étais l'aînée.

— Avec la brouette ?

— Eh bé oui ! Miladiou ! L'était saoul comme une barrique et fallait ben l'ramener à la ferme où qu'c'est qu'on le déversait dans la grange comme un sac de patates pour qu'i' cuve son vin, et même qu'i' nous engueulait l'lendemain pasqu'on l'avait pas mis au lit. Bon mais c'est pas l'tout ! Finis ton omelette et file chez toi sinon ta femme va croire que tu t'es fait estourbir par un gros champignon pas commode, dit-elle avec un rire découvrant sa dentition aussi démantelée que son toit.

Je remerciai et sortis dans la cour où Valentine, sur le pas de sa porte, me dit :

— T'es ben trop galant pour ce pays, mon gars, ici, on est des rustiques et on s'méfie d'ceux qui font trop d'salamalecs, mais toi j'crois qu'c'est juste que t'es un peu flagadou dans ton genre parisien. Reviens don' m'voir : j'ai pu trop de distractions à mon âge. Mais t'avise pas de rev'nir me chiper mes trompettes pasque c'te fois c't'avec toi que j'ferai l'omelette, macarelle !

Deux semaines se passèrent.

Quand il vint déposer le courrier, ce matin-là, Fernand, le facteur, m'avisa que Valentine, à qui il servait d'intermédiaire avec le bourg, lui rendant de multiples petits services tels que celui, en l'occurrence, de lui apporter des médicaments (pratique courante dans les campagnes reculées jusqu'à il y a très peu de temps – avant l'ère de la rentabilité à tout prix !), était tombée malade et gardait le lit. Je décidai donc, après avoir consulté la carte au 1/250e, d'aller, en passant par les bois, jusqu'au lieu dit « la Gironie » afin de rendre une visite à ma voisine.

Lorsque j'approchai de la maison délabrée, je ne vis aucune fumée s'élever de la cheminée et je constatai que les lapins étaient aux abois, sans doute affamés. Je frappai à la porte d'entrée et, à part le jappement étouffé du chien, aucune voix ne me répondit ; j'ouvris donc et appelai depuis le seuil. J'entendis alors la voix cassée de Valentine me répondre depuis l'étage supérieur :

— Qui qu'c'est-i' ? C'est Victor ?

— Non ! C'est votre voisin de la Combe del Lys !

— Ah ! L'parigot ! Entre don' mon gars et monte l'escalier, j'ch'uis un peu malfoutue aujourd'hui.

Passant devant le chien qui parut me reconnaître car il se contenta de remuer faiblement la queue sans même se lever, je remarquai un coffret de bois entrouvert sur la table, à l'intérieur duquel j'aperçus – détournant immédiatement et instinctivement mon regard – une poupée de chiffon lardée d'épingles. Troublé, je montai les marches poussiéreuses et encombrées de boîtes de carton pour déboucher sur la chambre de Valentine. Dans une petite pièce, seulement éclairée par une applique de verre en forme de corolle située au-dessus d'une table de nuit à couverture de marbre, se tenait le lit à deux places où, tel un insecte nanti d'un énorme abdomen, apparaissait la tête racornie de Valentine émergeant d'un gros édredon. À ses pieds, le chat et deux poules reposaient en toute tranquillité.

— J'ai pris froid l'aut' jour qu'i' a eu du vent et j'chui un peu fatiguée à c't'heure. Tu tombes bien pasque j'ai pas eu la force de donner à manger aux lapins c'matin. Quand tu r'partiras : dans la cour, tu trouveras leur boustifaille dans la p'tite baraque à côté des clapiers, c'est d'l'herbe que j'ai ramassée y a deux jours, doit encore ête bonne. Bon, mais assieds-toi don' ! ajouta-t-elle en désignant un banc de bois à dossier appuyé au mur près de l'étroite fenêtre.

— J'en profite pour faire l'travail d'ces deux fainéantes ! dit-elle en désignant du menton les deux poules et elle souleva un pan de l'édredon pour laisser voir – bien rangés le long de son maigre corps enveloppé d'un caleçon long en coton – une série d'une demi-douzaine d'œufs de diverses grosseurs.

— Avec la fièvre, ça rend bien ! ajouta-t-elle. C'est juste qu'i' faut qu'j'fasse attention quand j'bouge !

— Oui, c'est une bonne technique ! dis-je, on devrait la promouvoir dans les hôpitaux. Ça permettrait de rentabiliser le séjour des malades.

— Qu'éque don' qu'tu dis ? J'comprends pas un mot de ton langage. J'tai déjà dit d'me parler normalement.

— Oui, pardon ! Je causais tout seul !

— Y a pas d'mal ! Moi aussi ça m'arrive. Mais pisque t'es là, est-ce que tu veux pas m'chercher d'la boustifaille pour moi aussi ? C'est dans l'garde-manger qu't'as vu l'aut'jour. Y'a un reste de soupe !

— Je vous le fais chauffer ?

— T'en est'y don' capable ? Attention à pas fout' le feu à ma baraque, parigot ! Tu trouveras du journal et du petit bois dans le coffre.

Je descendis et, après avoir rapidement refermé – évitant d'y couler le moindre regard – la boîte aux épingles, je m'escrimai à allumer l'antique fourneau de Valentine. Après un petit quart d'heure, je remontai avec la soupe chaude ainsi qu'une cuillère que j'avais réussi à dénicher et à laver dans le fatras du rez-de-chaussée. Valentine s'était redressée en se calant sur le gros oreiller et paraissait un peu plus en forme qu'à mon arrivée.

— Prends don' la planche qu'est là, ça m'servira d'plateau !

Je fis comme elle me le demandait et me rassit pour la regarder ingurgiter sa soupe à petites lampées avec sa cuillère. Soudain, brandissant celle-ci vers moi, elle m'annonça :

— J'm'en vas t'raconter une histoire qui s'est passée à Saint-Julien quand j'étais jeune pour t'prouver comment qu'i' sont pas bien malins ici, ceusses de la vallée.

— Je vous écoute.

— Eh ben ! Figure-toi qu'ce jour-là y'a une lettre du préfet qu'est arrivée à la mairie d'Saint-Julien, du temps qu'c'était l'père Cavaillou qu'était maire et Lartigoles le s'crétaire. Cette lettre é d'mandait, comme ça, d'ben vouloir leur dire combien qu'y avait *d'aliénés* au village. C't'un un mot que j'connais pasqu'il était dans ma dictée d'certificat. Mais figure-toi que ni Cavaillou ni Lartigoles, eux, i' n'savaient c'que ça disait ; aussi, l'maire i' d'mande à son s'crétaire où qu'était fourré l'dictionnaire, et v'là pas mon Lartigoles qui lui répond tout penaud qu'ça fait justement deux ans qu'on l'avait prêté à ceux du plateau d'Hymes pour un aut' mot difficile qu'était arrivé chez eux par l'courrier. L'aurait fallu l'récupérer mais – pas de chance ! – z'étaient tous partis à la foire de Rodez à c't'heure, et pis i' fallait répondre tout de suite pasque lui, Lartigoles, ensuite i' partait pour une semaine à Laguiole voir sa mère et son frère qu'étaient à la r'traite là-haut et qu'i' pourrait pas l'écrire après.

Alors Cavaillou i' d'mande à son s'crétaire :

— Mais toi Lartigoles qu'es instruit, qu'est-ce tu penses que ça dit c't'affaire ?

Lartigoles i' réfléchit et i' répond :

— Ben, suffit d'décomposer : ali-é-né, j'crois qu'« ali » ça veut dire « au lit », « é » c'est « est », et né c'est né, tout bêtement, c't'à dire pour finir : « au-lit-est-né ». Ça d'mande don' combien de personnes qui sont nées au lit à Saint-Julien !

— C'est vrai qu't'es intelligent Lartigoles, qu'i' lui dit Cavaillou. C'est toi qu'as raison ! Bon ben prends ta plume et écris. Et l'Lartigolles i' prend son beau porte-plume à la plume Sergent-Major, en s'appliquant bien pour les pleins et les déliés, il écrit c'que lui dicte le maire :

« Cher Monsieur le Préfet, j'ai bien l'honneur de vous informer qu'ici, au village de Saint-Julien, tous les habitants sont aliénés, sauf Victor Fabrègues qu'est né par terre ! »

Tout en finissant son histoire, Valentine se mit à tressauter de rire avec une telle vigueur qu'elle en fit gicler de la soupe sur son édredon et qu'elle appela le chat pour qu'il vienne lécher les gouttes répandues.

Je me levai et annonçai :

— Valentine, je vais aller nourrir les lapins et puis je reviendrai demain. Est-ce que vous avez besoin de quelque chose que je puisse vous ramener de Decazeville où je vais faire des courses cette après-midi ?

— Merci non ! T'es ben gentil mon gars, mais ici j'ai tout c'qu'i' m'faut, sauf les médicaments qu'c'est Fernand qui m'les apporte du pharmacien. Et pis, tu sauras pas couper du bois, alors...

— Mais si justement ! Je coupe mon bois avec ma tronçonneuse ; voulez-vous que je vienne vous en couper demain ?

— Ben c'est pas d'refus pasque moi j'y arriverai pas toute seule demain.

— Bon eh bien d'accord, à demain !

Après avoir donné leur pitance aux lapins qui se réfugièrent prudemment au fond de leur cage quand j'ouvris les portes, je repris le chemin de la Combe en essayant de me remémorer l'histoire que venait de me raconter Valentine.

Le lendemain matin, je réussis – ce qui ne représentait en rien une performance très notable vu qu'il était très loquace – à faire parler Fernand sur « la Valentine » comme on l'appelait ici dans le pays. Il me confirma ce que j'avais déjà pu constater, à savoir qu'il s'agissait d'une forte personnalité, laquelle avait été « une beauté dans sa jeunesse et fait tourner les têtes de plus d'un » ; qu'elle avait été mariée plusieurs fois et eu trois filles et deux garçons ; qu'aussi bien avec ses maris encore en vie qu'avec ses enfants, sauf un garçon qui venait de temps à autre d'Entraygues où il était cantonnier, elle était fâchée ; qu'elle avait la réputation de vivre de rapine la nuit venue, ici ou là dans les potagers, les vergers et les granges, mais aussi de jeter des sorts et d'être une excellente conteuse, ce qui faisait qu'à la longue, la plupart la laissaient faire, la craignant et l'admirant tout à la fois – certains l'invitant d'ailleurs de temps à autre pour des soirées contes ; que, pour finir, elle vivait seule depuis presque vingt-cinq ans maintenant et qu'on s'était non seulement habitué à ses excentricités mais qu'elle représentait une sorte de mythe local.

L'après-midi, je m'en retournai donc voir Valentine, muni de ma tronçonneuse que je transportais dans mon sac à dos. En arrivant, toutefois, je vis que la cheminée fumait et les lapins me parurent avoir été nourris. Ce fut d'ailleurs elle qui vint m'ouvrir. Elle était emmitouflée dans un grand manteau d'homme dont les pans traînaient sur le sol et coiffée d'un bonnet de laine enfoncé jusqu'aux oreilles. Elle m'enjoignit de m'asseoir près du feu qui végétait dans la cheminée avec le fameux système des trois bûches. Se rasseyant elle-même, elle continua d'éplucher des pommes de terre qu'elle tirait d'un panier d'osier à même le sol, jetant les épluchures aux poules comme je l'avais déjà vue faire.

— C'est bien, ça, mon gars ! Toi au moins tu tiens parole. Je m'sens mieux aujourd'hui et j'ai pu m'occuper un peu, mais j'chui fatiguée quand même. Tu veux-t-i un coup de gnôle avant de t'mettre au boulot ?

— Merci, jamais avant de manier la tronçonneuse, dis-je.

— T'as ben raison d'êt' prudent avec c't'engin-là ! J'en ai vu plus d'un se r'trouver à l'hôpital. Mais dis-moi : est-ce que par hasard l'Fernand il aurait pas jacté un peu sur moi c'matin ? Me ment pas pasque de toute façon, je l'saurai et pis j'l'ai senti c'matin su' l'coup des neuf heures. Ça y est ! Que j'me suis dit : y a l'Fernand qui fait l'article au parigot, je l'sens.

— Eh bien, c'est vrai qu'il m'a parlé de vous, mais il n'a pas dit grand-chose : il m'a dit que vous aviez eu cinq enfants…

— Oh ! Ceux-là !

— Et puis que vous aviez fait chavirer les cœurs dans votre jeunesse.

— Ah ça ! canaillou ! J'peux t'dire qu'à l'époque tu s'rais pas resté assis gentiment comme ça, t'aurais pas arrêté d'gigoter sur ton banc en guettant l'bon moment pour l'attaque ! Ah ! mais crois-moi, tu t's'rais fait r'cevoir ! Mais dis-moi don' : qu'est-ce qui t'a dit encore l'Fernand ?

— Rien d'autre, vraiment.

— I' t'aurait pas parlé de mes façons, par hasard ?

— Vos façons ?

— Oui ! Comment que j'cours la campagne la nuit et des services que j'rends à ceusses qu'ont des embarras avec leurs voisins ?

— Ah ! Oui, peut-être… Mais je n'ai pas bien compris de quoi il s'agissait au juste.

— Joue pas les petits malins avec moi, mon gars ! T'as très bien compris ! Mais comme j't'ai à la bonne pasque tu prends pas tes grands airs avec moi comme les aut's gros bœufs d'la vallée, alors j'm'en vas t'expliquer les choses à ma manière.

Voilà : i' faut qu'tu saches qu'ici c'est pas comme tu crois, toi tu trouves ça beau pasque t'y as jamais vécu tout le temps et pis même que t'y vivrais tout le temps tu pourrais pas être « pris à mort » comme nous. Ici, dès qu'tu nais, t'es pris « à mort », selon qu'tu viens d'ici ou d'là et après, quoi qu'tu fasses, t'es pris dans le cercle et pas possible d'en sortir ! Sauf si t'apprends à t'faire respecter et pour une femme seule, y a qu'un moyen c'est d'les empapaouter et de leur enfiler les épingles en travers du corps pour les décourager d'prendre le d'ssus. C't'une guerre à mort, dans les campagnes, tu peux m'croire. Et pis pas seulement entre eux et nous, mais aussi entre ceusses qu'ont l'don. Par exemple, vois-tu, y en a une là-haut à Noailhac qu'est plus forte que moi, j'peux pas lutter contre elle, sauf sur des p'tits recoins qu'j'connais mieux, mais tout de même, elle est plus forte que moi et faut tout le temps que j'me protège, sinon ça vient m'faire du tort jusqu'ici et si j'chuis fatiguée, ben j'chuis pas d'force et tout va mal. C'est pour ça qu'j'ai intérêt à m'remett' vite quand ça va pas comme hier. Mais aussi c'est toi qui m'as aidée. Si t'étais pas venu hier, p't-êt' ben qu'elle m'aurait eue.

— Moi, je vous ai aidée ? Mais comment ?

— Ben la vérité c'est que j't'ai un peu fait v'nir, mais après c'est toi qui m'as protégée pasque nous on pense aussi qu'vous aut' d'la ville vous avez des trucs à vous qu'on connaît pas et qu'même c'est mieux d'pas s'attaquer à vous.

— Ah ?

— Eh bé oui ! L'aut' là-haut, elle osera jamais s'attaquer à toi pasqu'elle pense que ça va lui rev'nir en pleine poire, tu comprends ?

— Non ! Pas très bien. Mais je suis content d'avoir pu vous aider et je vais encore le faire en allant tronçonner votre bois.

— Ben merci mon gars, et reviens ici après, que j't'offre une tisane à moi qui va t'épater.

— Encore un truc magique ? dis-je.

— Non, juste un petit r'montant dont ta femme se plaindra pas.

— Ah ! Oui je vois ! Pourquoi pas ? Bon, à tout à l'heure !

Pendant une bonne heure et demie, je coupai les tronçons de bois sous la grange pour les transformer en bûches au calibre du poêle de Valentine. Quand j'en eus fait un bon stère, je revins m'asseoir auprès du feu en sa compagnie. Elle avait mis une bouilloire sur le poêle et triait des herbes sur sa table. Elle m'annonça :

— Bon, alors j'te fais cette tisane et j'te raconte une dernière histoire pour t'faire comprendre comment qu'sont les gens d'par chez nous et pourquoi que je m'défends comme j't'ai dit.

— J'écoute.

— Ben d'abord, j'crois qu't'as vu comment qu'i' font ceux d'ici qui se font un p'tit pécule. I' r'viennent au pays pour s'montrer : i' construisent des gros pâtés pour faire d'l'épate à leur voisin. L'voisin c'est c'qui compte le plus ici. Faut avoir plus que l'voisin, vois-tu ?

— Je vois très bien.

— Bon alors, c't'histoire c'est ça qu'elle raconte : jusqu'où qu'ça peut aller c't'affaire dans les campagnes.

C't'un soir, Barnabé i' rent' de son champ où qu'c'est qu'il a travaillé toute la sainte journée. Il est fatigué, tu peux m'croire ; aussi, i' s'assied près du tertre où qu'y a une source et v'là-t-i' pas qu'aussitôt assis, y a un génie qui l'aborde et qui'i dit : « Barnabé, j'suis un génie très puissant ! Si tu fais un vœu, n'importe lequel, tu l'auras ! La seule chose qu'i' faut qu'tu saches c'est qu'ton voisin l'Émile, lui, l'aura l'double de ce que t'auras. Voilà t'as compris ? Alors réfléchis et demain à c't'heure, j'serai là tout pareil qu'aujourd'hui et tu m'donneras ta réponse : tu m'diras c'que tu veux. »

L'Barnabé, i' rentre chez lui tout remué et i' parle à sa femme. I' lui raconte c'qu'est arrivé et c'que lui a dit l'génie. Alors i' s'mettent à penser beaucoup, presque toute la nuit : si on d'mandait une nouvelle grange, si on d'mandait une nouvelle carriole, ou deux hectares, etc. Seulement, à chaque fois qu'sa femme s'emballe, l'Barnabé i' pense : « Ouais, mais l'Émile l'aura l'double ! »

Le lend'main soir, l'Barnabé i' s'assied au même endroit près d'la source et il attend. L'génie arrive presque tout d'suite et il' i d'mande : « Alors, Barnabé, t'as réfléchi à c'que tu veux ? » Et l'Barnabé commence par lui red'mander : « Tu m'as bien dit que quoi qu'tu m'donnes l'Émile l'aura l'double ?

— Ben oui ! qu'i' dit l'génie, c'est la condition ! »

Alors l'Barnabé i' dit au génie : « Crève-moi un œil ! »

Un long silence suivit la chute de l'histoire, puis Valentine reprit :

— Pas d'illusions, parigot, par ici, c'est comme ça et c'est pour ça qu'moi qui suis pas pareille que ces gros bœufs d'la vallée, maintenant que j'suis obligée d'vivre ici, je m'défends comme j'peux, comprends-tu ?

— Oui... Oui... Je comprends. Ça doit pas être drôle tous les jours.

— Tu l'as dit ! Mais faut pas s'plaindre non plus pasqu'on est p't-êt' pas plus mal lotis qu'partout ailleurs, qu'est-ce que t'en dis ?

— Eh bien, je pense que vous avez raison, il s'agit de faire son trou là où on peut et de se débrouiller comme on peut. Faut s'adapter.

— Bon, assez d'jérémiades, faut qu'j'aille nourrir les lapins et qu'j'aille voir la mère Bazagnes à la Féraldie. Donc, si tu veux j'fais un bout d'chemin avec toi pisqu'au départ on va dans l'même sens, pis au calvaire des quat-sentiers, là-haut, on s'quitt'ra.

— D'accord, allons-y !

J'aidai Valentine à transporter l'herbe de ses lapins depuis la grange, puis nous prîmes le sentier des bois. C'était une de ces sombres soirées mélancoliques d'automne où des bourrasques capricieuses faisaient tourbillonner les feuilles tout autant que les pensées et nous n'échangeâmes pas un mot jusqu'au calvaire ; d'autant moins d'ailleurs que Valentine semblait être un peu éprouvée par les montées. Parvenus là où nous devions nous séparer, Valentine s'arrêta et déclara, désignant la croix :

— C'truc-là, c'est pas d'force par ici ! Des fois, ça peut servir quand on veut faire des gentillesses, mais autrement ça fait seulement que tu t'en prends encore plus plein la poire. Allez bon vent, l'parigot, mais n'oublie pas une chose : si tu veux passer du bon temps par chez nous, t'as tout intérêt à surveiller ta p'tite jugeote.

— Surveiller ma petite jugeote ? D'accord ! Mais comment dois-je faire, Valentine ?

— C'que tu dois faire, macarelle, c'est qu'i' faut qu't'écartes les mauvaises pensées, parc'qu'autrement, t'es dans un cercle qui t'prend à mort, t'es obligé de t'défendre tout le temps.

— Et c'est quoi les mauvaises pensées ?

— Ben c'est tous les jugements qu'on porte les uns su' les aut' sans savoir.

— Ah ! Oui d'accord ! Alors il va sans doute falloir que je me surveille pas mal !

— C't à toi d'voir, mon gars, mais ici, faut s'méfier du r'tour.

— Du retour ?

— Oui, ici dans les campagnes, quand tu penses à mal t'as l'risque qu'ça t'pète à la gueule le premier, c'est comme ça, comprends-tu ?

— Oui ! C'est comme les explosifs, quoi ! Il faut manier avec précaution !

— C'est ça ! D'toute façon, si t'as des ennuis dans l'voisinage, tu viens m'trouver. Si j'peux, et si j'suis d'force, j'essaierai d'arranger tes affaires. Mais pour ici seulement, t'as compris ? Pas pour Paris ! C'est plus d'mon r'ssort !

— Oui ! Oui ! J'ai compris.

— Bon alors, fais ben attention à pas trop branler du ciboulot et à la r'voiyure, mon gars ! Viens m'voir de temps en temps, rien que pour l'plaisir, et pour les trompettes tiens-toi-le pour dit ! lança-t-elle en partant de son rire de sorcière et découvrant de nouveau sa déplorable dentition ; puis, tournant les talons sans rien ajouter, elle s'engagea à pas comptés sur le chemin de la Féraldie.

Je demeurai un instant à la regarder s'éloigner, puis commençai à mon tour de descendre vers la Combe en essayant, dans la nuit presque établie, de me repérer aux taches plus claires des rochers qui bordent le sentier de ce côté-ci des travers.

Le gros chat
et la très ancienne petite fille

C'était un samedi, au moment de la plongée hivernale dans les eaux grises de novembre ; le froid humide réinvestissait les rues et les parcs alentour comme une sourde marée de l'âme mélancolique.

Sortant d'un dîner chez les parents de Judith, frileusement enveloppés dans nos épais manteaux, nous tombâmes, sous le porche plongé dans l'ombre, sur une vieille dame agrippée à la boule en cuivre de la rampe d'escalier. Ayant proposé notre aide, nous entreprîmes de gravir en la soutenant les deux étages qui conduisaient à son appartement, nous arrêtant toutes les trois marches pour la laisser souffler – pauses au cours desquelles elle s'essoufflait plus encore à vouloir s'excuser du dérangement qu'elle nous occasionnait. Parvenus devant sa porte, elle commença de s'embrouiller dans le désordre de son sac à main et ce fut Judith qui, après avoir déniché le trousseau de clés dans l'une des poches du manteau démodé dont elle était affublée, actionna la serrure. Sur son invite, nous pénétrâmes chez elle.

Ainsi qu'on pouvait s'y attendre, il s'y était constitué un ordre hétéroclite propre aux vieilles personnes solitaires : une multitude de meubles et d'objets surannés étaient disposés selon un agencement que le seul pragmatisme, et non plus les habituelles exigences du décorum bourgeois, avait fini par imposer. Ceci n'étant d'ailleurs vrai que pour ce qui concernait les objets de première ligne et de nécessité permanente, les autres étant repoussés en cercles concentriques vers le fond des pièces, en des entassements mystérieux. Si l'on voulait circuler d'une pièce à l'autre, il fallait se faufiler le long des minces couloirs ménagés entre les hautes piles de livres, de disques, de téléphones hors d'usage, de machines à écrire rouillées, de tableaux retournés, de brosses et ustensiles divers, de chiffons et de taffetas effrangés, de journaux et de cartons, de vêtements élimés soigneusement pliés, etc. Protégés par ces contreforts, dans l'ombre des vallées inaccessibles de l'arrière – tels des bouddhas obsolètes – de vastes fauteuils ventrus, des armoire lugubres et pansues (fermées visiblement depuis des lustres), des commodes surchargées – dont les reflets stagnaient dans l'eau mercurielle des pensifs miroirs qui leur faisaient face – semblaient méditer rêveusement, au sein de leur ancienne aura de faste bourgeois, une improbable réappropriation future…

Dans tout l'appartement régnait l'odeur caractéristique des endroits longuement confinés dans les villes : un relent d'humus organique urbain. Au travers des hautes fenêtres – de gigantesques plantes vertes les masquant presque entièrement – on pouvait quand même apercevoir un réverbère solitaire projetant ses ombres tristes sur les façades de la cour. À l'intérieur, des lampes basses aux abat-jour surannés et poussiéreux, répandaient une clarté directement issue d'un XIXe siècle baudelairien : on eût dit de vieux daguerréotypes s'animant sous nos yeux.

Après que nous l'eûmes aidée à se défaire de son manteau et qu'elle se fut calée dans les volumineux coussins de ce qui était visiblement son fauteuil favori, la vieille dame apparut soudain comme une charmante petite fille un peu chiffonnée, qu'on aurait installée là pour lui permettre de participer à la conversation des adultes. Cette participation se concrétisait sous la forme d'une voix fluette, légèrement hoquetante, semblable au bruit d'une source fraîche se frayant un discret passage parmi les cailloux d'un torrent desséché ; et ce filet de voix disait :

— Je me nomme Stella Machard, j'ai quatre-vingt-seize ans et, comme vous avez pu le constater, tout est devenu bien difficile pour moi. Je vous remercie infiniment de votre gentillesse. Et vous, mes enfants, comment vous appelez-vous ?

— Moi c'est Judith et lui c'est Denis.

— Ah, eh bien, Judith et Denis, je suis bien heureuse de vous avoir rencontrés. J'espère que je ne vous retarde pas trop… J'étais allée dîner à la Coupole comme tous les vendredis soir… Mais ça n'a aucun intérêt ce que je vous raconte là… Il vaut mieux que je vous présente mon chat Lucius. Lucius ! Lucius ! Veux-tu venir dire bonjour à mes nouveaux amis. Ah ! Mais où te caches-tu ?

Lucius n'apparut pas.

— Il n'aime pas changer ses habitudes, s'excusa-t-elle, et il est devenu un peu atrabilaire.

Nous lui demandâmes si nous pouvions encore l'aider à quoi que ce fût pour cette nuit, mais elle nous assura que non, qu'elle n'avait plus besoin de rien, qu'elle serait toutefois enchantée que nous restions encore quelques instants à bavarder avec elle et qu'elle serait ravie de nous voir de temps à autre, à l'avenir.

Elle se tut quelques instants ; puis désigna un petit pupitre à côté d'elle – semblable à celui d'un élève du cours préparatoire et sur lequel reposait, ouvert, à côté d'un stylo, un mince carnet à spirale. On pouvait apercevoir sur les pages, respectant scrupuleusement les lignes tracées à l'avance, une fine écriture penchée qui faisait penser à une petite pluie poussée par le vent dans une cour d'école déserte. Elle reprit :

— Je tiens mon journal chaque jour. Des broutilles ! Mes minutieuses observations, mes petites idées, mes grands souvenirs ! C'est pour ne pas perdre complètement la tête, voyez-vous… Quand on vit seul depuis si longtemps et beaucoup trop vieux apparemment, il faut s'entretenir !

Mon père était proviseur au lycée Fénelon. Après qu'il eut divorcé de ma mère nous sommes restés ici ensemble pendant vingt-six ans, jusqu'à sa mort. C'était un homme remarquable, professeur de français-latin-grec. C'est lui qui m'a donné le goût des livres et des notes. J'espère que je lui fais honneur. Oui, je ne me suis jamais mariée, je n'ai pas beaucoup voyagé, ni connu grand-chose du monde, après tout. J'étais dévouée à mon grand homme de père, et lui paraissait trouver ça tout naturel. Vous avez sans doute du mal à comprendre, bien sûr, mais c'était une tout autre époque, voyez-vous ! et c'est fou comme les idées changent en une ou deux générations.

Enfin, j'ai toujours eu une intime conviction depuis mon étroit point de vue : celle que le bonheur se fiche pas mal des idées que nous pouvons avoir sur lui. Quand il vient, il vient d'un seul coup, sans s'annoncer, et souvent dans les conditions les moins favorables. Par exemple, aussi étrange que cela puisse vous paraître, il me semble que j'ai eu une large part de bonheur en dépit de ma vie étriquée. Oh ! Mais je vous ennuie avec mes radotages. Filez donc, au lieu de rester là à supporter ces babillages de vieille dame solitaire. N'oubliez pas de me téléphoner de temps à autre, ça serait formidable !

En réalité, nous restâmes assez longtemps assis sur nos sièges à l'écouter, car – habile en cela comme beaucoup de solitaires – elle avait l'art de raccrocher les wagons au moment opportun, nous retenant afin de boire jusqu'à la lie la diversion au train-train des jours que nous lui fournissions ce soir-là. Nous restâmes suffisamment longtemps, en tout cas, pour que le fameux Lucius daigne enfin faire son apparition.

À la manière discrète et silencieuse des félins, il s'introduisit dans la pièce en rasant le chambranle de porte ; puis, se glissant derrière les pieds de chaises et de fauteuils, alla se frotter rituellement contre les jambes de sa maîtresse. C'était un énorme matou au poil fauve, à la grosse tête ronde au milieu de laquelle étincelaient, impassibles et interrogateurs en même temps – combinaison dont les chats détiennent le secret –, deux yeux jaunes démesurés qui m'évoquèrent immédiatement, sourire en moins, le chat du Cheshire. Je m'attendais donc à ce qu'il s'approche de nous et nous demande à voix basse :

— Que pensez-vous de Stella ?

Au lieu de cela, il alla prendre place au sommet d'une haute pile de 78-tours d'où, assis en position de sphinx, il commença de nous fixer attentivement.

À partir du moment où il se fut ainsi installé, la conversation, ou plutôt le monologue de Stella, s'infléchit quelque peu et prit un tour nettement plus méditatif :

— Oui, je n'ai pas vécu bien follement, au sens où la plupart des jeunes gens l'entendent maintenant, mais en dehors de m'être dévouée à mon père, je me suis plongée dans les études et dans le soutien à quelques causes d'intérêt général qui m'ont entièrement absorbée.

— Des causes politiques, s'enquit Judith ?

— Oh ! Non ! Pas politiques, mon père ne l'eût pas permis. Non, m'étant passionnée un temps pour la psychologie et ensuite pour la psychanalyse – ce qui ne plaisait pas trop à mon père non plus d'ailleurs – je suis devenue pour une vingtaine d'années secrétaire bénévole de l'association pour la sauvegarde de l'orthodoxie freudienne, ce qui me permit de rencontrer nombre de gens éminents. Mais je vous raconterai tout cela une autre fois. Sachez seulement… Mais j'ai perdu le fil, qu'étais-je en train de vous dire ? Lucius, ne pourrais-tu m'aider ? Ah ! Il est comme mon père, il adore qu'on s'occupe de lui, mais il est très égoïste, il se fiche pas mal de ce qui m'intéresse. Ah ! Oui ! Ça y est, je me souviens : il y a une chose curieuse avec les êtres humains, ils ont beau savoir parfaitement les choses, se représenter leur malheur et ce qu'il faudrait faire pour l'éviter, il est bien rare qu'ils y parviennent et, la plupart du temps, ils continuent de subir leur destin avec la torture supplémentaire d'en être tout à fait conscients. Connaître la solution d'un problème ne suffit pas à le résoudre car le destin est plus fort que la volonté. Mais je vous ennuie ? Dites-le-moi si je vous ennuie. Vous savez à mon âge on n'a pas souvent l'occasion de parler à des gens compréhensifs.

C'est vrai, ça ne vous ennuie pas ? Vous êtes si gentils ! Où en étais-je ? Ah oui ! Je vous parlais de ma vie. C'est vrai que je n'ai jamais eu d'homme, à cause de cette situation bizarre avec mon père. Et puis, beaucoup plus tard, quand, grâce à la psychanalyse, j'ai pu prendre conscience du problème, eh bien… il était trop tard ! J'étais trop vieille, et trop empotée de toutes les façons ! Alors j'ai vécu seule, ici, avec mes chats, mes plantes vertes, mes petits carnets, mon association et mes rêves. Mais je vous le répète, il me semble que j'ai été assez heureuse. De toutes les manières, je ne connaissais rien d'autre, car, voyez-vous, je ne me suis jamais faite à la télévision, je vais très rarement au cinéma et je ne lis pas les journaux. Je suis une ermite urbaine. Le seul moment où je me frotte d'un peu plus près au monde, c'est le vendredi soir où je réserve une table à la Coupole et où je m'offre un bon dîner durant lequel j'observe attentivement les gens autour de moi pendant plusieurs heures, les garçons me connaissent et ils me laissent tranquille dans mon coin.

Les hommes, oui… J'ai bien dû être amoureuse une fois ou deux, mais je n'en ai pas eu vraiment conscience. Si, une fois quand même, avec un camarade de l'association, il y a quarante ans, mais la vérité était qu'on se ressemblait trop et qu'on n'a su ni l'un ni l'autre comment s'y prendre. Aucun de nous deux n'a osé franchir le pas et nous en sommes restés à des thés formels chez l'un ou chez l'autre... Ah, mais tout cela doit vous paraître incroyable ! Il y a toutes sortes de vies bizarres dans les grandes villes, vous savez ! Rien que dans mes petites observations à la Coupole je le remarque bien. Beaucoup plus de choses étranges qu'on ne le croirait !

Tout en écoutant, j'avais laissé errer mon regard sur les objets de la pièce où nous étions assis et mes yeux s'étaient arrêtés sur des photographies anciennes encadrées, reposant sur un dessus de cheminée. L'une d'entre elles surtout retint mon attention : on apercevait les frondaisons d'été de ce qui devait être un parc où, sous les branches d'un cèdre, était dressée une table recouverte d'une nappe blanche, autour de laquelle une nombreuse famille déjeunait. Au centre, enlacée tendrement par une femme arborant un immense chapeau à rubans, comme on voit si souvent sur les clichés de cette époque, apparaissait la frimousse d'une jolie petite fille que son sourire me fit identifier comme ne pouvant être que Stella. L'atmosphère qui émanait de cette photo jaunie était celle d'une sorte de béatitude candide qui laissait deviner que ces gens avaient connu, pour une période limitée, une variété de bonheur sans histoires.

Une bulle insouciante, flottant dans l'espace entre deux orages...

Stella, qui avait suivi mon regard tout en parlant, interrompit son discours pour dire :

— Un déjeuner dominical chez mes grands-parents à Ermenonville. Nous étions un peu des extraterrestres à cette époque dans la bonne bourgeoisie. Mais cela n'a pas duré longtemps. La plupart des hommes que vous voyez sur cette photo, mes oncles et cousins plus âgés, sont retombés brutalement sur terre quelques années plus tard, dans la boue à vrai dire et à Verdun pour être précise... Mon père, le seul qui ait survécu en l'occurrence, s'était terriblement aigri et ma mère ne l'a pas supporté. Alors c'est moi, sa fille unique, qui me suis occupée de lui. Mais l'essentiel, bien sûr, ce sont ces quelques dimanches dans le parc, n'est-ce pas ?

Sur ces entrefaites, à sa subreptice allure habituelle, le temps, qui disperse indifféremment les bulles, les pique-niques, les insouciants convives et les plus beaux parcs, avait aussi dissipé les heures de cette soirée. Il était déjà plus de minuit et il nous fallait prendre congé. Stella nous confessa ne plus dormir qu'à certaines heures de la nuit, ce qui lui laisserait le temps, nous assura-t-elle, de penser à nous et à la merveilleuse soirée que nous venions de lui permettre de passer. Nous fîmes donc nos adieux et Lucius, immobile, nous suivit des yeux sans que nous puissions deviner le moins du monde si, pour sa part, il avait apprécié ou non notre intrusion dans son royaume.

Cependant, sortant de la pièce le dernier, je crus entendre, dans mon dos, une voix féline de dessin animé qui disait :

— Viendrez-vous chez Stella, pour le thé, dimanche prochain ?

Interloqué, je me retournai. Lucius, juché sur sa pile de disques, aussi impénétrable et énigmatique que la déesse Bastet, me fixait sans ciller.

Nous redescendîmes le boulevard Montparnasse jusqu'au métro Duroc ; le froid s'était encore accru de quelques degrés ; Judith et moi évoquâmes un instant les perspectives de la vieillesse qui, pour être encore éloignées, ne s'en découvraient pas moins parfois, à l'horizon vers lequel nos vies s'avançaient… Nous nous tûmes. Cette nuit-là, au cours de rêves agités, redevenu moi-même un jeune lycéen soudain propulsé au cœur de l'univers alambiqué des contes de Perrault, je fus reçu en audience par une *fort ancienne* princesse enfantine, très cérémonieuse. Son chambellan, aux yeux énigmatiques et dorés, n'était autre qu'un gros chat placide dont le regard térébrant me faisait perdre le peu de latin – indispensable en la circonstance – que j'avais réussi à apprendre jusque-là…

Un peu moins de trois semaines plus tard, passant sur le boulevard Montparnasse en fin d'après-midi, j'eus la velléité de rendre visite à Stella. Or, parvenu dans la cour en bas de chez elle, j'aperçus les murs nus au travers des fenêtres et constatai que les poussiéreux rideaux effrangés ainsi que les plantes vertes avaient disparu ; aussi, sans éprouver le besoin de pousser plus avant mes investigations, je sus que le temps avait réparé son inadvertance, que la bulle ne flottait plus désormais qu'au ciel de nos défaillantes mémoires.

Table

RÉALISATION : NORD COMPO À VILLENEUVE-D'ASQ
IMPRESSION : CPI BRODARD ET TAUPIN À LA FLÈCHE
DÉPÔT LÉGAL : MARS 2009. N° 90753 (51219)
IMPRIMÉ EN FRANCE

Collection Points

P1994. Mauricio ou les Élections sentimentales
Eduardo Mendoza
P1995. La Zone d'inconfort. Une histoire personnelle
Jonathan Franzen
P1996. Un goût de rouille et d'os, *Craig Davidson*
P1997. La Porte des larmes. Retour vers l'Abyssinie
Jean-Claude Guillebaud, Raymond Depardon
P1998. Le Baiser d'Isabelle.
L'aventure de la première greffe du visage
Noëlle Châtelet
P1999. Poésies libres, *Guillaume Apollinaire*
P2000. Ma grand-mère avait les mêmes.
Les dessous affriolants des petites phrases
Philippe Delerm
P2001. Le Français dans tous les sens, *Henriette Walter*
P2002. Bonobo, gazelle & Cie, *Henriette Walter, Pierre Avenas*
P2003. Noir corbeau, *Joel Rose*
P2004. Coupable, *Davis Hosp*
P2005. Une canne à pêche pour mon grand-père, *Gao Xingjian*
P2006. Le Clocher de Kaliazine, Études et miniatures
Alexandre Soljenitsyne
P2007. Rêveurs, *Knut Hamsun*
P2008. Pelures d'oignon, *Günter Grass*
P2009. De l'aube au crépuscule, *Rabindranath Tagore*
P2010. Les Sept Solitudes de Lorsa Lopez, *Sony Labou Tansi*
P2011. La Première Femme, *Nedim Gürsel*
P2012. Le Tour du monde en 14 jours, 7 escales, 1 visa
Raymond Depardon
P2013. L'Aïeul, *Aris Fakinos*
P2014. Les Exagérés, *Jean-François Vilar*
P2015. Le Pic du Diable, *Deon Meyer*
P2016. Le Temps de la sorcière, *Arni Thorarinsson*
P2017. Écrivain en 10 leçons, *Philippe Ségur*
P2018. L'Assassinat de Jesse James par le lâche Robert Ford
Ron Hansen
P2019. Tu crois que c'est à moi de rappeler ?
Transports parisiens 2, *Alec Steiner*
P2020. À la recherche de Klingsor, *Jorge Volpi*
P2021. Une saison ardente, *Richard Ford*
P2022. Un sport et un passe-temps, *James Salter*
P2023. Eux, *Joyce Carol Oates*
P2024. Mère disparue, *Joyce Carol Oates*
P2025. La Mélopée de l'ail paradisiaque, *Mo Yan*
P2026. Un bonheur parfait, *James Salter*

P2027. Le Blues du tueur à gages, *Lawrence Block*
P2028. Le Chant de la mission, *John le Carré*
P2029. L'Ombre de l'oiseau-lyre, *Andres Ibañez*
P2030. Les Arnaqueurs aussi, *Laurent Chalumeau*
P2031. Hello Goodbye, *Moshé Gaash*
P2032. Le Sable et l'Écume et autres poèmes, *Khalil Gibran*
P2033. La Rose et autres poèmes, *William Butler Yeats*
P2034. La Méridienne, *Denis Guedj*
P2035. Une vie avec Karol, *Stanislao Dziwisz*
P2036. Les Expressions de nos grands-mères, *Marianne Tillier*
P2037. *Sky my husband !* The integrale/Ciel mon mari ! L'intégrale, *Dictionary of running english/* Dictionnaire de l'anglais courant, *Jean-Loup Chiflet*
P2038. Dynamite road, *Andrew Klavan*
P2039. Classe à part, *Joanne Harris*
P2040. La Dame de cœur, *Carmen Posadas*
P2041. En retard pour la guerre, *Valérie Zenatti*
P2042. 5 octobre, 23 h 33, *Donald Harstad*
P2043. La Griffe du chien, *Don Wislow*
P2044. Les Nouvelles Enquêtes du juge Ti, vol. 6 Mort d'un cuisinier chinois, *Frédéric Lenormand*
P2045. Divisadero, *Michel Ondaatje*
P2046. L'Arbre du dieu pendu, *Alejandro Jodorowsky*
P2047. Découpé en tranches, *Zep*
P2048. La Pension Eva, *Andrea Camilleri*
P2049. Le Cousin de Fragonard, *Patrick Roegiers*
P2050. Pimp, *Iceberg Slim*
P2051. Graine de violence, *Evan Hunter (alias Ed McBain)*
P2052. Les Rêves de mon père. Un héritage en noir et blanc *Barack Obama*
P2053. Le Centaure, *John Updike*
P2054. Jusque-là tout allait bien en Amérique, Chroniques de la vie américaine 2, *Jean-Paul Dubois*
P2055. Les juins ont tous la même peau. Rapport sur Boris Vian *Chloé Delaume*
P2056. De sang et d'ébène, *Donna Leon*
P2057. Passage du désir, *Dominique Sylvain*
P2058. L'Absence de l'ogre, *Dominique Sylvain*
P2059. Le Labyrinthe grec, *Manuel Vázquez Montalbán*
P2060. Vents de carême, *Leonardo Padura*
P2061. Cela n'arrive jamais, *Anne Holt*
P2062. Un sur deux, *Steve Mosby*
P2063. Monstrueux, *Natsuo Kirino*
P2064. Reflets de sang, *Brigitte Aubert*
P2065. Commis d'office, *Hannelore Cayre*
P2066. American Gangster, *Max Allan Collins*

P2067. Le Cadavre dans la voiture rouge
Ólafur Haukur Símonarson
P2068. Profondeurs, *Henning Mankell*
P2069. Néfertiti dans un champ de canne à sucre
Philippe Jaenada
P2070. Les Brutes, *Philippe Jaenada*
P2071. Milagrosa, *Mercedes Deambrosis*
P2072. Lettre à Jimmy, *Alain Mabanckou*
P2073. Volupté singulière, *A.L. Kennedy*
P2074. Poèmes d'amour de l'Andalousie à la mer Rouge
Poésie amoureuse hébraïque
P2075. Quand j'écris je t'aime
suivi de Le Prolifique et Le Dévoreur
W.H. Auden
P2076. Comment éviter l'amour et le mariage
Dan Greenburg, Suzanne O'Malley
P2077. Le Fouet, *Martine Rofinella*
P2078. Cons, *Juan Manuel Prada*
P2079. Légendes de Catherine M., *Jacques Henric*
P2080. Le Beau Sexe des hommes, *Florence Ehnuel*
P2081. G., *John Berger*
P2082. Sombre comme la tombe où repose mon ami
Malcolm Lowry
P2083. Le Pressentiment, *Emmanuel Bove*
P2084. L'Art du roman, *Virginia Woolf*
P2085. Le Clos Lothar, *Stéphane Héaume*
P2086. Mémoires de nègre, *Abdelkader Djemaï*
P2087. Le Passé, *Alan Pauls*
P2088. Bonsoir les choses d'ici-bas, *António Lobo Antunes*
P2089. Les Intermittences de la mort, *José Saramago*
P2090. Même le mal se fait bien, *Michel Folco*
P2091. Samba Triste, *Jean-Paul Delfino*
P2092. La Baie d'Alger, *Louis Gardel*
P2093. Retour au noir, *Patrick Raynal*
P2094. L'Escadron guillotine, *Guillermo Arriaga*
P2095. Le Temps des cendres, *Jorge Volpi*
P2096. Frida Khalo par Frida Khalo, Lettres 1922-1954
Frida Khalo
P2097. Anthologie de la poésie mexicaine, *Claude Beausoleil*
P2098. Les Yeux du dragon, petits poèmes chinois, *Anthologie*
P2099. Seul dans la splendeur, *John Keats*
P2100. Beaux Présents, Belles Absentes, *Georges Pérec*
P2101. Les Plus Belles Lettres du professeur Rollin
Ou comment écrire au roi d'Espagne
pour lui demander la recette du Gaspacho
François Rollin

P2102. Répertoire des délicatesses du français contemporain
Renaud Camus
P2103. Un lien étroit, *Christine Jordis*
P2104. Les Pays lointains, *Julien Green*
P2105. L'Amérique m'inquiète.
Chroniques de la vie américaine 1
Jean-Paul Dubois
P2106. Moi je viens d'où *suivi de* C'est quoi l'intelligence
et de E = CM2, *Albert Jacquard, Marie-José Auderset*
P2107. Moi et les autres, initiation à la génétique
Albert Jacquard
P2108. Quand est-ce qu'on arrive ?, *Howard Buten*
P2109. Tendre est la mer, *Philip Plisson, Yann Queffélec*
P2110. Tabarly, *Yann Queffélec*
P2111. Les Hommes à terre, *Bernard Giraudeau*
P2112. Le Phare appelle à lui la tempête et autres poèmes
Malcom Lowry
P2113. L'Invention des Désirades et autres poèmes
Daniel Maximin
P2114. Antartida, *Francisco Coloane*
P2115. Brefs aperçus sur l'éternel féminin, *Denis Grozdanovitch*
P2116. Le Vol de la mésange, *François Maspero*
P2117. Tordu, *Jonathan Kellerman*
P2118. Flic à Hollywood, *Joseph Wambaugh*
P2119. Ténébreuses, *Karin Alvtegen*
P2120. La Chanson du jardinier, Les Enquêtes de Miss Lalli
Kalpana Swaminathan
P2121. Portrait de l'écrivain en animal domestique
Lydie Salvayre
P2122. In memoriam, *Linda Lê*
P2123. Les Rois écarlates, *Tim Willocks*
P2124. Arrivederci amore, *Massimo Carlotto*
P2125. Les Carnets de monsieur Manatane
Benoît Poelvoorde, Pascal Lebrun
P2126. Guillon aggrave son cas, *Stéphane Guillon*
P2130. Porno, *Irvine Welsh*
P2131. Jubilee, *Margaret Walker*
P2041. Ultimatum (En retard pour la guerre), *Valérie Zénatti*
P2153. Belle-sœur, *Patrick Besson*
P2127. Le Manuel du parfait petit masochiste
Dan Greenburg, Marcia Jacobs
P2128. Shakespeare et moi, *Woody Allen*
P2129. Pour en finir une bonne fois pour toutes avec la culture
Woody Allen